BEST 嚴選

奇幻基地出版

非法入境

The Trespassers

梅格・蒙德爾 著
李玉蘭 譯

Meg
Mundell

BEST 嚴選

緣起

在繁花似錦的奇幻文學花園裡，你或許還在門外徘徊，不知該如何抉擇進入的途徑；也或許你已經置身其中，卻因種類繁多，或曾經讀過不合口味的作品，而卻步、遲疑。

BEST嚴選，正如其名，我們期許能透過奇幻基地對奇幻文學的瞭解，以及對讀者的理解，站在出版者與讀者的雙重角度，為您精選好作家與好作品。

他們是名家，您不可不讀：幻想文學裡的巨擘，領域裡的耀眼新星。

它們最暢銷，您怎可錯過：銷售量驚人的大作，排行榜上的常勝軍。

這些是經典，您務必一讀：百聞不如一見的作品，極具代表的佳作。

奇幻嚴選，嚴選奇幻。請相信我們的眼光，跟隨我們的腳步，文學的盛宴、幻想世界的冒險，就要展開。

excellent bestseller classic

獻給安迪和查理，這兩位發光之人

別躺在天空之洞的沙土上，
太多人被啃咬得粉碎，
它橫掃過大海送來你的聲音，
平安，平安地回到安全的家。

——蘇格蘭詩人凱洛・安・達菲（注），《愛你的人》（*Who Loves You*）

注 Carol Ann Duffy，一九五五年生於蘇格蘭格拉斯高，於二〇〇九年榮膺英國桂冠詩人，是三百四十一年來英國首位女性桂冠詩人，同時也是第一位蘇格蘭籍的桂冠詩人。

本書所提到之疾病或藥物，多為作者虛構，不另加編注。

THE STEADFAST
穩固號

1

克明利

在愛爾蘭（Ireland）同齡人中，也算個頭嬌小的克明利（Cleary），是最晚登船的乘客之一。他緊貼著媽媽，隨著隊伍從碼頭上兩條鐵鏈之間緩慢地向前移動。又舊又髒的外套、一個寬厚的肩背和一個女人香香的臀部，從四面八方將他緊緊困住其中。鐵鏈之外的碼頭水泥地，筆直切入到下方的河水中。鼻孔中全是混合了河面濕氣和人類體味的怪味。

人群之中還有其他孩童，年幼的不是緊抓著玩偶就是父母的手，年紀稍大的則時不時挪挪背包，打打哈欠。船殼上畫著一個紅色星星，還有一個陌生的詞語：**穩固號**。

頭頂上，密密麻麻的桅杆和船帆挺向陰暗的天空，可要容納這麼多人，船身似乎太過窄小。克明利想起他在都伯林（Dublin）的一個火車站看到的魔術表演，那個旅客從口中不斷抽出沒完沒了的圍巾，不過，現在這裡的情況正好相反。這艘小船，真能吞下他們全部的人？

因空間侷促、規定嚴格，行李箱全塞在甲板之下，每個人只能帶一件隨身行李袋，袋中裝著必需品和小件的貴重物品。每個孩子只能帶一樣玩具，至於通訊設備則全部禁帶。不過，每個人倒是可以戴一只舊式手錶或封閉式遊戲機，但不能有接收器或接口，任何能連接上網路的零件都不行。媽媽告訴他，這都是為了保護個人隱私，以防人多嘴雜，四處散布八卦。今天早上，守衛掃瞄了所有人，包括孩童，搜出了兩臺通訊裝置，並且當著它們愁眉苦臉的主人面前，摔在圓石地板上摔個粉碎，其他人都假裝沒看見。

英格蘭（England）人率先登船。舷梯上，一個穿著兵工廠足球俱樂部運動服的大個頭男人絆了一下，單膝跪地。等在下方碼頭上的蘇格蘭人和愛爾蘭人見狀舉臂歡呼，彷彿是在為他加油，又好像不是。男人掙扎起身時，又撞到前方的黑衣女子，女子手上的白盒子被撞得飛過鐵鏈，落進底下的河水中，附近的人紛紛垂眼去看那是什麼東西。穿著喪衣的女子一手按在臉頰上，好似牙疼得厲害。

克明利成了一個犀利的觀察家。他看見渾濁的河水中，有個東西從白盒中漂浮出來，原來是一塊精緻的蛋糕，就像蛋糕店櫥窗中那些有粉紅旋渦的淡色麵包墩子。海浪嘩啦嘩啦的打了一個嗝，蛋糕霎時不見蹤影，只留下幾個悲悽的泡泡。現在沒人笑得出來了，紛紛掉轉視線，好似看不下去那塊蛋糕的命運，黑衣女子呆立在舷梯上，她丈夫抓著她的手臂，輕輕地拉她上了船。

接下來登船的是蘇格蘭（Scotland）人。他們通過最後一道旋轉柵門，轉身向碼頭上的親朋好友揮手道別。距離有些遠，再加上口罩，看不出他們的表情，更別提嘴唇了，但留在碼頭上的人，倒是傷心欲絕。他們擦著眼淚、互相擁抱；也有人站得直挺挺的，一副道別只是小事一樁的模樣。更遠處，在一排警察之外，有幾個抗議示威人士搖著標語牌。克明利好不容易讀出：船老鼠、逃兵！旅行帶來麻煩，封鎖邊界！

他們即將離去的這座城市，並不是他們的家。在路障和老磚屋之外，利物浦（Liverpool）拔地而起，他們只是路過這個地方而已。能來到這裡，真是漫漫長路。他們在都伯林要通過一道道的面談，回答沒完沒了的問題，媽媽遞交上他們的基因譜、體檢記錄和智力報告。他們上了跑步機跑步，做了針刺反應測試，測了視力和聽力（他的聽力自然沒合格，不過媽媽拿著他的血紅蛋白報告和文獻資料據理以爭，他才勉強過關）。他們碰觸了自己的腳趾，對著管子吹氣，做了虹膜掃瞄，配戴監視器好幾個星期。在候船處的這幾天，又做了一些藥物測試和採樣，包括棉籤唾液採集、皮屑採集、吞藥丸，還有害得他頭暈的一針。他們要對著袋子咳嗽，將小便尿進容器中，甚至拉屎，這項任務可不簡單。

現在，終於要啟航了。克明利隨著最後一批乘客緩緩上船，只感到好疲累，好想知道他們睡覺的船艙在哪兒。他腦海中浮現一扇圓形舷窗、柔軟的床和一面播放影片的螢幕。餐桌上放著兩套餐具，盤子裡有成堆的烤肉（從真的牛隻上割下的真肉），還有馬鈴薯和醬汁。餐後還有精緻可口的蛋糕，就像剛才沒頂的那塊。像樣的蛋糕甚少出現在餐桌上，他一定要抓住機會吃掉三塊。

媽媽扯著他的手臂，母子倆穿過最後一道旋轉柵門，來到向上傾斜而去的登船舷梯。媽媽抬起右腳踏上舷梯，以求好運降臨，克明利照著做。他們跨過船身與碼頭之間的灰綠色水道。一個銀髮紅頰的男人向他們抬手行禮，他制服的袖口和肩處都有金色穗帶，克明利抬手回禮，那個人必定就是船長。

甲板上的空氣鹹鹹的，還有濕繩子的氣味，整個氣氛也截然不同。登船的乘客都彷彿丟了魂，有些人擠到鐵鏈邊呆望著陸地，好像感到後悔，渴望再回到岸上，又好像有珍貴的事物遺留在那邊。

現在的碼頭近乎空蕩，只剩下幾個警察、工人，以及被攔阻下來不能登船的人。船和碼頭之間的距離太寬，無法跳躍過去，船舷就像城堡的城牆，被寬闊的護城河包圍著。舷梯收了回來，克明利對著被留在下方碼頭的遺物揮了揮手，結果引來幾個陌生人也向他招招手，還有幾個人仰著頭好似在叫喊，但距離太遠，猜不出戴著口罩的他們在喊什麼。

碼頭工人將最後一批貨物扔了上來，引起一陣騷動：甲板震動、人人紛紛轉頭，抬手指了出去。克明利仰頭，跟著騷動找到了它的源頭。碼頭墩臺側邊，從陸地看不到的盲點處，有一道大大的紅色閃電符號，它有一棟房子的高度，濕濕亮亮的，延伸到水面之上。

是血，有大海怪在這裡遭到屠殺，牠死前痛苦掙扎，不斷扭打著碼頭，最後沉入水底死亡。

恐懼凍住他全身的肌肉，滿腦子都是大海怪的影像，牠嘴裡還咬著鮮血淋漓的怪獸。外公跟他說過這些怪獸的故事：巨大的變種怪獸在漆黑的海底漫行，牠們的基因因數代的噴濺毒液和捕獵的耗損而混亂變異。外公有一次就見過一頭怪獸，就在愛爾蘭的史奇伯林鎮（Skibbereen）之外，嚇得他魂飛魄散。老人家兩眼一翻，模仿著餓餓抓狂的怪獸。怪獸會悄無聲息地從你身後接近，猛然爆出水面，一口咬住你，將你扯下甲板，咬斷你的脊椎骨。

媽媽輕輕搖晃著他，魔咒破除，他回過神來。媽媽抬手一掃，拉下口罩，無聲地口語幾個字。克明利專心地讀著她的唇語：痛……好痛。什麼意思？媽媽打著手語，假裝拿著一個東西來回掃動，克明利恍然大悟，她是說：油漆，是油漆，寶貝——只是油漆。她將口罩戴回原位，四下張望，以確保沒被人看見。那只是將被運送到遠方工廠或港口的油漆，它噴灑出來，噴濺到碼頭的墩臺上。

媽媽向他解釋時，他深吸了幾口氣，心跳才緩和下來。這段插曲令他又驚又怕，卻一閃即逝。有處變不驚的媽媽坐鎮，那道裂口瞬間被補上，世界歸位。

船員解開船繩，將粗重的繩子拋過間隔，拖船駛近，將大船拉進港灣。他們啟程了，航向大海，或者說，沿河漂流而下。

他以為自己會依依不捨，卻只感受到胸口處有些激動，在恐懼的餘威之中包含著一絲期待。他甩不開怪獸的影像，滑溜的大塊肌肉向後蠕動，詭異地死盯著他。只要一口，立馬被生吞，所以他最好睜大眼睛。

沒人來為他們送行。從愛爾蘭過來英格蘭的旅費太過昂貴，戒嚴令又嚴苛。在離開都伯林的渡輪上，他看見外公外婆隱身在人群之中。媽媽偷偷流淚，他靠在媽媽的腿邊，感受到媽媽的啜泣逐漸緩和下來，都伯林的夜景也緩緩縮小變成光點，最後融化進飄著雨絲的黑夜中。這只是暫時的，我的寶貝。外婆伸出蜘蛛網般的手。等你長高一點，就會回來了。

現在，他們經過鏽跡斑斑的船，老舊的起重機高高地指向虛無的夜空。出了利物浦，經過霍利希德（Holyhead），航過愛爾蘭海（Irish Sea），穿過聖喬治海峽（St George's Channel）時，若是天氣好，他們還能最後一瞥愛爾蘭。克明利腦海浮現出外公的手指，沿著書桌上的老地球儀比劃著，穿過凱爾特海（Celtic Sea），進入開闊的淺藍海域。一旦進入開闊海域，他們就能摘下口罩了。

船長是如何知道航行方向的？海峽中，那些漂浮的垃圾下面藏有礁石嗎？克明利一直想在瓶中找到別人的留言，但這裡有太多的瓶子，它們就像湯汁上的浮渣，看不出那些瓶子裡有什麼。

大船經過了霍利希德，甲板上砰的一聲，在他腳下震動起來。四周的乘客有的揮揮手，有的捂住耳朵，有的抱在一起，或只是呆望著槍聲轟轟作響，向陸地做最後的告別。

比莉

槍聲砰砰作響，比莉（Billie）連忙捂住耳朵。這應該是出海的儀式吧：朝天空盲射，槍響震耳欲聾。隨著槍聲逐漸退去，一群人聚集在鐵鏈邊，看著英格蘭逐漸消失在視線之外。

她看著陸地緩緩遠去，船尾翻攪著灰色濁水。大船滑過浮渣碎片，被衝開的垃圾好似拉鍊再次聚合。海鷗在頭頂上盤旋，呱呱亂叫，大風刮得她髮絲翻飛。

甲板上的乘客已然形成一個個小團體，依照口音和信仰自然而然地聚在一起。很快的，船的四周只剩下了鹹鹹的海水，未來的九個多星期他們將在船上隨著波浪顛簸起伏，還有滿船焦慮的陌生人彼此為伴。這段航程需要六十多天，那個遙遠的目的地在她腦海中隱隱閃耀：一連串閃過的畫面和影片，那些應許和傳言。

一艘滿載著貨櫃的貨船經過，朝港口而去，鏽跡斑斑的船殼好似懸崖崖壁一樣的高聳。兩個站在艦橋上，穿著反光背心的船員，面無表情地看著一些乘客朝他們揮手。貨船沒人回禮，它就像一面生鏽的高牆緩緩駛過，而那兩個船員動也不動地死盯著下方。

「高興一點，不要老繃著臉！」她後面有人以英語大叫：「北方並沒有那麼陰暗難受。」有人跟著大笑，笑聲裡半帶著揶揄，乘客們團結起來嘲笑那尊陰沉沉的巨人。

這艘船上的船員繞過這些人型貨物，沉浸在汗水和嘟噥世界之中，哼哈地做著苦力。比莉對這些船工並不反感，只是淡然地看著他們辛勤工作。至於那些高層職員，就是另一回事了。之前在候船檢查站遇到的大副，態度傲慢，說話像是磨刀石一樣，一副高高在上的嘴臉。一塵不染的制服，暗暗烘托出他對自己肩章的自豪，比莉盡可能恭敬地應對他的盤問。

「看來，蘇格蘭的格拉斯哥（Glasgow），」他說：「經濟迅速下滑啊。人們都絕望了，沒有工作，沒有食物。」他指節突出的雙手，醜陋地壓著她的個人檔案文件。

「到處都是如此，」比莉回應：「所有大城市都面臨了經濟泡沫化。」

大副沒理會她。「幾年前，我在上面待了一陣子。那裡的冬天陰鬱黯淡。不過呢，那地方還是有它的迷人之處。」他上下打量著比莉，令比莉渾身不自在。比莉坐姿端正筆直，他瞥了螢幕一眼，問道：「有人說妳會唱歌？」

檢查站播放了音樂，都是些與政治無關的家鄉民謠，歌詞裡滿滿的石楠和香桃木、顫音唱法，以及一些蘇格蘭民族詩人彭斯（注，見下頁）的民歌。大家跟著吟唱，以打發等待的無聊時光。一些蘇格蘭人帶了小提琴和吉他（管樂器被禁止帶上船，在細菌漫遊的世界，蘇格蘭風笛被戲稱為細菌風笛），其中一個老人家過來邀請她加入，擔當主唱。老人家為何挑中她當主唱，大家皆不清楚，眾說紛紜。他們幾個人一起分享蘇格蘭威士忌，在溫熱的茶水中加入大量烈酒，但只在演唱結束、燈光亮起之前，靜悄悄地偷喝。他們表演時都關上燈，不想引起不必要的注意。

那麼，這個笨蛋想幹嘛？她的父母都十分健康，一切都按照規定來。他必定在唬人，於是比莉回答：「我從小就在合唱團中唱歌。」

大副挑眉。「啊，這項才華在醫院必定吃香。這倒提醒我，妳為何辭職不幹了？」他話鋒猛地一轉。

別眨眼。「裁員，」比莉說：「我資料裡都寫得清清楚楚的。」

「但疫病……那是蘇格蘭成長快速的主要行業，不是嗎？妳的醫院為什麼裁員？」他自說自話。

比莉語氣平靜地說：「所有大醫院都在裁員，尤其是ＨＣＡ，也就是看護，他們是這樣稱呼我們的，我們就像是護理師的助手。醫院打算節省人事成本。」其實裁員的規模並不大，但理由合情合理。當疫情一爆發，立即重挫了蘇格蘭的經濟。財政部清楚並非每個生命都能被挽回，但金錢可以。這次疫情的病毒擅長變異，在散播傳染的同時變種，抗毒藥劑和療法對變異的新病毒，絲毫不起作用。職員要求隔離傳染病重症病房。

「嗯，」大副說：「希望種植高麗菜賺的，能高出幫人擦屁股的薪資。」他隨即又嘲諷地道歉：「我無意冒犯。」

比莉瞥了天花板一眼。這個動作必然也會被記錄下來。這也許只是他的策略之一，為了找出脾氣暴躁、作亂滋事的人，好從登船名單上剔除。這個人為了激怒她、測試她的底線，幾乎問都沒問她在醫院的哪個部門工作。她之前是在重症病房中服務，在那裡，屎糞是最無關緊要的。

「好，」他自覺無趣地宣布：「妳做了所有的健康醫療檢查，都合格了，沒有嚴重的污點……」

比莉直盯著他制服的口袋，那上面繡著紅星徽章，大副遂即打發了她。沒必要和他計較，裝聾作啞能換來一個全新的開始，很值得。

已經六個月了，孤單寂寞的六個月。她離職的原因很難宣之於口，可保持沉默卻

注 Robert Burns（一七五九～一七九六年），為著名蘇格蘭民族詩人，其詩歌作品深受民歌影響，通俗流暢，廣為流傳。二〇〇九年，獲得蘇格蘭電視臺STV選為歷史上最偉大的蘇格蘭人。

給了幾段友誼致命的一擊。重症病房的幾個看護，因為社會地位低落，形成了一個小團體，時不時自嘲是流亡者，她以為他們之間的情誼堅如磐石，沒想到，她就這麼輕易地被撇下。

一個錯誤，使她成為了這些等待上船的陌生人中的一分子，期望將一切的厄運不幸和錯誤的決定，遠遠拋之腦後。

現在，她成了抬頭仰望著帆布、在搖晃的甲板上謹慎行走的一員。無論是帶著孩子的父母、無子嗣的夫妻，或如她一般的單身者，全都帶著明顯的窮苦模樣，破舊的衣服、髒污的牙齒，再加上一張張愁苦不堪的面孔，那是被艱困打磨出來的樣子。船上大部分的乘客，都在那片他們即將遠離的土地上安居了數代；大部分乘客都是白人，但也有少數膚色較深的，顯示祖輩同樣是漂洋過海而來。他們的祖輩在數個世紀前，為了尋求生路，勇敢踏上現今早已融化消散的移民浪潮，而現在後輩們也同樣為了求生，再次踏上遷移之路。這些乘客都透露著一股倔強，願意承受不安以取代絕望，寧可放手一搏抓住機會，到全新的陌生之地，追求更好的生活。

又一船健康強壯的優秀勞力注入。

審查的過程嚴苛繁雜，但想要合格卻十分簡單：只要求身體健康、基礎的讀寫能力、與年齡和體格相當的體能；不接受上了年紀的老年人、有犯罪紀錄或債務糾紛，也不能患有傳染性的疾病，若你以上皆非，就是他們要的獵物，歡迎提出申請書。宣傳單上承諾穩定的薪資收入、基本的醫療保健，以及當地的就學機會。既然家鄉局勢嚴峻，前程不明，何不出去闖蕩拚搏，於是大家趨之若鶩。

無論那些援助移民計劃和經濟互惠的說法，是多麼的義正嚴詞，那些競爭激烈的船公司發出的廣告詞又是如何的天花亂墜，他們其實都心知肚明BIM為何意：約聘制的勞工計劃。「均衡性產業移民計劃」（Balanced Industries Migration），這個術語出自見人說人話，見鬼說鬼話的政客，隨後被清楚鮮貨價值的商人熱情擁抱，將一個個健康的人體以最低的成本運送至合適的買主手上，利潤可觀。兩國政府握手言歡，老交情、新交易。進口出口，利害攸關，以充足的糧食交換苦力。而海運外勞的方式，是以幾乎沒有缺陷的風力推動船隻橫越地球，無需浪費任何一滴珍貴的燃料。故鄉因遭到疫病橫行，民不聊生，政府當即大力促成合作。

不過，比莉另有想法。如果可以選擇，誰願意花三年的時間在食品加工廠賣力，填飽外國人的肚子？但工廠薪資豐厚，工作穩定，這是故鄉再也無法給予的生活保障。但她聽說，如果能想辦法提早解約，這個新國家有更多更好的工作選擇。耳語繼續呢喃，與其開墾耕種——大部分人忙著開挖土地，而機會則等在所有狂熱者開鑿挖掘的邊緣。

他們說這是第三次經濟起飛。一群薪資豐厚的礦工，以及有著大把鈔票的高階主管，這些人熱衷下班後的娛樂活動，比如皮肉交易、酒精飲料和黑市藥物。這個逐漸甦醒的新經濟體，就宛如當年前程似錦的大英帝國。堆積如山的現金，可以大把大把地寄回家，也為她帶來明亮的未來。礦石財富，這個詞聽起來真是鏗鏘有力，好似用珠寶錘敲打一座鐘，悅耳動聽。她最好讓自己保持在最佳的工作狀態中。

比莉戴著口罩哼著歌，想找首歌來應景。腦海中閃過的一首首曲子，都像周遭的人一樣，充滿希望和光明。英格蘭陰沉沉的光芒，消逝在冷冰冰的礁岩海岸之外，她無聲地唱著歌，一句句的水手號子冒了出來：一條美人魚，厭煩了沉船的殘骸，聽膩了溺死水手的夜晚哀號，遙望遠方啊，許未來一個改變的機會。仰望陽光，遠眺平靜的海水，一張航向光明的門票。

湯姆

電子設備都被查抄沒收，人們的手都不知道該如何擺放安置了。隨著英格蘭逐漸退成遠景，我注意到全船四處都出現了電子設備上癮的戒斷症狀。手指絞動、輕拍著口袋、搓揉手腕，但每次都一無所獲。現在沒有物件來分散我們的注意力，也沒有了網路社交工具，只有彼此作伴，大家脫下了數據濾鏡的面具，面面相覷。

第一眼瞥見**穩固號**尚覺滿意，整潔明亮、線條流暢，是適於出海的大船，但甲板之下，就完全不是那麼回事了。空間擁擠狹小，家具陳設簡陋，並且只有自然光照明。兩間乘客活動沙龍中掛著螢幕和遊戲設備，以及幾副基礎的阿爾法腦波耳機，這就是船上提供的全部娛樂設施。對於一艘載滿了三百多名乘客的海船來說，放腿的空間都是能省則省。

我的臥鋪在C層，一間單身漢寢艙之中。臥鋪狹小到讓人無法坐直起來，簡直就像是停屍間一般，而那一張張隱私隔簾活脫脫像是屍袋，包裹著我們。

如我所料，艙房沒多久就開始臭氣熏天。我們寢艙有六十多個男人共用兩間廁所，外加四個沖澡隔間，沒有實際可行的方法能強制住客維持環境和個人衛生：每日洗澡、強制性的消毒步驟、違反規定的處罰。蓬蓬頭噴出來的是不乾淨的海水，上頭標語刺目地寫著：禁止飲用！旁邊還畫著一個令人觸目心驚的簡圖——一個大吐特吐的火柴人。不過，我們起碼有遮風避雨的地方，不需要挨餓受凍，而我甚至還擁有一份穩定的工作。

船員似乎都知道了我的身分。路易斯船長（Captain Lewis），這位銀髮領隊對我意味深長的微微一笑，而且第一天，就有一個水手用職稱稱呼我。當時，這個水手用一把奇怪的手槍瞄準天空，他身旁的主管抬手指著上方的帆布索具。

我以為就要有一隻不幸的海鷗掉落下來，後來才看到那個嗡嗡作響的黑點，盤旋在頭頂上。水手一槍擊落了它，那機器直接掉落海中。主管諷刺性地抬手行禮，而他的下屬則令我目瞪口呆。他長相俊美帥氣，碧綠眼眸搭配白皙肌膚，頂著光頭，二十多歲，帥得令人屏息。

「我百發百中，老師。」他的蘇格蘭腔濃重。「如果那些小屁孩給你找麻煩，儘管告訴我。」

對了，孩子。我膽顫心驚地想著，此後的每一天，長達六個小時，我都要為那五十個小鬼頭負責。

就我在候船檢查站所見，那是一群野孩子：一群蘇格蘭孩子尖叫地四處瘋跑。兩個個頭嬌小的愛爾蘭男孩，在樓梯上坐冷板凳；而英格蘭孩子也半斤八兩，都是公立學校的貧窮孩子，其中沒有一個富家子弟。我希望我的口音不會洩底。

提供免費教育，是合約的一部分：綁住了這些孩子，未來他們將奉獻一輩子的勞力，不過在父母的合約期間，他們有機會接受教育。感謝這些交易合約，我們才有那麼一大段的相處時光。我的工作目標有兩個：盡我所能教導孩子，並想辦法維持孩子的秩序，直到抵達目的地。

教室在B層，也就是海員術語的「船中部」（amidships）（這個詞語的發音有趣，我很喜歡）。我每天上兩節課，各在午餐的前後。

教書——一份有意義的工作，頂著一道榮耀的光環——最開始是的，但等我與紅星簽了約，現實澆滅了那道夢幻光環。我嚴重懷疑自己做了一個錯誤的選擇，尤其是你本來就是個容易焦慮的人，還有一個將你流放到最差學校的壞成績。令人生氣的考試成績、破舊的教具設施、朝你的腦袋飛來的物品。學生不是頑劣，就是愚笨得無藥可救，再不然就是鬱悶過了頭。他們窮到必須從垃圾桶裡找午餐吃，早已放棄了希望，又或者打從一出生就沒了希望。

即便有些孩子特別聰明，又能如何？你能向他們保證什麼樣的未來？當前的時局容不下樂觀：宵禁和鎖國、被削減的預算、嚴重的失業率。隧道的另一頭永遠閃動著光芒，可電源一關，整個結構崩塌。

與此同時，疫情死亡人數不斷攀升，這個大英帝國從南到北、從東到西，一座座城市，從布萊頓（Brighton）到印威內斯（Inverness），從科克（Cork）到倫敦德里郡（Londonderry），沒有一座城市例外。家鄉跟著受到衝擊：旅行禁令、宵禁、機場幾乎荒廢、隔離中心的騷亂、對於傳染病的悲觀評論。

可憐的孩子。難怪他們的父母將希望寄託在地球另一頭的遙遠大陸上。影片中有袋鼠、藍天、海灘野餐和翻滾的浪濤，還有白牙咬下新鮮的果子。天啊，太誘人了。全船的人都是這麼被拐來的，一場現場直播的人口販賣，我們真是好騙啊！

縮在鋪位的第一晚，我試著放慢思緒。前途似錦，這個想法的確誘人。我聽到有人在討論如何利用合約的漏洞，故意在工作上出錯以求延長簽證期限，總之有一系列的旁門左道可以達成目的。但最後會走到哪裡呢？我很納悶。

大船尚未離開海峽，我已是緊張不安，想喝點酒來安撫一下情緒，又想一想，算了吧，緊張的情緒總會過去的，我最好省著點喝。我認識船上的醫務長，吉姆·卡拉漢醫生（Jim Kellahan），他來自伯明翰（Birmingham）。假如他不願伸出友善之手助我，那就去找他的下屬歐文．普萊斯（Owen Price）試試。這個瘦弱的年輕人，來自威爾斯（Welsh）。如果事情失控，我需要一個有力可靠的支援。

一個令人焦慮的想法一直盤旋在我腦海中：拜託，千萬別沉船。

緊接著父親的聲音響起：倒楣的老湯姆，呃——人總要有些煩惱。

翻來覆去數個小時後，我屈服了，允許自己喝一小杯。就一小杯，用以助眠。煩惱化開，我感激地滑入夢鄉。

2

克明利

克明利在出航的第一天就看到那個男人。那個人的光頭如蛋、體格威武壯碩，還會沒禮貌地直盯著人瞧。他在艙口附近徘徊，冷冷地打量著同船的乘客，一副在估價的模樣。克明利直覺他會是個麻煩，本能地避開他。

克明利看著水手們的神奇工作：他們拖拉著繩子、轉動絞車曲柄、對著帆具比劃。他們滿臉鬍子，風塵僕僕，臉上都有缺陷，即便是最年輕的那位也是個斜眼。

看不見英格蘭了，媽媽的精神立刻振奮了起來。她恢復元氣和一群女人聊天，口罩上方的眼睛亮晶晶的。看見媽媽哭泣，他好難過，媽媽一直很內疚就這樣丟下外公外婆不管，但現在她的心情總算好了起來。她轉向克明利，指著那群女人，再輕點下巴，在下巴下方比了一個L的手勢：都伯林。

母子倆正在甲板上，眼下四周除了海水還是海水。此時，解除警報的信號響起，群眾全都愣了一下，抬起頭，同時摘下口罩。大家大口大口吸氣，青少年拿著口罩當彈弓彈射出去，在強風中大笑著四處亂跑。一個男人砰地跺了一下腳，開了個玩笑，一群孩子開始將他們的口罩往船外拋去，直到一個船員過來斥罵他們。

克明利跟著摘掉口罩。去除了這道障礙，世界清晰起來，冷空氣拍打著臉頰，牙齒發麻，四周的人又開始聊天說話。他迎風伸出舌頭，海風鹹鹹的。

⚓

過了幾個夜晚，交誼廳的螢幕上，西班牙（Spain）逐漸現形，與此同時，克明利和媽媽在餐廳排隊取晚餐。這裡好似由一塊塑膠鑄造出來的，牆壁、地板、桌子和長椅全都是慘淡的冷灰色。滿是食物污跡的地板上，布滿了鞋印。工作人員啪地將晚餐扣到他們的餐盤裡，那是一團糊糊黏黏、令他想起嘔吐物的黃色燉菜，以及幾片難以下嚥、好像是肉的棕色條狀物。

母子倆走到平常坐的位置，克明利猜測那桌的人，應該都是愛爾蘭人，一個紅髮女人對他們揮手打招呼。克明利沒想到那團黃色爛泥嚐起來還不錯，一下子就吃掉了一半。

克明利感覺有人盯著他瞧，抬眼一看，那個光頭男正坐在他的對面。光頭男傾身向前，他的口氣都是人造肉和髒牙齦的臭味，他好像在跟白痴說話，又一次緩慢地重複問題：你——爸——在哪裡？他的話好似悶悶的咕噥，又像罐子裡的蜜蜂嗡嗡聲，不過克明利認得那些字的口形。克明利用盡全力瞪著他，抬高下巴，往後退到口臭之外。

「死了。」媽媽回答。克明利早就猜到她會如此回答。

光頭男對媽媽表示遺憾，隨即又直勾勾地盯著克明利，發出第二道攻擊。克明利也早就猜到了：一個冒充成問題的侮辱。

克明利察覺到媽媽全身繃緊，同桌的人也都注意到媽媽回答得太過激動，感應到有麻煩了。他並不是神經兮兮，只是聽覺有點問題。不過，他的智商絕對比你高一倍。克明利很清楚這些話或其他說法背後所蘊藏的護犢情深。媽媽有她剛強的一面，任何人只要敢騷擾她的兒子，她必定拚個魚死網破。

光頭男猛地起身，掉頭離開。同桌的其他人搖搖頭，安撫了幾句，光頭男挑起的怒意漸漸被撫平淡化。克明利專注地讀著脣語，讀出了「傻逼」和「混蛋」幾個字，紅髮女人還輕拍著媽媽的手。此時，船身斜偏了一下，桌上的餐具跟著滑開，大家不是大笑就是假裝害怕，趕緊傾身抓住他們的刀叉。克明利只是專注地咀嚼又乾又硬的肉條，否則根本吞不下去。

沒多久，他發現又有人盯著他瞧。隔了幾個座位，有一個與他同齡的男孩，那張淘氣的臉蛋上雀斑點點，正在模仿克明利將食物塞得滿嘴，還誇張地嚼動，活脫脫就像一隻餓壞了的松鼠。克明利還來不及比中指，男孩就對克明利嘻嘻一笑。克明利盡全力做了一個鬼臉回敬——鬥雞眼外加下牙包上牙，引來男孩的開懷大笑。

這場你來我往的遊戲被男孩的媽媽打斷，她扭住男孩的耳朵，瞥了克明利一眼，說：瞎鬧什麼。兩個男孩立刻收兵，假裝一本正經地吃飯，像一對傳教士般細嚼慢嚥，並時不時地偷瞄對方一眼。在用餐完畢之前，克明利都能感覺到他沉默共犯的存在。

用餐完畢，媽媽再一次叮囑他要注意安全，並指著時鐘，讓他放風一個小時，去四處探索。媽媽比手語說：我要去睡覺。他們的寢艙令人失望，根本不能算是臥房，只是一間狹小擁擠的家庭宿舍，一排排的臥鋪，每個臥鋪都被包封的像是一團黑繭。整個寢艙光線昏暗，又塞在船的下層，才幾天的時間，房裡的空氣已經污濁難聞。

甲板這裡的空氣正好相反，刺骨的冰凍，卻又清新得刺激著你的眼球。海風填滿了胸口，礦物的濃烈氣味沖刷著喉嚨，血液像氣泡飲料般嘶嘶作響。克明利抓著欄杆，感覺著船身乘風破浪的起伏動盪，它就像一頭活生生的怪獸對抗著大風浪的拉扯，而高高在上的船帆吃撐了風，鼓得飽脹。

無邊無盡的海水，延伸到地平線才罷了休。海洋神祕無比，龐大到你望也望不到盡頭。船是如何將自己安置在起伏曲折的水體之上、滑行繞過地球？是什麼拉住這些海水，它們才沒變成地球規模的瀑布，讓鯨魚、船和鯊魚翻進外太空？而地心引力，就是那個原因。他隱約記得這個詞的說法，記得那四個音節的發音，就在聲音拋棄他之前。地心引力，一道無形的膠水，將大頭針貼在磁鐵上，也是將你安置在地球表面的魔法。

有人從旁邊靠了過來，是晚餐同桌的那個男孩。男孩說：你好，之類的招呼，克明利點點頭。他對自己的聲音沒有信心，至少在陌生人面前是如此。他見過別人的目瞪口呆，想像得到那些藏在心底的竊笑，還是保持沉默比較保險。

男孩的五官精緻，一口牙齒歪七扭八，淡淡的雀斑橫跨在鼻子上。克明利專注地盯著男孩的嘴唇，只讀出了要命的，其他的沒看懂，意識到這次應該不能唬弄過去，必須冒險一試。

「你叫什麼名字？」克明利小心翼翼地發音。

「迪克藍（Declan）。」男孩回答。

克明利大聲重覆男孩的名字，才說出自己的。他很少如此冒險，有些孩子不太友善，但這個男孩皺都沒皺一下眉。

克明利抽出媽媽要他隨身攜帶的筆記本和筆，他在筆記本上整齊地寫了一句解釋。迪克藍讀完句子，嘻嘻一笑。帥，迪克藍說，隨即往長椅上抱在一起的男女指去。克明利一臉茫然，搞不清楚男孩要他做什麼，迪克藍拿起筆，潦草地寫出他的請求。他錯字很多，但意思明確：你可以幫我們監聽，我們的人在說什麼？

克明利看向那對男女。女人一臉不高興，男人則是懇求姿態。他們在爭吵，句子複雜，但似乎是跟錢有關。讀脣語並不是件簡單的工作，他努力認讀，想認出更多一點的字。他草草寫下：無聊。男人才剛大醉一場，剛醒來。迪克藍點點頭，上下打量著克明利，好似在估量以做決定。隨即他眉開眼笑，腦袋一歪，開口邀請：那好，你跟我來。

比莉

比莉走進陣陣強風之中，天空被雲朵刮成了鋸齒狀。她在欄杆邊找了個位置，憑觸感捲了一根菸，眼睛遙望著滾滾波濤。白煙從她口中飄出，消失在臉側。

散步一直是她的習慣，以前亂蹓躂的地方包括了蘇格蘭格拉斯哥迷宮般的街道、宿舍後面的小巷、各個公園和小路；那座城市就算閒逛數個月，路線都不會重複。一開始，她還覺得穩固號十分寬大，現在只覺得被困住，無路可逃，感到一股封閉的窒息感。

她正在熟悉大船的布局，熟悉它迷宮般彎彎曲曲的通道和樓梯，用腳步測量大船八字形的內臟和血管動線，結果卻只讓窒息感更加高漲，甚至還迷了路。她不斷繞回原地，記路的目標宣告失敗，每條通道幾乎一模一樣，而且船還有許多的樓層。大船實際的尺寸擊敗了她，許多區域有沉重的厚門和標誌禁止乘客進入。船員可以憑手上的電子感應環，進入職員工作區、資訊站、艦橋和陰暗角落裡的海事裝備貯藏室等禁區。未經許可，不得入內。

過去數年來，她並不享受格拉斯哥的無拘無束，那不是二十出頭的她會迷戀的熱鬧喧嘩城市——那種充滿勇氣、前程和各種娛樂的地方。貧窮和犯罪在格拉斯哥製造出大量的險區，以及必須帶辣椒噴霧劑的繁華黑市。不過實際的界線是由周而復始的戒嚴來劃分的，瘟疫的恐慌像灰霧般迷漫至整座城市的每個角落。格拉斯哥的原生氣味，原本是由柴油和羅恩方形肉腸組成的，現在卻被濃烈刺鼻的消毒水覆蓋。你會繞過一個熟悉的街角，迎面撞上封鎖線，看見黑色車窗的疫病運屍車緩慢駛過，被穿著防護衣的士兵揮手趕走。原本她的醫療工作證還能派上用場，換取些許自由行動的特權，但被裁員後，再也沒有通關特權。

散步是一種私人的追求，可以獨自漫步世界，迷失在自己走出來的迷宮之中。可是大船上乘客眾多，空間擁擠，剝奪了這份獨處的需求。你會不斷經過同樣的人群：躲在角落裡的男女、玩躲貓貓的孩童、簇擁在遊戲螢幕前的熟人們。一對正在打掃的工作人員交換了一個心照不宣的竊笑，毫不掩飾地打量著你，把你當成幽閉恐懼症患者觀察。

她就快走到船的盡頭，索性來到甲板前方，放眼遙望無邊無際的弧形海水和穹蒼，頓時感覺輕鬆不少。陸地逐漸退遠，原本成網狀漂流在海面上的垃圾也退成了一排小型船隊，海水也從洗碗水般的灰色變成了波光粼粼的墨藍色。整個天空和風雲霧氣形成一片翻湧的壯麗美景，遠方時不時冒出一艘貨船，還有乳白色的水母群，景色既單調，卻又千變萬化。

海風陣陣吹拂，她瞇眼眺望著遠方的一艘船，身形越來越清楚，筆直朝他們而來。它逐漸靠近，許多人聚過來觀望它。綠色船殼上散布著鏽斑，並以白漆寫著西班牙文「**黑夜號**」（Sombra Nocturna），看來是艘西班牙遠洋漁船。**穩固號**的船員紛紛來到欄杆邊，朝西班牙船的水手打手勢。

西班牙船駛來併肩停靠，只見對方船員面帶微笑，兩艘海船像海豚一樣節奏一致地在波浪之上起起伏伏。孩童向西班牙船員揮手打招呼，對方也揮手回應。**穩固號**的一個主管朝對方發號施令，隨即他的部下紛紛拋出繩索，連接兩艘船，然後緩緩拉回一個木箱。木箱安全抵達**穩固號**的甲板，兩名水手扛起它，步伐沉重地將它扛到甲板下層。

繩索收回來後，西班牙船放出音樂道別。比莉認得那段旋律，是一首慵懶輕鬆的巴薩諾瓦（bossa nova）爵士歌曲：〈伊帕內瑪姑娘〉（*The Girl from Ipanem*）。兩艘船分開，西班牙水手隨著旋律搖擺起來，動作誇張耍寶地逗得孩童哈哈大笑。

比莉望著漁船消失在地平線之外，又捲了一根菸。菸草刺激著她，使大腦興奮得難以平靜下來。「海上的大船」這個詞彙捕捉不到人類人定勝天的狂妄自大。一群陸地動物擠在這艘不堪一擊的船艙上，在無邊無際的水體中茫然漂蕩，好似冷漠海洋上的一粒小黑點。若你夠無聊，可以繼續鑽牛角尖。

比莉點燃打火機，卻打不起來，暗罵一聲，朝前舷的販賣部走去。值班的船員咧嘴一笑，露出一顆金門牙，按著一個紅色打火機朝她推過去。

「拿去吧，」他說：「我撿來的，很可能是妳的。」

她道謝，轉動打火機的火輪點燃火苗燃菸，深深吸了一口。

「我聽過妳唱歌，」值班船員說：「在候船檢查站的時候。妳的歌聲不錯，菸別抽太多。」

她尷尬地低下頭。「我是想把嗓子磨粗一點，這樣比較容易唱低音。」

男人哈哈大笑，金牙在黝黑的肌膚下閃閃發亮。「啊，那句話怎麼說來著？自圓其說？」

回到欄杆邊，她側身閃過一個暈船大吐的乘客，這個人的脖子上貼著好幾塊ＯＫ繃，只見他大口吸氣，以緩和劇烈的反胃。比莉暗自慶幸自己不會暈船。成長期間，她父親安排的假期幫她躲過了這道煉獄。在父親的老船上，她學會了順應波濤的節奏，但大海上的這些波浪簡直是品種完全不同的野獸——它們不是輕輕的搖盪，而是暴力的翻滾甩動，眨眼間，將你拋到數米之外。

她剛才遇到一個癱在走道上的女子，面色發青，瞳孔睜得像葡萄一樣大。比莉開口勸慰：「妳暈船藥的劑量應該提高一些，會有點幫助。」暈船女子壓根說不出話來，邊爬邊走地朝醫務室而去。

船上到處貼滿了規則標語，上面的口氣嚴厲跋扈，絕對不會有人將此趟航行錯認成觀光郵輪。室內禁菸、甲板以下禁菸。除了那兩個從中午營業至半夜、陳設簡陋、被指定成酒吧的房間之外，全部禁酒。入夜後，寢艙禁止串門，甚至連用餐步驟、用水配給、骯髒餐具的回收區和私人物品的存放，全都規定得一清二楚，還有垃圾制度、洗衣值勤排班表，以及嚴格的洗手洗澡衛生規則。張貼在廁所的規定，就差沒指示你該如何擦屁股。

鉅細無遺的恐嚇令人精疲力盡，新鮮空氣是個有效的緩解劑，只要你抬頭向前看，不要低頭凝視船的尾浪。那裡攪拌著惆悵和鄉愁，這些多愁善感足以干擾腦袋，讓你更心煩意亂。

比莉臨行前曾回老家一趟，當時又惆悵又感傷。她成長的那片土地早已物是人非，生命不斷前進，她的缺席並未留下任何印記。扒下對孩童時光的懷念，父母老家所在的小漁村就只是一棟棟歪七扭八的屋子、一艘艘油漆斑剝的小船，那裡只剩下貧窮和七零八落的傲骨，日復一日重覆一樣的例行工作，被行事謹慎的外人統管治理。

父母甚少詢問她在城市裡的生活狀況，城市對他們來說十分陌生，因為無知而害怕。每日的謀生工作和雜務，消磨了他們所有的注意力，母親忙著照料菜園和醃製泡菜，父親則乘風破浪將漁獲送至燻肉間，再將吃不完的販售出去。而傑米（Jamie）雖然已經二十五歲，卻還像個孩子，喜歡滑稽可愛的雛雞，著迷於毛毛蟲或彩色葉片，這也注定了他一生簡單平凡。一想到丟下他們，她的心不禁柔軟下來，微感愧疚。

夠了。一旦上了岸，她會打電話回家，將部分薪資寄給他們，好讓母親得以看牙、支付帳單，還必須記得把該說的話說出來。父母知道她愛他們，但反覆提醒並非壞事。

「妳還會回家嗎？」母親一邊洗碗一邊問，她則在旁邊擦碗。

「媽，我是去工作的，不會永遠待在那裡。我每個星期都會打電話回來的。」

除此之外，沒人再過問她出國的事。母親只交待她煮一壺開水，再拿一塊餅乾，任何人聽了，都會以為待會會有一個稻草人要上門拜訪。父母什麼也沒說，不過她察覺到了他們的驚訝和沮喪——唯一的女兒就要消失得無影無蹤，去到地球的另一邊。這個決定的確具有爭議性，不只是因為那些偏激病態的瘋子，企圖禁止所有的旅行遷移，好似這是唯一的解決辦法，還有更深一層的糾結：在家鄉迫切需要之際，拋下它；在親愛的老蘇格蘭陷入黑暗期之際，放棄它，簡直等於叛國。

對比莉來說，她受夠了以極低的工錢刷一大堆的地和馬桶，或在一些偏遠的小巷子中，做工資卑微的臨時工，只為了支付房租，那還只是一間只有一個插座和冷水的小套房。她更厭倦了以保衛爾牛肉汁熱湯果腹，還有慈善機構的怪味餐包、私菸和滿是油漆味的水酒。

剛丟了醫院工作的初期，她其實還滿感激的——不再需要糾結掙扎，要嘛丟掉工作，要嘛冒著生命危險和留下後遺症的風險去上班。但這份感激很快就退去，先不提在醫院工作所帶來的乾淨資歷，單是那份穩定的收入就十分難得。她去格拉斯哥公立醫院（Gartnavel）和皇家亞歷山大醫院（Royal Alexandra）應徵，但兩家醫院都沒有回音。她甚至去面試追蹤隔離逃兵的工作小組，但很快就被調派去幹一般的工作，去市中心的辦公大樓區打掃街道。她並不蠢，雖然BIM（均衡性產業移民計劃）的招聘傳單上，占滿了藍得刺眼的天空和笑嘻嘻的工人，但她沒有被沖昏頭。不過，她的確受夠了暗無天日的日子，燦爛的陽光起碼能帶來一絲希望。

「會把身體弄濕喔。」一個聲音說。是愛丁堡（Edinburgh）口音特有的上揚音調，原來是在候船檢查站與她合唱的那位蘇格蘭老提琴手，還請過她喝威士忌。老人體格矮壯，一臉落腮鬍，一條條的皺紋隨著嘴角勾起的微笑弧線而上移，灰眼銳利精明，像灰燼一樣的淺淡。「我是羅比（Robbie）。」

他沒等比莉開口詢問便先自我介紹，於是比莉點點頭，說了自己的名字。

「我有個姪女也叫比莉，快十二歲了，」老人說：「莫娜（Mona）已經開始想念她，一直忘記我們出海就無法通話。什麼爛規定，我找他們理論過，但我們這趟航程不包括通訊服務。」他拉出一個菸草袋，捲了一根菸後，將菸草袋遞給比莉。她習慣性地遲疑了一下，才接過袋子，想起這些菸草很乾淨，上船前都通過檢驗，沒有蟲。

「你太太暈船嗎？」比莉腦海裡浮現一個老太太，黃褐色肌膚，白髮往後梳成一個圓髮髻，隨著旋律和歌。她舉止大方溫和，起碼掉了一顆牙齒。

「她暈了一陣子，」羅比說：「暈得很厲害。但現在不暈了。」

「可憐，」比莉附和。「幸好我們躲過了。」海風吹散了白煙。這捲菸草味道濃烈，帶著麥芽香，好似菸斗用的。

「真的很想跟家裡保持聯絡，」他說：「他們說因為傳染病，只能禁用通訊設備，說那些設備都很髒。」

「欸，是啊。他們還說是為了保護隱私，以免船上閒言碎語，引來紛爭。」

羅比輕哼一聲。「隱私！是怕我們壞了他們的名聲，害怕船上餐飲內容的照片外流，還有乘客趴在船弦大吐特吐的短片被傳送出去吧。」

不只是紅星，所有客船都有禁止電子通訊設備的規定。比莉之前十分享受遠離訊號範圍之外的清靜，但現在她也開始想念那些與外界叨嘮鎖事的日子，懷念絮絮叨叨的通話聲，還有她家人的面孔。

「至少他們讓我們抽菸，有些船不准。」

「沒錯，」老人贊同。「還有，他們不太愛管閒事，總會睜一隻眼閉一隻眼。」他抬頭瞇眼望著明亮刺眼的陽光。「看不到橫桁，妳看得到嗎？」

「橫桁」是什麼？比莉搜查腦海中的字典，沒有這個詞語的印象。「那是什麼？」她老實地坦承。

「噢，我只是想說它正好進入太陽光圈中。想喝酒嗎？我請客。我們幾個人約好了來個午後小酌。」

她習慣性地權衡與陌生人飲酒的利弊。回想起那天一拍即合的合唱，這個人顯然無害。畢竟是大白天，無論來去都十分安全。

「好啊，就喝兩三杯。」

「好姑娘，」他說著彈飛了菸頭。「這邊走。」他帶頭左搖右晃地往前走，速度不可思議地快捷。

「等等，」比莉大喊：「酒吧不是在另一頭嗎？」

羅比給了她一個老掉牙的眨眼。「噓，」然後誇張地小聲說：「我們找了一個私人酒吧。」他下巴一揚，暗示旁邊那對情侶正在偷聽。「只有蘇格蘭人，都是志同道合的。工作人員的特殊待遇。」老人學著電影裡的流氓，輕點著鼻翼，反倒惹得比莉有些遲疑。

「走，回團囉，」他小跑步起來。「跟上來，夜鶯。」

湯姆

是我杞人憂天了，開學的第一天十分順利，孩子們並沒有我擔心的那樣頑劣。他們的資質的確混雜不一，但並沒有明顯的壞苗子。

那天的出席率接近滿分，這要感謝船員辛苦地滿船搜捕學齡期的孩子，並押著他們來上課。起初，還有幾個暈船的躺在床上動彈不得，但船上不允許曠課——德藍尼（Delaney）表示這是合同上的規定。德藍尼是負責學齡期孩童和青少年事宜的老水手，為人活潑開朗。我心想，這個人選挑得太妙了，他真的很像聖誕老公公。

一個孩童嘔吐，被抬到醫務室去休息。有個船員過來擦乾淨嘔吐物，再四處噴灑空氣清新劑，甚至還不小心噴到自己的眼睛，連聲咒罵：「混蛋爛東西，他媽的！」逗得孩子們哈哈大笑。

大家都身處異地，還是沒有地面的異地，處境相似，很快就形成一個小圈子。我希望這種「大家同在一艘船上」的封閉感，能打消麻煩製造者的搗蛋念頭。是的，「大家同在一艘船上」這個陳腔濫調，最近都快被說爛了。

「記住，」我告訴孩子。「我們同在一艘船上。」孩子們受不了的大聲呻吟。我交叉手指，要他們安靜下來。

教室設備和教材都十分原始簡陋，只能將就：一臺舊電視螢幕、資料有限的資料庫、一塊古董白板。我發作業本和筆時，孩子們不可置信地哀號。「這裡沒有連網的電子設備，」我提醒他們。「我們不插電，就像時光旅行，假裝回到二十世紀。」

他們立刻起哄：「嘿，科技、科技！咻，某種雷射？」一個英國孩子揮著筆喊。

第一天的教室裡彌漫著親善友好的氛圍，這是一場新奇的冒險，在起伏的大船上上課，使用的是這些老舊的教材設備。學生的年齡層參差不齊，也是一種挑戰，我將他們分成兩班，年紀較小的那一班是上午上課。自我介紹、點名、認人，例行工作順利完成後，來了一場假裝成隨堂小考的智能測驗，再為他們分組，表面上是按照年齡分組，但其實是將智能高的和低的摻和在一起。

他們的字簡直不堪入目，這些英國孩童都是依賴螢幕長大的，讓他們讀板書、上臺算數，果然糟糕透頂。要不是他們的家庭是低收入戶，這些孩子是不可能上船的。

當然，我也不會在這艘船上，只能走向毀滅。家庭財富只有在它持續增長的情況下，才能在危急時刻成為你的緩衝。

這些出身貧窮的孩子缺乏資源，但只要有接受教育的機會，無論何種教育，都能為未來帶來些許的光亮。很快的，湯姆就領悟到不能以貌取人：那個滿臉鼻涕的孩子，居然是全班文法最好的；眼神痴呆的，居然是個數學天才；沉默安靜的女孩能在五分鐘內，寫出一篇文意清晰流暢的五段文章；還有一個耳聾的孩子（他應該不能算在以貌取人的行列中），這孩子不太願意說話，但能讀點脣語，而且十分的聰明。他的字很漂亮，臨近藝術字的程度。

我知道班級內的小團體，很快會依照國籍、血型、膚色和種族、喜愛的足球隊而形成，還有宗教，尤其是愛爾蘭孩子；因為成長於宗教環境中，他們以為全鎮裡唯一的遊戲是耶穌。我一向不鼓勵派系文化，但孩子精明早慧，早在害怕惶恐中學會了「抱團求生」的信條。這樣的信條，尤其是在逆境中，已潛移默化成為了天性的一部分。

課程內容的安排基本依據合約的要求，以實用性為主，包含了語文、算數、寫作和實務課——這些基礎的學科能力，為孩子未來的低技術勞動做好準備。但我私心希望自己能多做一些，訓練他們思考，開發他們的想像力，引導出每個學生的天賦才能，或許能幫助他們的人生精采一些。

不過，我也十分懷疑自己：我在開誰的玩笑？我手上有的，不過是一臺過時的老舊螢幕、一塊白板和一份不上不下的教學評鑑成績。我不是什麼高明的師長，沒有引導社會底層孩童和青少年的能耐。況且，他們的未來早已注定了要挖馬鈴薯。

這個自我懷疑的循環十分熟悉：我是不是高看自己了？一個低階教師又能帶來什麼樣的改變？不過話說回來，這份工作有它的亮點：當孩子提出一個聰明的問題、寫出一首詩、發表出人意料的見解，就表示內在的火星被點燃激發。這個時候，希望再次回升：我的自我懷疑是否只是想太多了？又或許，我天生就是來當老師的？

猶豫不決、優柔寡斷，好似倉鼠的滾輪，轉啊轉的停不下來。

學生全部離開後，我鎖上教室的門，躺在沙發上伸懶腰，告訴自己事情都會順順利利的。我當然有權利小憩一番，以獎賞自己安然渡過了第一天。不是放空自己的休假——只是一段小小的遠足。

那個俊美的小奶狗水手，我昨天又看到他了。他體格精瘦，頂著光頭，滿臉鬍渣下的五官清晰立體。身上的制服……妙不可言。

我們在過道上相遇時，彼此打量了一眼。

他停下來，說：「你是那位老師。」

我伸出手。「我是湯姆．加奈特（Tom Garnett）。」

兩隻手一握，意味明顯，絕對不會會錯意：握手力道過於用力，又捨不得放開。他報上姓名後，詭祕一笑。「我剛值完班，很閒，你呢？」

現在可以做做白日夢，把他召喚出來：這個場合就必須來個兩百毫克，讓人欲仙欲死的舒馬坦抗焦慮藥丸（Somatriptol）。在晚餐鈴響起之前，來一份思想上的開胃酒，還有數小時的極樂快感。

關掉燈光，放下窗簾，閉上眼睛，任由自己隨著大船的節奏搖擺。

啊，對，好多了。

好太多了。

放開交纏的四肢，五光十色消散。熱血和藥丸共振的美妙魔力，帶來豐富美好的內在平靜。

我斥責自己，神經病，一切都會順順利利的。

就在此時，有人敲了一下門。

我搖搖晃晃地站了起來，走去開了門，我俊美的夢中情人居然就站在門口。我眨眨眼，不確定他是真是幻。

「你在忙嗎？」他問。我搖搖頭。

他輕聲細語，目光直盯著我瞧，臉上顯露出一絲羞怯，看來他也心照不宣。他用手指在門板上畫了一張地圖，輕敲著我們隱形的目的地，審視我重複他指令時的表情。

「五分鐘後，」他說：「再跟上來。」

我的心砰砰狂跳，在大船中穿梭，來到那扇指定的門前：客房部。走道上空無一人，於是我敲了門。

這間艙房簡直就是一個清掃工具櫃，只聽見拖把鏗鏘作響，洗潔液啪啪晃動，滿屋子都是乾淨毛巾和客房肥皂的香味。雖然光線昏暗，但足以讓兩人看清楚彼此。

「看看你，」我欣賞著他優美的五官線條、比例對稱的下巴，下巴隨著他的歪嘴一笑而偏移，像極了廣告傳單上的模特兒。「你應該找個經紀人，當水手太浪費了。」

他牽起我的手放到他的手腕上，握住嵌在他美肌上的纜繩手環。「能閉上你的嘴嗎？」他一邊說，一邊向我靠上來。

我也是。

3

克明利

克明利被尿意喚醒，他睜開眼適應艙房的漆黑和搖晃，而這搖晃早已滲透進他的夢裡。他翻身瞄了下鋪一眼，只見媽媽成了一團黑影，隨著呼吸上下起伏。

他不只想小便，口也好渴。他摸索到水壺，但水壺空了。因為擔心病毒，他們不允許你自己裝水，也不能喝浴室水龍頭的水，那裡貼著一張紅色的大牌子，牌子上畫著一個嘶吼大叫的火柴人，媽媽為他解釋時假裝嘔吐，因此他必須去販賣部裝水。他一層層穿好衣服，輕手輕腳地爬下梯子，以免吵醒別人。

廁所惡臭難聞，他憋著氣撒尿，看著黃色尿液漩渦式地消失在便池下。它去了哪裡？直接注入大海？他想像他的尿液漂流在冰冷的海水中，像一團黃色雲霧包裹住一條經過的魚兒，瞬間的暖意暖化了海洋的寒冷。魚兒聞得到尿味嗎？魚兒有鼻子嗎？

臥艙走道的燈光昏暗。克明利走在走道中線，在搖晃中玩著維持平衡的遊戲。來到外面陰暗的通道，他停下來看路標，在迷宮中找到方向感，朝他以為的右邊邁步而去。

一個高大的人影朝他迎面而來，是一個沒穿制服的船員，那個人全身冷得縮在一起，臉蛋深埋在外套的立領中。二人接近時，彼此交換了一個目光。他的黑鬍子被雨淋得濕濕的，外套上噴濺著深色污漬，眼窩深陷，嘴脣緊抿，有些駝背。白粉筆色的臉頰上，從鼻頭到太陽穴有一道可怕的紅色條紋，就好像被抹開的鼻血。男子似乎吃了一驚，彷彿才剛甦醒過來。

克明利趴貼在牆上讓他通過，但鬍鬚男瞪了他一眼，低頭鑽進一扇門。克明利從那個門口經過時，嗅聞到一股濃烈的氣味，氣味裡帶著一群男人沉睡時的悶濕，這是男臥艙B，女士止步。也許水手也會暈船，剛才的鬍鬚男就好像剛吐完回來。

通道又一次完全屬於他，他平伸開兩手，假裝自己是一個穿著睡衣的室內衝浪手。經過女子寢艙時，這次是帶著汗味和香水的濃郁氣味，接下來是從廚房飄出來的烤麵包香味。他爬上艙梯，用全身的力氣又推又撞地把門拱開。

艙外居然沒有下雨，清新的空氣永遠令人精神一振，刺骨的冰冷和清爽瞬間將肺掐醒。天空仍是漆黑一片，但地平線上冒出一條淺色的絲線，頭頂上的繁星在無邊的殘夜中閃啊閃。靠近船頭的駕駛室中只看到船員的剪影，他還瞥見其他夜班人員存在的跡象：一支手電筒無聊地閃啊閃；一個紅亮的菸頭成弧形被彈入夜空中。這裡是完完全全的另一種人生，是整個世界都陷入沉睡時，才活絡過來的祕密社會。

克明利朝販賣部走去，那個前甲板上亮著燈的亭子。他學著水手走路，加寬步幅以維持平衡，屈膝以緩衝波濤的起起伏伏。他像水手一般，朝船舷外的波濤黑暗世界，點頭致敬。

販賣部燈光明亮，但服務窗口被鎖上了。他透過窗口，看見擺滿商品的貨架、一臺刷卡機和一根消防栓。牆邊安坐著一罐罐的飲用水，水罐中的水動作一致地晃來晃去。有一罐水的蓋子敞開著，它的蓋子被小鏈條吊著也晃來晃去，罐子裡的水像鯨魚噴出的水柱般噴了出來。

店員呢？他好渴啊。克明利用指關節敲了敲窗戶，安靜等待一陣。良久，更使勁地捶著窗戶。

一個人影都沒有，他沒辦法加水。好諷刺啊，他渴得半死，而四周全是水——不能喝的水。

他踮腳往小房間裡瞥去。地板上有一塊海軍藍布料，跟船員制服一樣的顏色。他將臉貼在玻璃窗上，勉強又認出一隻黑靴子，腳踝處的靴筒翻摺而下，然後才恍然大悟，那是一條腿，一條人類的腿。有人平躺在地板上。

克明利用力猛捶窗戶，但腿的主人動也不動。偷懶，值班還偷睡懶覺，不然就是喝醉了，喝著喝著就醉暈過去。他跑過去拉來一個木箱到窗邊，爬上去想看清楚一些。

他猛然看見一灘鮮紅色的黏稠液體，好似小河般向外流動。血流在角落的水罐下面聚攏。血水滲進制服衣料中，留下一道長長的黑色污跡。

克明利這才明白那是一個躺在血灘中的男子，心臟都快跳出來。

他衝下通道，朝駕駛室跑去，裡面的船員在破曉的天光中清晰可見，那道曙光將世界浸泡在過度渲染的琥珀光線中。

克明利奮力向他們揮手，船員轉過來，看起來有些吃驚，克明利隱約意識到自己大大張著嘴，發出不似人類的嘶吼怪聲。

比莉

比莉被頭頂上數公分的吸塵器叫聲吵醒，抬眼瞪著操控吸塵器的船員。

「拜託，」比莉在機器聲中大喊：「你一定要現在弄這個嗎？」

男子扯起背包，轉身走開，又吵醒附近另一個打瞌睡的人。

比莉正蜷縮在船頭沙龍的長沙發上。自從那則新聞爆發以來，睡眠品質變得難以掌控，隨著每小時的流逝，躺在臥舖被子裡的她，越來越覺得自己像被困在昏暗的密閉棺材中，她塞上耳機阻擋噪音。最近幾天，船上越來越臭不可聞，每次只要有人沖馬桶、脫襪子，或對著袋子嘔吐，又或者她某次親眼見證的，有人吐到熟睡鄰人的鞋子裡，可怕的混雜氣味就會飄過整個寢艙。

室友們不是輾轉反側，就是大聲打鼾，或是掉落東西，或是以不必要的音量討論不見的牙膏的下落。現在一到熄燈後，她們就焦躁地聚在一起，以往的竊竊私語換上了害怕地壓低聲音的嘶嘶聲。寢艙再也沒有了寧靜祥和，誰都睡不著。

她打算撐個幾晚再求救於安眠藥，於是以散步來助眠，繞著大船散步數圈，沿途還會經過其他失眠的人：垂首拱背在西洋雙陸棋盤上，睡眼朦朧的夜貓子、沒有網路不能玩線上遊戲而坐立不安的玩家、獨立於前甲板上的抽菸者。站崗於各個門口和角落的守衛，眼神警覺銳利，不敢鬆懈。他們顯然在監視所有人，但比莉這次並沒有感到被冒犯而憤怒。

一股焦慮的迷霧籠罩著大船。人們相互監視，謹小慎微，不放過任何威脅性命的跡象，比如某人無意間說出的一個字，或一抹假笑。大家回到自己所屬的小圈子中，像飛蛾一樣聚集在光亮處。家長緊盯著孩子，並以生氣勃勃的語氣掩蓋內心的恐懼。

比莉試著保持理智，不受恐慌潮流的影響，卻還是被搞得神經緊張，徹底失眠。今日凌晨四點她屈服了，吞下安眠藥，而現在，空空的胃說明了她錯過早餐。販賣部仍然沒有開門營業，但飲用水、石頭般堅硬的餅乾、淡咖啡，現在倒是二十四小時擺放在餐廳，無限量免費供應。

餐廳空無一人，但廚房幫工高舉著刀揮動說：「茱麗葉（Juliette）和他們都到後頭去了，妳自便。」

比莉張口灌下一大口咖啡，整個人放鬆下來。感謝羅比的牽線，她前幾個晚上都和廚子、新認識的朋友待在廚房的儲藏室裡。這個小圈子每天固定出席的，差不多都是那四十多個船員，彼此都看膩了，於是在每一趟航程裡，他們會挑選兩個乘客——也就是被船員稱為「寄生蟲」的人類貨物——邀請他們加入，以新血來消滅無聊。這一趟，她和羅比雀屏中選。這當然是因為兩人那次合作的歌唱表演，不過羅比呢，還有另一層因素，他和廚子有某種應該是違法的祕密交易。

比莉喜歡和他們在一起打發時間，但次數多了應該不太好。這段被困在大海上、坐牢式的航程尚有數個星期，在這沉沉浮浮的兔子籠裡，幾乎沒有隱私可言。若想避開不想見的熟人，會顯得十分唐突。她向來不擅長社交，後來又在醫院工作了數年，與人聊天交流的能力不增反減。一旦被人知道你在傳染病重症病房工作，就沒有人會邀請你吃晚餐了。

然而，大劑量的孤獨令人難以承受，況且有這些船員的陪伴好處多多：剛出爐熱騰騰的新鮮麵包、招待免費或低價的無限量暢飲、怒罵她歌聲宛若天仙的人。不，她並不覺得被冒犯了。

比莉低頭鑽進通道，敲了敲那扇艙門。門板打開，露出滿臉絡腮鬍的羅比，那一叢麻亂的鬍子太可怕了。

「夜鶯！」羅比大喊，一股濃烈的酒精味撲面而來。「爬進來吧，丫頭。我們正在交換意見。」

儲藏室的一個狹窄角落裡，倒放的水桶上坐著另外三個人：身材豐滿的廚子茱麗葉，她是蘇格蘭的格拉斯哥人；史酷特（Scoot），一個帥氣的甲板水手，來自蘇格蘭東北部亞伯丁（Aberdeen）的小帥哥，不太愛說話，但上次他們玩牌時大獲全勝；高個子的總管事，這個人面色臘黃，叫做馬歇爾（Marshall），熟知所有蘇格蘭民歌。

一看到比莉進來，有的忙著倒酒，有的為她找座位。她和羅比因為蘇格蘭人的身分，又是音樂家，在這個團體享有特殊待遇，馬歇爾稱這個小團體為「盤點員」。他曾說過：「不是因為我們斤斤計較存貨，只是我們喜歡看緊顧好自己的東西。」

「現在大家都是驚弓之鳥，特殊時刻，」茱麗葉說：「提醒自己，不要炫耀那個。」她指著正往杯裡倒酒的史酷特，他白皙的手腕上有個繩子的刺青。

「有人說是為了報仇，」馬歇爾說：「那個戴維（Davy）小伙子的手很巧。也許是他自找的？」

茱麗葉斥責道：「你嘴巴太毒了吧，馬歇爾。那傢伙前晚才被人割喉，脖子上一刀。誰都不應該有這種下場。」

馬歇爾高舉雙手。「我只是說他不是聖人而已。他還很懶，在值班時睡懶覺被抓了不只一次。」

「我就沒聽過有人說戴維・韋藍的壞話，」茱麗葉說：「他不只一次請我喝啤酒呢。他不是你的哥們，史酷特？」

亞伯丁的小帥哥聳聳肩，垂眼看著杯裡的酒。

這裡聽來一點，那裡搜集一點，再加上自行添加的，片段的謠言像綠頭蒼蠅一樣匯聚成形。不過大部分的推測都指向某個船員：除非死者揮刀自殘，不然還有誰能進入販賣部？但現在，馬歇爾開始懷疑凶手很可能是某個乘客，某個想辦法進了販賣部的瘋子，結果搶劫未遂、失手殺人。

「攝影機什麼都沒拍到，」茱麗葉說：「我問過那晚值班的傢伙。」

「販賣部的攝影機壞了，」馬歇爾說：「這艘船上，半數的攝影機都壞了。」比莉想到，船上的物資進出都是由這位總管事負責的。他熟悉保全的制度和漏洞，所以他的這個推測是出於多年實務經驗累積而成的直覺判斷，足以信賴。現在這間他們坐享偷來的酒的隱蔽處，也不是隨便被選中的。地板上有條粉筆畫的線，標示著盲點區的邊界。

羅比傾身向前。「一個藏在我們之間的凶手，」他誇張地壓低音量。「這個人殘酷狠辣，脾氣不小，是個劊子手。」一陣大浪打來，小倉庫歪向一邊，罐子乒乒乓乓作響，食用油在木桶裡啪啪晃動。

馬歇爾打破了大家的沉默。「要變天了。」

「我在臥艙裡根本睡不著，」比莉說：「整個臥艙都神經兮兮的。」

史酷特將酒遞過去給她，但她婉拒了，空腹受不了烈酒。

「早餐沒看見妳，」茱麗葉說著，遞給她一塊菠菜餅。「我媽的獨門配方。妳離開之前吃一些吧。」

比莉一邊咀嚼，一邊聆聽他們圍繞著凶手打轉的討論，行凶動機從巨額債務到詐騙，再到惡化的私人恩怨，後來還冒出毒品交易糾紛、爭奪一個女人。羅比幸災樂禍的猜測是：情殺，一個被拋棄後心懷不甘的船員。這個猜測被茱麗葉一棒子推翻，因為茱麗葉在碼頭上看見被害人和一個女孩擁抱接吻。

「有些人腳踏兩條船，那些該死的利物浦混蛋。」羅比堅持己見。

馬歇爾哼了一聲。「你熬夜想像出這個劇本，是吧？」

「他們說戴維家裡有一個孩子，」茱麗葉說：「一個男孩。和他媽住在布里斯托爾（Bristol）。」大家安靜下來，這個孩子將他們拉回到現實世界。

史酷特猛然起身，將酒一飲而盡，下巴朝艙門一揚。「是我說的。」他說著走出艙門，三大步就消失得無影無蹤，其他人只能對著空道跟他道別。

「那個憂鬱小伙子，」茱麗葉說：「昨天被叫去盤問。那個小男孩發現屍體時，他剛好下班。」

她還說，高層盤問了所有與死者有關的船員：室友和朋友、當時值班的人、進過販賣部的人，以及太陽下山後去過命案現場附近的人。

「我也被嚴刑拷問了，」馬歇爾憤憤不平地說：「我必須在最短的時間內，列出該夜班時段所有販賣部的售貨清單和交易清單，花了我好幾個小時。」他還說，接下來就要盤問乘客。大副卡特勒（Cutler）都把自己當警察了，他發誓要揪出那個殺人混蛋。

「卡特勒？」茱麗葉說：「靠，真是受不了那個人。」

「那些退役海軍，全是混蛋中的混蛋！」馬歇爾附和。「他們會被海軍辭退，就是因為腦袋有問題，虐待狂兼變態。很可能就是他們之中的一個幹掉那傢伙的。」

「那就不是乘客囉？」羅比立刻插話。

「高層主管大多是海軍退役下來的，」茱麗葉說：「他們太愛身上的制服，脫不下來。個個飛揚跋扈、為所欲為，卡特勒是最壞的那個。」

一張臉浮現出來，是那個大副，他就是審核比莉的面試官，當時還刁難了比莉一番。他就是卡特勒啊，再與茱麗葉他們說的特徵一比對：整潔無瑕的制服，喜歡挖苦人，沒錯，是那個討厭的傢伙。

「我得去準備午餐了，」茱麗葉說著站了起來。「晚上見，在立佩特（Limpet）？」那間酒吧有減價時段，比莉曾經從外面瞥了一眼，只見裡面氣氛熱鬧，是乘客和船員能玩在一起的地方。有少數低階管理人員去玩，但看不到有肩章的高層主管。

羅比慫恿她一起去玩，和他合唱一兩首歌。「酬金是菸草和酒，」他保證。「我和酒吧經理都說好了。」

「別怕，」茱麗葉說：「我們都會去的。」

大船是個封閉空間，這令比莉額外謹慎，不願站在有限人群前面演唱。但過去數年來，她的歌聲多次為她打開一扇門。唱歌令她釋放，也能為她帶來特權，可以在一兩個小時內，將世界融合在一起。拒絕聽眾的要求，似乎有些浪費天賦。

「那好吧，」她說：「但最好不要有人鬧場。」

羅比愣頭愣腦地歡呼：「誰鬧，我們就幹掉他！」沒人接話。茱麗葉搶走他手中的酒瓶。

「你已經喝茫了，」她說：「冷靜一下，好好吃個午餐，不然你撐不到目的地。」

羅比無話可說，乖乖交出他的杯子。

他們走出儲藏室，來到充滿炒洋蔥香味的通道上。比莉道別後獨自離去，她想釐清一下思緒，想呼吸新鮮空氣，想散散步消化一下剛才聽來的八卦。她朝不斷增強的海風走去，路線圖逐漸成形。

湯姆

戴維・韋藍血盡而亡後的兩天，管理部門把正在吃午餐的我叫走。我聽說了各種傳言，但茫然不知哪個才是正確的。我們遇上很糟的天氣，巨浪滔天、狂風暴雨，整船的人都惶惶不安。我放下沒吃完的飯菜，跟著那位主管的跑腿東倒西歪地走下通道，去見那個叫做卡特勒的刻薄大副，以及他頤指氣使的同伴。

起初我以為——或被誤導——他們會向我簡報被害人的遭遇。一開始，卡特勒的確給了我那樣的印象。他先說明謀殺案的大致細節，並說明案子正在調查中，而我的角色——他隨意地唸出我合約中的一條條款——就是支持管理階層的工作，協助緩和局面，保護未成年乘客的身心健康。翻譯過來，就是要我傳達官方版本的事件報告。

我必須告訴孩子，一切都只是意外。死亡的水手，當時正在操作一臺危險性高的機械，不小心被鋒利的刀刃割傷，但附近沒有其他人，沒人可以救他。十分遺憾，但單純只是一個意外，那個可憐人太粗心了。

「什麼樣的機械？」我問，希望細節部分能完善一些。一看見卡特勒的面色逐漸漲紅，我趕緊補充：「這些孩子十分聰明，他們會有很多問題的。我要如何回答他們？」

我試著撫平卡特勒的怒氣，自圓其說：「某種切片機械，開箱子的那種。」某種有鋒利大刀片的機器，也許它的保險機制失靈了。一個具有警示意義的故事。我的任務，就是如果孩童或他們的父母問起時（他們也的確發問了），將此版故事散播出去，鎮壓住其他版本的謠傳，並向他們保證沒事，隨即將話題轉移到其他方向。

「沒問題，」我連忙回應，話都說不清楚了。「先發制人，取得主動權。我跟你們是一伙的，會完全配合。」（該死，又說錯話了。我全身一凜，但他們似乎壓根沒注意到。）

接著，話峰突然一百八十度轉向我：星期三凌晨三點到破曉期間，人在哪裡？

「睡覺。」我斬釘截鐵地說。

卡特勒死盯著我，不放過任何一絲表情。

「在哪兒睡覺？」另一位主管問。

「通常晚餐後，我會回教室為隔天備課。有時候會累到打瞌睡，乾脆就在那裡過夜。」星期二晚上就是一個例子。「那裡安靜，沙發舒服，沒有人打鼾，與臥艙差太多了，老實說，臥艙裡的氣味真是令人不敢恭維。」我有些離題，但他們似乎很滿意我的回答，好似只是想證實一下我當晚並未睡在臥鋪上。

來自亞伯丁的史都華——起初，我俊美的水手並不願意告訴我他的名字，打算用小名把我打發，但還是被我又哄又勸地套了出來。我告訴他，我也喜歡見人只說三分話，但對我來說，匿名對拉近二人的距離，沒有幫助。

這些高層主管，是如何知道那晚我的臥鋪上沒人？監視攝影機？有些溫度感應系統，能在熄燈後偵測到臥鋪上沒人，一些人眼監視器也行——從我室友那兒搜集來的訊息？但誰會花心思注意我在不在？我拉上了臥鋪床簾的拉鍊，並不明顯。

我沒什麼要隱瞞的——那晚，我的確睡在教室裡，但「有人在監視你」有種詭詐的副作用，會逼著你焦慮地回想，重播那些不經意的時刻，警覺地過濾自己當時的所思所想、一言一行。思想犯罪！老奧威爾又上場了（注）。足以逼得人吞藥，而基於我那些不斷減少的補給品，這點不太妙。

卡特勒放過我後，我搖搖晃晃蹣跚地回到教室，準備開始下午的課程，試著忽略當下的險境，不去想我們這根木頭正漂流在狂暴的大海，而陸地仍不見蹤影。地板瘋狂

注 Thought crimes! Old Orwell in action，思想犯罪，是英國作家喬治·奧威爾於其著作《一九八四》裡創造的新名詞，是書中世界的一項罪名。

傾斜，我暈頭轉向地向孩子微微一笑，安撫他們，並隱藏我的緊張，假裝我們在玩翹翹板，還要刻意避開「墜海」、「船骸」、「沉船」等字眼。

死者被發現的那天早上，那個小聾子克明利．蘇利文並沒有來上課，直到快下課了，才和他母親一同出現，小男孩面色慘白、眼神空洞，砰地在朋友身旁坐下。他母親招手示意我到通道上，私下知會我事情的經過。

對任何孩子來說，那個畫面都是十分驚悚，尤其是對一個想像力豐富的敏感孩子。我答應會特別關照她的兒子，找事讓他做，轉移注意力。船上有位退役的神父，我才起頭，就被他母親打斷。「那傢伙是天主教的。」

凱特（Cate）如此保護兒子，並不意外。克明利聾了三年，是一場幾乎致命的超級流感留下的後遺症。她幫兒子找了一所聾啞學校，已排入後補名單之中（儘管那也是一所天主教學校），但那份後補名單太長了。都伯林在戒嚴下近乎全面停擺，網路斷斷續續，虛擬教育應用程式在狹縫中被掐斷。

凱特鼓勵兒子練字習畫，協助他維繫友誼，花費無數時間共同練習脣語。他們也學習了手語，但在通過ＢＩＭ的申請後就停止了，因為國外的手語系統顯然是不同的。於是，母子倆創造融合了臉部表情、官方手語和自創手語的專屬手語。離鄉背景，前途難料，又沒有聾啞團體的支持，都使得這對母子的關係更形親密。未來遙遙無期，只能將希望寄託在凱特的工資上，以這些錢買回兒子的聽力。

那個男孩的觀察力令人驚嘆，於是我將我的雙筒望遠鏡借給他，同時藉此分散他的注意力，引導他去關心大船以外的世界。我在他的筆記本上寫著：這個望遠鏡是防水的，但千萬不要讓它掉到大海裡。小男孩勾起嘴角，報以微笑，並整齊地寫下：謝謝，老師！

傳達了官方版本的「意外」之後，為了振奮士氣，我安排孩子做創意訓練：想像一個完美的世界。他們可以任意設計，以自己為主角，將這個世界的一天寫下來。十五分鐘，開始。

結果，有三個故事特別出采。露西（Lucy），這個害羞的少女大聲唸著：人類住在高高的雲朵中，輕飄飄的，自由自在。她的烏托邦世界中沒有重力，天空之人可以隨意飄來飄去。小丘般的積雲是人類的家，軟綿綿的霧氣是柔軟的床，每個人都有隻小鳥做為寵物。沒有規矩，沒有犯罪，沒有戰爭，人們整天忙著創作精美的雲雕，還有燦爛的陽光為這些藝術品打光，添加色彩。全班聽得入迷忘我，沒人發問：無雲的日子呢？為什麼人類要拋下堅實的地面呢？

迪克藍，一個大約九或十歲的愛爾蘭孩子，生得一張猴臉，厚臉皮得可愛，他想像出一個完全不同的天堂。若說露西的文風是魔幻寫實，那麼迪克藍的，就是科幻驚悚的動作片。在他的世界裡，他擁有天神般的神力，所有人甘願遵守他的指揮命令。幸好，他是一個慈悲的獨裁者，他擁有一頭凶猛的恐龍來滿足他的一切要求，人龍一起探索火山，享用蛋糕，偷取海盜的黃金。

學生中只出現了一個殺戮故事：特洛尹（Troy），叛逆的英格蘭小孩，不到十二歲，體格卻像個壯碩的十六歲男孩。他的世界是一場機關槍啪嗒啪嗒的聚會，這場景顯然出自某個無腦的電子遊戲。我推測，他寫這個可能是想嚇唬人，也可能是為了吸引他人的注意，又或者只是想緩和最近的暴力事件所帶來的緊張，回應他所感受到的威脅——一個面對可怕謠言的方法？

⚓

暴風雨過後的天空，晴朗湛藍，海面無風無浪。乘客紛紛湧上甲板，像蜥蜴般躺著曬太陽，船員的腳在光裸的肉體和毛絨絨的腿脛之間穿梭而過。有一群人在打太極，藉以打發電子設備被沒收走的無聊，他們優雅緩慢的揮拳舞動，搭配著偶爾的大浪顛簸，帶有一絲醉拳的意味。

我以前低估了陽光振奮人心的威力，隨著光芒穿透帆具灑落下來，標本似的白皙肉體逐漸通紅。明智的乘客不是補塗防曬乳，就是另覓遮蔭處，或乾脆退回到甲板下，但依然有人十分滿足於陽光的炙烤。皮膚癌——曝曬最壞的副作用。美麗又溫暖的陽光，的確令人容易忘記它致命的另一面。

我們很快就發現大船靜止不動，在鏡面似的大海上漂浮。後來終於有風吹拂，大船也只是牛步前進，因為我們正經過一大團奇怪的微生物。數天來，大船浸泡在水母爆發的濃湯中，掙扎前進，數百萬的外星斑點好似毒細胞一樣擁擠在海水中，牠們的觸鬚纏著殘渣碎片，拉扯著船體。

被這些無骨怪物纏住，實在令人毛骨悚然。但就在大船在水母魔掌中奮鬥前進之時，大海帶來了更恐怖的幽靈。

一個女人放聲尖叫，叫聲尖銳刺耳又急迫。人們紛紛湧向欄杆，抬手指著船外，我像隻綿羊也跟了過去。我看見它就漂浮在大船的下方，相當靠近船體：是一具人類屍身，腫脹得好似一個怪物，與水母和垃圾糾纏在一起，腐爛的眼窩望向天空。它的軀幹上，東一塊西一塊的殘缺，被單一般鋪開的皮膚上泛著青黑色的斑點。我驚嚇得趕緊撇開頭，但太遲了，那個畫面已烙印在腦海中。

船員命令我們退開，路易斯船長快步走到欄杆邊，豎直船長帽，好似被人抓到打瞌睡似的尷尬，不知所措。他瞪著海面，又看看他的部屬，平靜的面容微微陰沉下來，藏不住他的反感。

「不會吧，」我聽到他說：「就拍張照片吧。我們繞開它。」

船員將我們趕到甲板下，直到天黑後才放行。晚餐餐桌上的閒聊顯然有些生硬，大家都刻意避開那些兒童不宜的話題。當晚，我吞了幾顆藥，才得以安然入眠。

翌晨，海風增強不少，大船終於突破了水母爛泥，彌補上之前落後的航程，越過溫暖的赤道，往南朝南美洲的合恩角（Cape Horn）而去。前進、落後、航速和方向，全在我們的掌控之外。我學習到，乘客的本分就是信任船員。

沙龍的大螢幕上，顯示了我們的航線進程。在像素畫質下，大西洋被馴服成了整齊平和的數位動態圖，而大船就像浴缸中的玩具船，令人放心。這麼做十分明智：用一張地圖勾勒出我們真實的處境——浩瀚冷漠汪洋上的一根小樹枝，這境況足以嚇得整艘船的人連盒吞下抗憂寧藥丸（Calmex）。

我的藥品存量不斷減少中，所以打算和大船的醫務長卡拉漢醫生交流一些養生策略，但意外的是，這個醫生有意疏遠，透露得甚少。看來，我的私校口音也沒幫上什麼忙，對他來說，我只是另一個簽約的移民，和其他人一樣是合同勞工，儘管從卡拉漢醫生的黑靴判斷，他出身自工人階層，但在這艘船上他享有較高的社會地位。社會階級會隨著環境而變動，舊規則會被推翻，為什麼不呢？

那晚的晚餐時分，一排的船員在沒有事先告知的情況下，徹底搜查了男子宿舍，私人置物櫃、衣服和床上寢具，全被翻得亂七八糟。

數小時後，我才發現有東西不見了。我難以置信的在行李箱內襯中慌亂翻找，想找出那些神奇的密封小袋，但最後只能接受了事實：我所有的補給品，都不見了。

4

克明利

他們第一次訊問他那個死亡水手的相關事宜時，他情緒十分激動，媽媽立刻出手終止了會談。但他很清楚，這事不會到此為止。

數天後，他們又再度傳喚他。他一進入船長辦公室，就強迫自己不能直視那個守門的門衛，瞥一眼都不行。那道陰影氣勢逼人，陰森森的，他立刻認出了他的身高、微微的駝背，半邊的臉都被頭髮遮住。黑色落腮鬍。

路易斯船長面容和善，卻仍能看出他內心的恐慌。會談期間，在媽媽充當中間人之下，克明利又是打手勢又是在筆記本上寫字，回答了一個又一個問題。他眼中所見，船長的坐姿筆挺，其他嚴肅的男人都穿著鮮亮整齊的制服，而那個守門的鬍子船員，全程保持警覺，沒錯過任何人的一舉一動、一言一語。克明利一邊寫下回答，一邊從眼角關注鬍子男。

那天晚上，你在販賣部附近有看見其他人嗎？

沒有。他寫道。

他腦海浮現出鬍子男站在洗手間鏡子前，檢視蒼白臉頰上那道顯而易見的血痕、回想剛才在走道上擦身而過的男孩。一個鬍子男絕不會認錯的男孩。

吸氣，他告訴自己，呼氣。眼睛看著船長。

克明利知道販賣部那個水手死了，但不清楚他是如何被殺的，究竟是什麼的傷口能造成那麼可怕的失血。直到今天早上，看見迪克藍和一群孩子玩模擬殺人遊戲：一個人從後方潛進，一刀劃斷男人的喉嚨。

這給克明利又添加了一分恐慌。這份恐懼是他的祕密，只有他自己知道，自從他的世界陷入寂靜後便不斷地糾纏不去：害怕有人從背後悄然潛進。一個看不見、聽不見的偷襲者。

那晚，走下通道後，好似有一股邪氣從黑鬍子身上透出，那邪氣好像只存在惡夢中，但醒來卻發現它是真實存在的。現在，克明利就感覺到那股邪氣凝聚成一種力量，從鬍子男的目光射出，轉化成一種無聲的威脅。克明利從眼角感覺到那個男人的目光，從他身上移到他媽媽身上。媽媽，凶手正盯著媽媽瞧。克明利努力將目光專注在船長身上，他外套上閃亮的銅鈕釦，和船長帽上的金線繡紋。

那天晚上，你有沒有看見其他事情？船長問：你還有沒有其他事想要告訴我們？

沒有。克明利寫下。他故意寫得大大的，讓字顯而易見。

媽媽終於喊停，帶著他上去甲板呼吸新鮮空氣。他回頭偷瞄了一眼，確定鬍子男沒有跟上來。

母子倆併肩而行，媽媽一隻手搭在他的頸背上。那晚之後，媽媽便一直與他形影不離，時不時撫摸他的頭髮、對他微微一笑，只要他一伸手，媽媽就會將叉子或乾淨的襪子遞到他面前。媽媽仍然允許他在放學後去找迪克藍玩耍，但要他保證，晚餐前回到沙龍與她會合。媽媽還立下了新規矩：與其他孩子待在一起，不要落單；遠離船員工作活動區；天黑後，不准在船上閒逛。假如天黑後他想小便或需要什麼，必須叫醒她。懂了嗎？答應我，克明利。對神發誓。

黑鬍子。這個詞彙是從迪克藍的話中冒出來的。海盜，他的兄弟揮動想像出來的長劍，是海盜殺了那個男人。喬裝的海盜，穿得像尋常水手一樣。

到了晚上，臥艙熄燈後，克明利就淒慘了。他趕不走，也阻止不了那些畫面的浮現：水在罐子裡晃來晃去，販賣部四面牆上的燈光反光，那個人躺在黑紅色黏液中。最後一個畫面不斷反覆出現，令他軟弱無力反胃作嘔，就好像大浪撲打過來，腳下的地板卻瞬間消失，你突然向前撲倒，肚子一下子空掉的感覺。

他爬進媽媽的被窩裡尋求慰藉，像小狗幼崽蜷縮在媽媽身邊，直到睡意淹沒他。不過他決定了，從現在起，他要睡在自己的臥鋪上。他長大了，不應該黏著媽媽睡覺。

⚓

隔天放學後，克明利加入一群在玩捉迷藏的小朋友。他找到一個完美的藏身處，就是懸掛在舷緣上方的橘色救生船裡面。也許太過完美了，他很可能會躲在那裡面很久很久。天氣轉涼，風漸大了，濛濛細雨模糊了甲板上的視線。

他有一個很厲害的本事，就是將自己塞進小縫隙之間，並且長時間待在裡面。而他找的藏身處，能清楚地監視當鬼的人的動靜，在被找到時就不會被對方嚇到。

克明利盯著窺視孔，只見當鬼的小孩擠在一起，頭髮和臉蛋都被小雨淋得濕答答，不耐煩再找尋，眼看就要放棄。

救生船在大浪下晃來盪去，像一隻飛掠過大船的小鳥。帆布啪啪翻打，露出一片陰暗的天空，它像灰白色的天花板向大海壓迫而來。他在座位底下發現一個急救包，包裡有止血帶、膠帶、阿斯匹靈（注）、暈船藥、彩色的ＯＫ繃和一張防水的急救說明卡。克明利熟知止血的步驟：抬高腿，壓緊傷口。若沒有其他止血器材，便用雙手。

他抓了一把ＯＫ繃放入口袋，將它們小心地貼在牆上，就貼在十歲男孩齊眼高的地方，綠色表示安全路線，紅色表示危險區域，這也許能幫他導航穿行於糾結的通道。

外面甲板上，其他孩子紛紛離去，朝下方走去繼續狩獵，也可能是放棄搜尋了。迪克藍走在最後面，揮動一根水管，砍殺任何遇到的海盜。克明利看著他的朋友走遠，期望那位哥們退回來找他。但那些孩子消失在一個艙口中，進入大船的肚子。

他的腿痙攣了一下。燈光漸暗，甲板上幾乎沒人，只剩下一個水手在工作。媽媽一定會擔心他跑哪兒去了。

從這裡看不到販賣部，現在都有船員守在那扇門前。迪克藍一直慫恿他回去犯罪現場看看，尋找線索或血足印。克明利不想示弱，不想被看輕，就順從迪克藍的意思去了，但守衛一看到他們就趕人，他反倒鬆了一口氣。

那些血是鮮紅色的，流得地板到處都是，濕濕亮亮的，十分刺眼。其實此事早有預兆，回想上船的第一天，他看到的那道深入水中的鮮紅色條紋，當時就覺得它好像某種大海怪死前噴出的鮮血。現在很可能就有怪獸潛伏在他腳下，在海床淤泥中蠕動爬行，獵取鮮肉。

他全身發抖。他在這裡安全嗎？海浪上的誘餌？可能不安全。他爬了出來，跳到甲板上，一條腿震得像針刺一樣痛。他一蹶一拐地往前走，差點撞上一對繞過轉角的男女，他們的菸頭被風吹得火花四飛。他蹣跚地往下走進溫暖的避風港。

艙門附近有一個高大的影子在逗留，影子面對著大海，腦袋縮在雨衣衣領下。克明利走過去，影子轉過頭來，克明利的心臟像上鈎的魚般一揪。黑鬍子盯著他的獵物，腦袋往後一仰，用一把無形的刀劃過自己蒼白的喉嚨。

克明利慌亂地一腳高一腳低衝向艙門，那個影子一直在他的眼角範圍內，好似潛水員從潛水面罩角落瞥見的一頭大鯊魚。他用力拉開艙門，感覺它重重砰地在背後闔上，將那個人、雨絲和降臨的夜幕全關在外面。

注 Aspirin，是一種水楊酸類藥物，通常做為止痛劑、解熱藥和消炎藥來使用。

比莉

她現在變成立佩特酒吧的常客了，帳單都是以演唱來抵銷，而羅比則以獨奏小提琴搭配她。今晚的表演本來很順利，但就在臨近打烊時，附近一張桌子發生爭吵。比莉轉頭過去看見一個乘客東倒西歪，兩手按著臉，鮮血從指縫間滲了出來。

「靠！你幹嘛？」這個聲音充滿了驚訝、不可置信。那個人是愛爾蘭口音，棕眼裡透著挫敗。

一個船員瞪了回去，架勢凌人。酒吧頓時安靜下來。

「在大海上永遠別罵那些髒話，」那個船員說：「假如你這個寄生蟲不知道這條潛規則，你就不屬於這裡。」

馬歇爾放下酒杯，走上前。「就別去找長官告狀了吧，」他警告流血男。「除非，你嫌血流得太少。」

船員團結起來，盯著那個冒失的乘客。受傷的乘客納悶地環視酒吧一圈，隨即任由朋友將他拉走。

羅比和比莉交換了一個眼神。他們的酒伴有茱麗葉、茱麗葉的水手哥們萊昂

（Len），那個人精瘦結實，從脖子到指關節都刺著密密麻麻的刺青。酒吧這裡，船員和乘客的比數是五比一。

「他們吵什麼？」比莉問。

「噓。」茱麗葉警告她。

他們的酒伴壓低聲音說：「在海上有些字眼是禁忌，會帶來厄運，而破除魔咒的唯一方法，就是流血。一拳揮中鼻子。」

比莉跟著壓低聲音。「有些字眼？」

萊昂點點頭。「舉個例子，比如說某個祝人好運的字眼。」

「別說出來！」羅比嘶聲在她耳邊說。

她擺手揮開羅比。「我又不笨。」她對那個水手說：「為什麼不行呢？怕帶來反面效應？」

「正確。而且還不用提及那個人，這麼說吧……有點像是暗地裡紮人偶下降頭害人，其實還滿陰險毒辣的，如果你懂我的意思。」

「明白。還有呢？」

刺青水手灌了一大口啤酒。「多了去了，大家都知道。我們說是『一百零一次』。」

對，他確認了她的無聲提問：無論歌聲多美妙，即便是用唱的唱出那些字眼，也不行。

比莉在腦海裡無聲掃瞄一首首歌詞。就在前晚，這間酒吧中，她唱了〈精靈愛人〉（*The Daemon Lover*），而這首老歌的最後一句歌詞：船沉了。她暗中將這首歌從表演曲目中刪除。

這些酒伴一輩子都待在海上，滿面的風霜足以證明。他說，這些講究的忌諱是水手的第二天性。而這趟航程，更是令船員緊張不安，對任何不祥預兆都十分敏感。好運氣的存量，嚴重欠缺中。

「有人說，這趟航程受到詛咒。」茱麗葉說。

酒吧又喧鬧起來，緊繃化解，氣氛恢復輕鬆，彷彿剛才什麼也沒發生。一陣哄堂大笑，外加灌酒的咕嚕聲。

「那疫病呢？」羅比問：「能說嗎？」

謠言滿天飛，儘管船上精心做了一切的預防措施，儘管他們全體都忍受了繁鎖嚴謹的健康篩檢，疫病似乎仍舊跟著他們出了海。聽說有幾個乘客，因不明的嚴重病情被關在船底下。有些人又戴起了口罩，但一直沒有官方的公告，所以比莉沒理會，只當做是群體恐慌引起的躁動，也可能只是胃病引起的過度反應。

但現在這個刺青水手卻有另一番說法：有兩個乘客發病死亡，並被祕密投埋在海中，他們的親人則被關在船底，受到監控；另外還有三個染病的乘客被隔離在醫務室的病房中。除了醫生和他的副手，所有人皆不得進入那間病房；醫生和副手進入時，會在門前一步之遙的地方，戴上口罩和手套。

比莉覺得這事不太合理。他們出海將近三個星期了，嚴格的全面健檢也保證了乾淨零風險的航程，況且在出發之前，大家都做了增強免疫力的療程。病毒細菌怎麼可能上船？又是如何上船的？一個畫面閃過她腦海：她那間臥艙中的一個空床位。那床臥鋪空了好幾個晚上，原本睡在那裡的女人不見了。她一直以為是船上戀情，那個女人和情人躲在某個地方談戀愛。

「所以是真的？」羅比問：「不是空穴來風？」

「句句屬實，」萊昂說：「我兄弟負責醫務室外通道的清潔工作，就是要保持牆面、門板，還有該死的天花板的乾淨。他們聽說，傳染性極強。」

茱麗葉說，高層想盡一切辦法保密，但白忙一場，於事無補。船員對外的聯絡通道全部被管制，他們的電子郵件在寄出之前都經過審查。只要查出任何與疫病或船上困境相關的字眼，郵件會被刪除，帳號封鎖，寄信人被罰款。無論這個疫病究竟為何，高層都不惜一切保密。

羅比蹙眉。「對，沒有通訊設備。但為什麼管制船員對外聯絡的管道？」

「如果船上爆發疫病的消息傳了出去，對生意不好，」茱麗葉說：「會影響公司的名聲和口碑。」

「這些都是最賺錢的航線，」萊昂說：「競爭激烈。你們乘客都是船運公司的高價貨物。」他猛然傾身向前，存在感瞬間放大。「但你們都沒聽過我說這些，對吧？」

「封口，」羅比說：「誰大嘴巴……」他拖長尾音，意味深長地嘻嘻笑著。

「這病有什麼特徵？」比莉問。刺青男被問得一臉茫然。「那些病人——他們的發病症狀是什麼？」

萊昂並未提到疫病症狀，也不打算聊得如此深入。他只說，壞兆頭已經顯現，將在某個星期四——雷神索爾日發動，製造麻煩。高層已發布最高層級的應變措施，但這個黑色星期四令船員十分緊張。有些船員早在看見如此多穿著喪服的乘客登船，就已進入戒備狀態。另一些船員看見這次的人類貨物之中，有那麼高比例的紅髮人也議論紛紛，因為紅髮是疾病的預兆。

「這件事別說出去，」茱麗葉說：「蘇格蘭和愛爾蘭人的血液中，流著紅色基因。

大船啟航時，你們有注意到碼頭上都是什麼嗎？到處都是生薑。」

再來就是這艘船的名字。「**穩固號**？」羅比說：「聽起來堅固又可靠。」

「是啊，」萊昂說：「不過這不是原名。紅星買下這艘船時，它叫做『**信天翁號**』（Albatross）。」他解釋，信天翁這種大海鳥曾經是一種吉祥物，殺害牠們會帶來厄運。但隨著時光推移，吉祥物換成了其他動物。現在信天翁瀕臨絕種，自己都厄運難逃，早已失去了吉祥物的意含。

「找不到願意上船工作的簽約船員，」那位水手說：「公司只好幫它改名。」

「太慘了，」茱麗葉插話進來：「誰會用一種瀕臨絕種的鳥給船命名？」

「但它現在不叫『**信天翁號**』，」比莉說：「就不會帶來厄運了。」她遲疑了一下。「你們真的相信這些？」她的漁夫父親向來不屑這些迷信。

「當然不相信。」水手回應，兩眼直盯著雙手上刺青的燕子、星星、骰子和一個羅盤玫瑰（注）。茱麗葉則不吭聲。

注 compass rose，又名圖面羅經、羅盤分劃圖，是一種常出現於羅盤、地圖、海圖、氣象圖之上的圖案，用於指示方位。

酒吧更喧鬧了，大家紛紛一仰而盡，要了今夜的最後一杯酒。比莉看著一張張濕潤的嘴唇含在杯緣上、一個個手環刷過信用卡的感應螢幕、酒保拿著髒抹布劃過櫃檯；想像著那些看不到的畫面：唾沫、細菌、一口口的二手空氣被吸入，讓濕潤的內臟器官過濾，影響著一個接一個的體內系統。這裡的氛圍封閉，令人窒息。

「那麼，那個凶手呢？」羅比的口氣輕快，企圖改善氣氛。「逮到那個混蛋了吧？」

數天前，路易斯船長平靜的聲音透過隱形喇叭，向大家發言。他說，已確認身分並拘留。

「那是他們要你們以為的。」萊昂說。

但案子已經了結，羅比如此堅稱：罪犯被逮，判定是過失殺人。二人因為地下交易產生糾紛，大打出手，不小心失手傷人。

「和誰打架？」萊昂問：「下面的警衛室是空的，沒有凶手被關在那裡面。」他轉變話題，不久後便告辭了。

酒客陸續消失在夜色中，比莉瞥見酒吧上方螢幕中的一個畫面。那是一個微笑的水手，頭上的水手帽有個紅星商標，那顆閃亮的金牙讓他的微笑多了一股放蕩不羈的氣質。底下的文字寫著：戴維．韋藍，以及出生死亡年月日。比莉倒抽一口氣，她認得那張臉。她緊捏著口袋中的紅色打火機，那天，戴維將它推過櫃檯來給她。她計算了一下，戴維只有三十三歲，只比她大了五歲。她唸著另一行文字：安息吧，老兄。

當晚的睡眠斷斷續續，時不時被惡夢驚醒。一張張擔架床被推下長長的白色走廊，她腳下的彩線朝重症病房扭繞而去。

翌晨，她朝一個隱蔽的地點走去，那是她發現的一個滴滿鳥糞的壁凹，只能容納一個人。那裡塞在某臺吵雜的機器後面，引擎聲足以壓過她的聲音不被路過的人聽到，讓她能練習發聲、吟唱舊歌，或者創作新歌。

陽光薰暖了她的肌膚，一艘貨櫃船從不遠處駛過，海鳥在帆具上方撲飛，想要尋找堅實的落腳地，讓翅膀稍作歇息。

恐懼解決不了問題，只有謹慎戒備才是最佳的防護。徹底的勤洗手，不要用手碰觸臉龐，小心他人的體液，避免空氣污濁的密閉空間。注意幫你盛飯菜的人，或添加餐具的人的身體狀況，有沒有咳嗽、噴嚏、發燒的紅暈等等。嘔吐——嗯，這條線索在海上不能作數。

她把口罩忘在臥鋪上。少數又戴上口罩的乘客引來了側目，以及明知故問的人的追問，甚至激起了怒氣，覺得他們杞人憂天。不過只是腸胃病，何必大驚小怪。恐懼，總會將輿論引導向災難。至於謠傳中的有人病死，應該是死於心臟病發，死於動脈瘤。有些潛伏的身體隱患，就連掃瞄檢測儀也查驗不出來。

大船就要繞過好望角（Cape of Good Hope），再往南朝四十度暴風帶而去。大船憑藉著候鳥般的遷移本能前移。不是信天翁，而是某種普通的海鳥，輕盈但極有韌性，生來就是為了遠行。

她的目光跟隨著那艘孤獨的大塊頭，貨櫃船的拼接船帆只有功能實用性，不具任何美感，是由一艘舊船根據最佳能源效益改造而成，船上堆疊成山的貨櫃中，裝的全是遠方居民的必需品和消費物資。在狂風暴雨中，那些大鐵箱很可能翻入海中，在海面上打滾，等著其他船隻不知所措的撞上來，在陷阱中進退兩難。

在海上，經常能看見漂浮的桶子。那些漂流物形成一道線索鏈，足以追溯到遠方的災難，比莉悠哉地推測它們的源頭：國際關係破裂後，對手扔在西班牙某處海邊，鋪天蓋地的藻類褥墊。一顆籃球像大型的橘子在海面上載浮載沉，可能是被安哥拉（注）某處碼頭上玩耍的孩子們踢下水的，孩子們太小不敢跳下海中撿球；一個塑膠洗衣籃，或許是被一個醉酒的女僕從巴西（Brazil）露臺上扔下的。籬笆的木樁、殘破的帳篷、破裂的風箏和遺失的鞋子，全是洪水和颶風帶來的人類紀念品。

海面一望無際，遼闊的視野容易讓人產生幻覺。

比莉深吸一口氣，在風中引吭高歌，一連串逐漸高升的旋律填膺，與鮮血共振，充斥在全身細胞中。她的歌聲壓過了噪音：機器馬達的嗡嗡聲、風的呼嘯、她混雜思緒中的鬧騰聲。她與生俱來的唯一天賦，從內心深處溢出，與大海的遼闊化在一起。

注 Angola，位於非洲西南部的國家，首都魯安達，西濱大西洋。

湯姆

在一個溫暖愜意的星期六早晨，我來到主甲板上，試著用在沙龍找到的舊紙袋安撫繃緊的神經，卻聽見有人放聲大叫，一個充滿悲傷的男聲朝天空噴洩而去。

甲板後面一陣騷亂，只見高舉的手臂揮舞著。我來到逐漸聚集的群眾之前，不過刻意保持了距離。一個男人靠著欄杆，背對著大海，大約三十出頭，利物浦口音，是英籍孟加拉（Bangladesh）人，正揮動著好似掃把的東西。他似乎著了魔，兩眼像個黑洞，頭髮凌亂，汗水淋漓。他嘶啞著聲音尖叫：「退後！別讓它碰到我！」

船員試著安撫那個痛苦的男人。「沒事，兄弟，放輕鬆一點。把東西放下，不要傷到自己。」

但那個乘客沒聽進去，也可能已經神智不清，只是聲嘶力竭地大喊著：「不要、不要，別讓它靠近我！」他揮打著空氣，好似在驅趕一頭看不見的龍。「把它趕走！」

他居然爬上了欄杆，一群船員撲過去，將他壓制在甲板上。

他瘋狂掙扎，又吼又叫，嘶啞的尖叫聲令人膽顫心驚。「不，放開我！」

有人搶過他手中的武器往外一扔，砰地剛好掉在我腳邊，被我踢到一張長椅底下，藏起來。這麼做有點多此一舉，但能幫點忙，我比較安心。

船員在趕人，我回頭瞥了那個狂人一眼，他被肌肉壯碩的水手半釘在甲板上，我這才認出壓在最上面的水手：我俊美的水手，他的肌膚占據了我所有的白日夢。他全身肌肉賁張，面孔被半遮住，但仍然認得出來。

這時，我才發覺事有蹊蹺。我一開始以為那是規定，是拘禁發病原因不明的狂人的例行步驟——和狂人纏鬥的船員都戴著口罩和手套。

稍後的午餐時分，我聽到一個父親議論說道，剛才可怕的事件終於解開了一個謎團：那個狂人，嗯，一定就是殺人凶手。我咬牙吞回到口的問題：就是被關在大船深處的那個凶手嗎？我知道我聽到的回答，將會是一大堆創意十足的無中生有。

隔天，我站在學生面前，沒有醫療防護，不禁感到緊張不安、呼吸急促。我承接住八歲塔米拉（Tamila）的問題。「老師，壞人可以上船嗎？殺人凶手之類的？」

「這艘船沒有壞人。」我刻意看著那個聾子男孩回答，一個字一個字慢慢地說。我在白板上大大地寫下：這裡很安全。你們在這裡都很安全。

十一歲的米亞（Mia）遲疑地舉手。「那個瘋子呢？那個想跳水自殺的人？」

「他不是壞人，」我回答：「只是昏頭了，可能在太陽底下待太久，又沒戴帽子。

現在，誰能告訴我赤道是什麼？」

話題一下子就被我帶開，真希望我已脫離險境，不用再即席創作什麼中暑之類的瞎話。不然，我還能怎麼說？精神崩潰的委婉舊說法是：不舒服、生病。其實已有精神崩潰的謠言傳了出來，我只能祈禱這些全是無稽之談。

有人注意到了：口罩、手套、空床鋪。

自從戴維．韋藍慘死，家長紛紛來找我私下談話，詢問情緒管理、尋求心理支援、打聽消息，並確認孩子的人身安全得到周全的照管。

眼下，新一波的不安浮現：那些謠傳是真的嗎？疫病真的上了船嗎？

5

克明利

克明利飄出了臥室的窗戶，緩緩划著蛙式穿過都伯林的皮爾斯街（Pearse Street）公寓大樓，掠過長著苔蘚的屋頂。他飛過晾衣繩、停車場和籃球場，穿過漢諾瓦街（Hanover Street），街上有一輛汽車著火，刺鼻的濃煙翻滾而上，隨後朝黑綠色絲綢般的利菲河（Liffey）而去。

來到河邊後，他卻開始懷疑自己能否繼續飄在空中和掌控方向。死亡徘徊在前方船餐廳的帆具之間，等著他掉入陷阱。他飄在空中，無所借力，只好運用意志力讓自己升高，但徒勞無用。網子緩緩將他捲繞進去。

他猛地驚醒，躺在臥鋪上，在船身輕柔的搖擺下平息餘悸。寢艙裡的燈亮了，人們紛紛朝餐廳而去，準備享用早餐。

他的下鋪是媽媽的臥鋪，簾子是拉上的。奇怪，她平常都會拉開簾子，方便克明利找她。他拉開拉鍊，燈光射入，但媽媽翻身背對著他。媽媽的被子糾纏在她腳邊，隔間裡的氣味發酸。克明利搖晃著媽媽的光腿，但媽媽抬手揮開他，臉蛋埋在枕頭中。

我還要睡一下，她打著手語。你自己去吧。

他穿著睡褲，踩著拖鞋來到餐廳，看到迪克藍和父母在一起吃早餐。他接過兩勺麥片粥，給自己泡了一杯甜茶，媽媽並未嚴禁他喝甜茶，然後走到朋友旁邊坐下。迪克藍的媽媽愣愣地看了他的睡褲一眼，乾笑一下，清楚地表達很不滿他的打岔，他趕緊低下頭，忙著用葡萄乾在麥片粥的表面做出一張生氣的臉，迪克藍尷尬地扭來扭去，但十分感激克明利的懂事和隱忍。迪克藍和父母用餐完畢離去時，他回頭對克明利微微一笑。教室見。

他帶著給媽媽的果醬三明治回到寢艙，媽媽臥鋪的簾子拉鍊又拉上了，但這次甚至還上了鎖。他嗅了嗅聞媽媽的氣味，卻發現封閉的臥鋪裡沒人。他拍了拍繃緊的簾子，喉嚨不自覺地發出聲音。附近臥鋪上的一個女人探出頭來，睡眼惺忪地用一隻手指按在脣上。

他克制住自己，冷靜下來，媽媽很可能在浴室，再不然也可以去找警察，沒必要像個寶寶，動不動就哭。

有人碰了碰他的手臂，是那位紅髮小姐，菲歐娜（Fiona）。她單膝跪下，臉上的微笑有些勉強，她喊了克明利的名字，抓著他的雙肩，激動地說話，但太激動了，根本聽不出來她在說什麼。後來，紅髮小姐比劃了幾個手勢，等著克明利消化理解。克明利愣住，悲傷竄入血液中奔流。一定出了什麼大事。

紅髮小姐的旁邊，站著一個與克明利同班的女孩。女孩遞給母親一枝筆和一張卡片，菲歐娜寫下：早安，克明利。你媽在醫生那兒。別擔心，她只是暈船了。你今晚跟著我們吧。他瞪著那些字，女人抽走卡片又在背面寫字，再開心地笑著遞給他：現在上學去吧。艾琳（Erin）和你一起去。你最好把睡衣換一下！她拍了拍手，一副遊戲開始的樣子。

克明利爬上臥鋪，心裡十分清楚他被騙了。媽媽絕對不會丟下他：無論病得多麼嚴重，她都會等他。她知道自己有多需要她，知道他會很擔心。不對，一定是有人把她帶走了。

黑鬍子。他會這麼做嗎？克明利飛快更衣，爬下梯子時，只覺得兩腿發軟無力。他昏沉沉地跟著艾琳穿過走道，整個人像是在夢遊，腦袋瓜裡只有一個想法：快暈倒！

有個男孩坐在克明利平常的座位上，就坐在迪克藍的旁邊，是那個曾在走廊上絆倒他的胖子。迪克藍一臉歉意，隨後對著不請自來的第三者翻白眼。

老師播放了一部自然影片，在白板上寫著：覓食、遷移、抱團取暖。克明利腦袋都打結了。螢幕上，魚群懸浮在陰暗的深海中，銀色魚體聚集成一顆旋轉的大球，鱗片整齊的閃啊閃。魚群來回轉向，像一具無頭的身體，隨波蕩漾，最後消失在黑墨般的海水中。老師似乎覺得這場怪異的舞蹈十分美妙，但克明利只感到慌張不安。孩子全都轉過來盯著他，他這才意識到自己一定出聲了，趕緊穩住心神。

螢幕上，一群海鳥火力全開，一一俯衝進水面。箭一般的尖銳鳥喙，刺入魚團中，銀團一陣抖動，驚恐地鼓脹變形。淺水，老師寫著，成群、掠食動物。克明利趴下緊抓著桌子，就好像緊攀著一塊木筏。

要不要裝病，倒在地板上？被人送到醫務室，好找媽媽？他覺得身體好沉重，黏在椅子上了。他的思緒四下亂衝亂闖，騷亂之下，有一股恐懼在隱隱跳動。

一個男人走進教室，是那個白鬍子聖誕老公公，也就是負責圍捕孩子，再趕進教室的牧人。他快活地向孩子打招呼，隨後將老師拉到一旁去。他們低頭靠在一起說話，孩子們開始坐立不安。

老師轉過來面對他們時，面容和善慈祥，舉止從容。他抬手示意孩子安靜下來，不斷重複一句話，白鬍子水手打開一個袋子，拿出一根水管狀的白色物件，撕下塑膠膜。

老師對著克明利揮手，喊出他的名字。別擔心，他在白板上寫著，白鬍子水手走下走道，分發給每個孩子一根形狀熟悉的白色物件。

教室陷入沮喪的氣氛中，信號一個接著一個熄滅。克明利看不見老師在說什麼了，也看不見所有人在說什麼，全都消失了，整個世界倒退了一步，空氣變得厚重，使勁將他推開，推離開其他人。嘴巴被封住，話語被抹除，被掩埋在白色口罩之下。

比莉

午餐完畢，比莉離開了餐廳，隨後被一個男子攔下。她最先注意到的，是那個人藍色制服胸袋上的紅星商標。水手碰觸她手臂時，一陣慌張竄過全身。她一直害怕自己會變得如此神經兮兮。她愣了一下才認出男人：萊昂，她和這個大塊頭的刺青水手曾在酒吧一起喝酒，這傢伙十分的迷信，但他一臉茫然，似乎不認識她。

「比莉．加洛威？」萊昂問，用餐完畢的人一一打從他們身邊經過。比莉點點頭。沒必要否認自己的名字。

「跟我來，」萊昂說：「主管找妳。」

萊昂語畢轉身就走，她只好跟上，但保持了一段距離，以免被人誤會他們倆是一起的。否定、反指控和自我辯護在她腦海中轉來轉去，不對，她壓根不知道他們找她要幹嘛。她違反規定了？她不是通過所有的篩檢嗎？這太荒謬了吧，他們一定搞錯了。

刺青水手不斷回頭確認她是否還在。二人繞過幾條狹窄的走道，萊昂用手環刷過保全感應器，推開一扇沉重的艙門，扶住門板等她通過。警示牌上寫著：非工作人員，禁止入內。

比莉停下來，問道：「怎麼回事？」她的口氣冷漠淡然，沒有一絲緊張。

萊昂不耐煩地吐了一口氣。「別問我，我只是聽令行事，召集作戰部隊。」

「為了什麼？我們要去哪裡？」

萊昂也許不算魁梧，大約五十多歲，但十分結實。必要時，她瞄準某部位一踹，也許能放倒他。她審視萊昂的眼神，眼裡冷冰冰的，卻沒有明顯的脅迫，但她感覺十分不對勁。

「他們會給妳解釋的。我不能多說，只負責把妳帶過來，」萊昂有些煩躁，好像她在浪費他的時間。比莉從門口望進去，看見一道往下的樓梯，鬼知道它通往哪兒。

比莉原地不動。「出了什麼事？」

「天啊！」萊昂生氣的說：「妳要我去跟他們說妳不來？我們都沒有選擇的餘地。走吧，上頭會給妳解釋的。」

二人沿著迷宮般的走廊往前走，來到一扇標誌著「設備」的骯髒門前，門後是某種倉庫，裡面全是人，大約有十五個以上的乘客坐在一排排的塑膠椅上，牆邊站著差不多人數的船員。角落裡堆著繩子和塑膠桶，牆上貼著注意事項，一塊告示板上潦草地寫著值勤名單。

比莉首先瞥見了大副卡特勒，他和兩個同事坐在一起，三個主審坐在一張鋪著英國國旗的桌子後面。比莉和萊昂走進去時，大家都轉過來看二人，乘客都一臉的心照不宣，船員不是一臉無聊，就是緊繃著臉。比莉在後排找了一個座位，避開卡特勒的直視視線。

這裡的乘客大多是女子，差不多與她同齡，有幾位年長一些。有人氣憤地交頭接耳，其他人則死盯著前方，表情有的透著恐懼，有的透著戒備。艙裡的氣氛緊繃，似乎就要大打出手。比莉看見站在後方的馬歇爾，他焦慮不安地掃視一圈，視線遇上她的後，連忙躲開。比莉又感到一陣不安。

最後幾個乘客陸續抵達後，門上了鎖，整屋瞬間安靜下來。卡特勒站起來，抬頭挺胸，開始向整屋的人發言，口氣權威且冰冷，不帶情緒。

「你們來到這裡這件事，需要你們遵守保密協議，」他說：「這裡所說的一切，只能留在牆內，不能洩露到牆外。在你們走出這個房間之前，我們會提供官方說法，讓你們去應付詢問你們的人，無論他們是乘客、家人或情人，任何人。」他嚴肅鄭重地環視全場，遇上比莉的目光時定住。

「這艘船已經啟動了海事緊急應變法。我想你們大部分都沒經歷過當下這種情況，這十分正常，現在就讓我來跟大家解釋。」他背後響起一陣鼓掌聲，氣氛頓時又尷尬又滑稽。他嚴肅地瞪了瞪其他幾個人，那眼神就好像典獄長在掃瞄偵測誰是潛在的逃犯。

比莉看出來了，卡特勒即將與房內所有人分享一些不可見光的祕事，現在把大家捆綁在一起，有福同享、有難同當。但他這麼做，當然不是為了公眾利益，而是有他自己的心思，旨在脅迫恐嚇。她告訴自己，那只是在虛張聲勢。

「現在船長的話就是法律，」大副繼續說：「我和其他管理人員的話，就是法律。我也代表全體船員發言，而他們的話也是法律。所有乘客都必須聽令行事，不得發問，否則立馬下獄，以重罪起訴，其中的叛國罪將面臨至少九年的有期徒刑。」

整個房間裡唯一的動作，是大家整齊劃一、沉默地隨著波浪搖晃。

「你們也許已經注意到，船上爆發了致命的疫病。」

比莉思量片刻才明白過來，原來這一切與她無關，與她的過去無關，壓根不是針對她而來。

他繼續說，這次爆發的疫病來歷不明，卻顯然具有高度傳染性。儘管登船前，大家都經過詳盡且徹底的生物檢驗，儘管船公司花大錢出人力，施行極為嚴苛的世界級生物掃瞄檢測，以求將傳染病登船的可能性降為零。儘管全球專家制定出超級篩檢協議，且經由雙方政府拍胸保證萬無一失。

「個人以為，」卡特勒厲聲說：「這些所謂的世界級，所謂的萬無一失，顯然不可靠。不過船上爆發疫病的原因，只能留給正在陸地上等待我們靠岸的醫療專家團隊來調查。」

比莉發現自己誤會了，他其實並非在虛張聲勢、脅迫恐嚇。他嘲諷的口氣、嚴厲的態度、壓抑的怒氣，在在顯示出他十分的憤慨。也許還有一絲恐懼，但被妥善地隱藏了起來。

「你們之所以被請到這裡，」卡特勒又一次刻意地緩緩掃視每個人。「是因為你們被挑選出來，成為緊急應變小組的一員。我必須強調一點，這是強制性的，非自願性，並且有法律依據，你們別無選擇。」

倉庫瞬間騷動了起來，只見身體不安的蠕動，面面相覷。一個包著頭巾的女人舉手，但大副沒理會她，繼續發言。

「你們離去之前，我會提供發問時間，」他說：「現在，請專注聆聽。現在情況嚴峻，我們對這場疫病一無所知，但路易斯船長已下達命令，不惜代價也要控制疫病的擴散，將損失降到最低。病患必須立刻接受隔離和照護，我們要盡全力提高存活率。」

比莉的心咚地往下一掉。拜託，不要，別這樣。

卡特勒繼續說明，現在的死亡人數是四，另有八個被確診感染，被隔離在底層臨時拼湊出來的醫務室中。這艘船配備的醫療設備並不足以應付疫病的爆發，除了已實行的事前預防措施，完全沒預料到船上會爆發疫情。眼下已著手打造病床，並空出一間接待室做為消毒淨化使用。

他拿起桌上的一個電子設備，手指滑過螢幕。「這裡的乘客，不是有醫療醫藥背景，就是具有衛生保健專業或私人看護經驗。稍後，醫務長會簡述每一個人的工作安排、照護工作守則，以及隔離防疫步驟。」

又來了，又是重症病房。

卡特勒繼續說明，首先要聲明三件事：重中之重，就是大家要照顧好自己，本身不能染病，更不能傳染其他乘客，必須遵守嚴格的隔離淨化措施，這些稍後會做簡述。坐在比莉隔壁的金髮女人，一把將臉埋進雙手中。

「第二，在海事緊急應變法之下，你們將獲得額外的工資做為補償。這筆薪資照理說來，應該十分豐厚，但這不是我能決定的。你們每週會先收到小額的週薪，其餘的將在登陸時全額支付給你們。」

比莉呆愣地聆聽著卡特勒接下來的威脅、警告和結語。他們的共同責任，是消除其他乘客的猜疑和恐慌，保密這裡發生的一切，以及散播官方版本的說法。他提到的薪資，出乎她的意料，幾乎是她被開除之前所賺的五倍之多。她盯著卡特勒，藉以阻擋重症病房的情況從腦海中浮現出來。

一個船員拿出一塊白板，比莉看著上面一排排整齊列出的名單。她的名字在最後一排的最上方，所屬班組：醫療值勤名單。坐在後排的人們左移右移，引頸讀板書，卡特勒高舉一隻手示意大家安靜下來。許多人舉手發問，但他仍然沒理會他們。

「我可以向你們保證，任何破壞規則、違反命令的人，將會面臨嚴格漫長的拘禁刑期。」

也就是說，「不配合」等於被起訴，等著坐牢。所有人安靜下來，琢磨他的弦外之音。他打手勢，要一位矮個子黑人上前。一頭灰髮、白色醫生袍、眼鏡溜下鼻梁，他抓著一個文件夾，看起來神情焦慮。

「我現在把發言權交給船醫醫務長，吉姆．卡拉漢醫生，請他為大家做簡報，之後是發問時間。再來，分發管制區的通行感應手環。」卡特勒返回座椅上，比莉注意到他面容微微一鬆，終於可以放鬆下來。

醫務長走上前，張口正要發言，卻突然吱的一聲，有人的椅子猛地往後一滑，後面一個男人大罵：「靠！」男人站起來，在一排排座椅之間穿梭而前。他是白人，三十出頭，黑色捲髮，英國人。「靠！」他又罵了一次，這次更大聲，朝門走去。

一個壯碩的水手擋在男人面前，抓住他的手臂，出聲警告：「冷靜點，兄弟，誰都不許走。」

捲髮男斜睨著抓在二頭肌上的肥厚大手，對其他乘客大喊：「他們沒有權利這麼做。」他在尋求附和和聲援。男人又對大副喊：「你們沒有權利逼我們做這些事。」

「坐下。」卡特勒說。他原地坐著，但摘下了大盤帽，放在旁邊的桌子上。他的頭髮都貼向一邊，一臉的隱忍和無奈疲憊。他口氣厭煩，原本的怒氣蕩然無存。「我剛才所說的犯罪刑事責任，不是在嚇唬你們，是有法律依據的。我們的監獄骯髒悶臭，不是個舒服的地方。如果你有意願，我們現在就可以把你關到那裡去，但我勸你放聰明點，配合船上的應變政策。」

捲髮男又一次環視乘客群，尋求支援。「放開我。」他低聲說，船員這次照辦了。

捲髮男坐到一張椅子上，比莉向他投去一個認同的眼神，但捲髮男垂頭喪氣地坐著，沒接收到比莉的暗示。

醫務長見狀，抬頭挺胸，將一百五十幾公分的小個子挺得筆直，對著聽眾勉強擠出一個微笑。「那麼現在，」他提高嗓子說，伯明翰口音。他指著躲在他背後，也穿著醫生袍、模樣虛弱的年輕人。「這位是歐文．普萊斯醫生，我的副手。我們來說明接下來的疫情防控工作。」

湯姆

局勢似乎從壞演變到最壞，無可救藥地發展下去了。就在我琢磨遠方漂蕩的是否是船骸之時，一股更加陰險的恐懼在我們之間醞釀發酵。

上午的課剛開始不久，我就被一位報信人拉出去，通知我今日停課，隨後拉著我去艦橋開緊急會議，與會的高層主管包括路易斯船長、醫務長和他的副手、各部門的主管和職員。

得以與這些高級主管開會，我本來還有點竊喜，自覺比一般乘客高了一等，但事態卻完全朝我意想不到的方向發展。

船長的面容陰鬱嚴肅，失去了領袖的沉穩氣勢，整場會議主要由大副卡特勒負責傳達壞消息。

卡特勒直言不諱，截至目前為止，四人死亡，超過八人發病。

後由醫務長接棒，向大家簡報眼下疫情不明：他們不知道疫病為何、如何傳染，唯一確認的是，此疫病可以致死，且傳染性極強。他囑咐我們保持高度警覺，對任何症狀、高燒、其他乘客和船員的困惑都要警戒，隨後又補上包括屋中與會之人也是。

發病患者已被隔離，他們的衣物和床上用品皆被燒毀。亡者的遺體保存在冰窖，等著靠岸後，交與病理學家和病毒學家。原航線中計劃的中途停靠港口，全部取消。疫情已呈報雙方政府。一旦大船抵達目的地，我們全體都需要隔離觀察。

無形的恐懼彌漫在那個擁擠的房間中，每個腦袋都不自覺地暗暗過濾：身邊有哪個人咳嗽、在我之前使用過肥皂？有誰靠自己太近？自己又吸入過哪個人呼出的穢氣？門把、早餐餐具，以及自己的手，乾不乾淨？我碰觸過哪些東西、碰觸過誰？

人人臉上滿是驚訝和不可置信。我們都經歷過那麼繁瑣的體檢、篩檢和掃瞄，公司信誓旦旦地向我們保證萬無一失，保證船上經過消毒、無菌處理，絕無染病的風險。

卡拉漢醫生結束了陰鬱的簡報，路易斯船長這才起身發言：「明天在主甲板上，會進行全面性的消毒。」他好似在宣布一項日常例行工作，但細節卻令人不安：船上的每一個人將被聚集在臨時的小隔間中，脫光衣物，接受化學藥劑泡沫的沖洗。所有人，包括船長和高級管理人員，全都一視同仁。卡特勒補充說明，船員將從旁協助，以壓制預期中的騷動和反抗。

「我們各自做好自己的事，」路易斯船長一邊說，一邊環視著我們。「一切行事要嚴守防疫章程，加強宣傳引導，舉發違法之人。」他挪挪口罩。「但我們的士氣和鬥志，同樣關鍵緊要。乘客會以我們馬首是瞻，所以我們要嚴厲執法，同時保持平常心，需要警覺卻又不至於反應過度、歇斯底里。」

他們所透露的信息清楚明白：我們必須在法規範圍內，安撫整船人的恐慌不安，消除焦慮，防止暴亂的發生。

艙房悶熱不通風，再加上湧動的恐懼暗流，都使我昏沉沉。

「發病的症狀究竟有哪些？如何判定是否感染疫病？」一個面容嚴肅的黑髮蘇格蘭女人，不卑不亢地詢問船長。她也是一名乘客，卻不畏船公司的威勢。

路易斯船長將發言權交給醫務長，那位醫生唸出長長一份清單：頭痛、反胃、全身痠痛、高熱、嘔吐和腹瀉、咳嗽和氣喘、起紅疹、流鼻涕、神志混亂出現幻覺。

我回想起那個瘋子，當時的他亂揮掃把，要趕走無形的敵人。

蘇格蘭女人發射出更多的問題，隨後又摘要出一系列的可行步驟，顯然十分熟悉這個領域。其間，卡特勒想打斷她，她立刻揚聲壓過卡特勒的聲音；船長暨掌阻止他的同事，讓女人繼續發問，他自己則飛快地寫下筆記。

「船上有PPE嗎？」女人問。現場瞬間一片寂然。「個人防護裝備。」女人解釋。

答案顯然是沒有。蘇格蘭女人會意後，暗罵一聲。

他們將我們留在艙房裡三個小時，以布置應變計劃。午餐時分，船長透過擴音喇叭宣布，他的口氣平穩，所以一開始並沒在群眾之間激起任何的漣漪，大家繼續吃著飯菜，低聲交談，餐具乒乒乓乓地響著。有人爆出一聲大笑，隨即被隔壁的手肘一頂，瞬間打住。

等到剛才的公告被消化後，開始有人噓聲禁言，叉子紛紛被放下，原本低頭用餐的人抬起了頭。

「我們必須沉著應變，這十分重要，」路易斯船長說，語氣低沉且穩定。「一切都在我的管理團隊掌控之中，但從現在開始，大家都必須遵從命令，即使對方只是一個普通船員。」

用餐乘客的目光移到我們幾個已戴上口罩的人身上：我、餐廳員工、守住出口的船員。他們的目光驚恐茫然，納悶我們究竟知道些什麼？

群眾意識到大事不妙，餐廳氣氛急轉直下，變得陰沉緊繃，只聽得有人大口吸氣，有人強嚥下一聲啜泣。船員走下餐桌之間的通道，分發口罩，我俊美的水手是其中之一。他遇上我的目光，立馬轉開。我們原本約好了下一次的幽會，現在看來不可能了。

船員著手進行大規模的刷洗打掃，通道走道上彌漫著消毒水和漂白水的化學藥劑氣味。很快的，乘客就派出代表，要求面見船長。

當晚，我塞滿焦慮的腦袋嗡嗡作響，我掙扎著讓自己入睡，感覺全身神經繃緊，情緒在崩潰的邊緣，必須不斷提醒自己呼吸。

現在整艘船，都成為了公開的犯罪現場。四散的謠言被刻意扼殺。「之前也發生過，」我們離開船長室時，我聽到一個船員的悄悄話。「兔熱病（注1）、馬爾帕克斯菌（Malpox）、九號崁合體病毒（注2）。那些機場。」就是這最後一波的攻擊，變成最後一根稻草，造成倫敦希斯洛機場（Heathrow）關閉，這一切都要歸咎於那些義警——他們這群激進的反移民團體和愛國主義者，不擇手段要關閉國界，禁止進出。但為何鎖定我們做為攻擊目標？一艘船，一群無害的勞工？這沒道理。

我想現在去找卡拉漢醫生，或者他的副手歐文，應該不需要顧忌了吧？告知他們我的藥品被偷了，並向他們說明我一直都遵守用藥的劑量。

注1 Rabbit fever，是一種由土拉倫法蘭西氏菌所引起的急性細菌性傳染病，又稱為野兔病，是一種人畜共通疾病。由於可能透過空氣傳播，被認為具有發展生物戰與生物恐怖攻擊的潛力。

注2 Chimera 9，此為虛構出來的病毒。所謂的嵌合體病毒，是以人工結合兩種以上的病毒而成，以提高其致死性，可用做為生物武器。

學校停課，需等候進一步的通知。我擔心孩子，他們應該很害怕，接下來又會接收到什麼樣掩蓋真相的謊言，我們又會接收到什麼樣的謊言。四周是陌生的汪洋大海，距離陸地尚有一個多月的航程，還被一個無形的殺手窺伺。

我望進黑暗之中，全身虛脫無力、心神不寧、毫無準備。我還感到恐懼，也清楚現在感到恐懼是十分正常的反應。

6

克明利

黑夜降臨了數個小時，但他一定要有耐性，只有一次機會。他蜷縮在一堆繩子後，渾身發抖，注視著那扇通往病房的門，現在有一個船員把守。危險，禁止進入。

有幾個人推著貼有危險品貼條的小推車過去，守門的船員掃瞄他們的感應手環後，往旁一站，允許那些人通過。艙門咔嚓一聲打開，燈光流洩出來，灑在甲板上。

克明利抓住機會，趁守衛分心將艙門撐得大開，讓小推車笨重地通過之際，向前衝去，從小推車旁邊擠過去，飛奔下斜坡和一條走廊，朝盡頭的艙門而去：高污染源，請止步！禁區，禁止入內。

但艙門鎖上了。他用力敲著金屬門，張口狂叫著媽媽。

有人粗魯地抓住他的雙臂，固定在他的身側，他兩腳亂踢亂踹，徒勞地掙扎。他被扔進淋浴間裡，水龍頭開到最大，冷水唰唰沖下。一個戴著口罩的人拿著消毒泡沫噴他，化學藥劑刺得他眼睛好痛。隨後扔下全身濕透的他，抽抽噎噎地待在淋浴間裡好像過了好幾個小時。之後有人把他抓起來，用毛巾粗魯地擦拭，給他戴上口罩。

他想不起來是如何來到前甲板上的，也不知道站在這裡多久了，只見自己雙手緊握著欄杆，濕透的衣服緊貼著肌膚，海風吹得他好像冰箱裡冰冷的肉，天空逐漸明亮了起來，大海從闃黑變成了亮藍色。廣袤的大海向各個方向流動，吞滅了遠方和時光，他彷彿被催眠了。

他隱約感覺到有人走過來，一隻溫暖的手融化了他冰凍的手，一件過大的外套包住了他。

這時，他看到了：遠方有個東西，白色的，漂蕩在寶藍色的海浪上。一開始，他以為是船帆，但它卻古怪的好似一艘船。它有種冷峻莊重的氣質，好像突出於波濤之上的白雪山峰。

他抬手指了出去，轉頭困惑地看著蹲在身邊的女子，她的黑髮翻飛，好像爬在臉龐上的觸鬚。女子順著他的手指望出去，眼睛瞬間睜大，那是——一座冰山。

人們聚集過來，看著它漂過去。克明利和女子靠在一起取暖，目不轉睛地看著那一大塊冰山乘風破浪，以君王慵洋洋的氣勢，不慌不忙地漂向它的終點。很難評估它的實際大小，但它看起來好像辦公大樓一般的巨大。它藍白色的主體有刀削般的平整邊緣，下墜形的波紋，好像被利刃雕刻出來的大塊蛋白酥。它漂離了原有的棲息地，像一件失物在海洋上浪蕩。

他們看著冰山緩緩縮小，消失在遠方。它終於消失後，船員的態度似乎謙和了許多。海風漸弱，海鳥落腳在帆杆索具之間。那座冰山就像一個異域君王，從外地漂來的凶兆，在消失後徒留一片肅靜。

克明利太累了，整個人麻木遲鈍，他轉向女子，主動地舉高雙臂，女子抱起他，他四肢環繞住女子，凍僵的臉埋進她脖頸中。女子抱著他穿過起起伏伏的甲板，停下來對一個人說話，然後二人繼續往前走，克明利抬眼看著那個人。

那個看著他們離去的人，居然是黑鬍子。克明利趕緊把眼睛藏起來，緊緊閉上。

女子抱著他轉了幾個彎，下樓梯，將他放到一張床上。她比了一個手語，無聲地發問——先指指他，再輕拍自己的胸口，抬起雙手，揚眉——但克明利一臉茫然，那不在他和媽媽分享的語言範圍內。

好冷，冷到骨子裡了。女子摸了摸他的額頭，檢查他的脈搏，給了他一個暖暖包和一杯熱湯。她消毒手後，打手勢示意他脫掉衣服。女人用帶著香味的乳霜飛快地搓揉克明利的皮膚，克明利感到血液快速流動起來，身子漸漸溫暖，閉上了眼睛，臣服在逐漸擴散開來的熱氣之中，臣服在她安穩的力道之下。

身子回暖，他在女子的注視下，狼吞虎嚥地啃掉一根巧克力棒。女子沒有笑，但眼神慈愛。他現在認出她了：黑色長髮、纖瘦筆挺的身姿、面容蒼白但給人一種堅強的感覺。過去幾天他躲在藏身處時，曾看到她進進出出那扇通往病房的門，好似她有魔法，手指一劃，艙門就開了。又一段模糊的記憶浮現：在候船檢查站時，這個女人張嘴開開合合，圍著她的人群又是搖晃身子又是拍手。現在，一段微弱的吧嗒哼吟聲，在他耳畔響起。

女子的臉頰靠在她雙手上：睡覺時間到。她為克明利塞好被子後，在他身旁躺下，熄滅燈光，翻了個身。女子立刻就靜止不動，好像從懸崖邊掉落進深沉的睡眠中。

他忍不住爆出了哭聲，全身無法克制地劇烈發抖。女子當下翻身過來，緊抱住他。她比媽媽瘦，氣味也不一樣——她聞起來好像男孩子，透著洗髮精、胡椒粉的味道，還混和了煙燻化學氣味。

她的身體釋放出一種顫動：一種帶著旋律的話語，她的手指隨著節奏輕拍著克明利的胸口，直達他的心臟。她正在為他唱歌。她的歌聲微弱地傳進了克明利的耳裡，帶著音頻的顫動，像貓咪的咕嚕聲安撫了克明利，他很快就在踏實的溫暖中沉入夢鄉。

下午克明利醒來時，床上只剩他一個人。他鞋裡放著一張紙條，上面寫著：你應該回到家庭寢艙，好好跟著父母，別亂跑。記得戴口罩。信尾只有：保重，兩個字，沒有署名。

他隨即朝媽媽的臥舖而去，希望能看到她蒼白地躺在那裡，且已脫離險境，正在復原中，但只看到那面拉起拉鍊的床簾上，貼著一個大大的黃色「X」，黑字寫著：高污染源，請繞路。

他實在不願再待在家庭寢艙中——他受不了菲歐娜強裝出來的微笑，受不了其他家長投射過來的眼神，緊張兮兮地連忙把孩子帶走，迪克藍現在連跟他說話都不行。克明利將一些用品塞進帆布袋中，拿著袋子走人。

他敲了敲門，教室的門咔嚓一聲打開。學校停課，但他看見老師在這裡出入，當時老師的頭髮凌亂，衣服皺巴巴的，好像在教室裡打瞌睡。老師戴上手套，並要求克明利也照做，隨後消毒兩枝筆，在克明利的筆記本上草草寫字。

老師告知的信息，他早已知道：媽媽生病了，需要休息，醫生們都在照顧她，不需要擔心，但病毒會傳染人，克明利不能接近那裡。老師感到抱歉，因為他所知的就這麼多，沒有其他好消息了。

老師接著寫下：新規定。這些防疫規定與家鄉的差不多：戴口罩、消毒雙手、別用手揉眼睛、鼻子和嘴巴、跟別人保持一定距離；揮手叫出螢幕，別碰觸；避免接觸門把、扶手、水龍頭；看好自己的水瓶，用餐之時要留意，使用新的手套、乾淨的餐具，用餐完畢立刻戴回口罩；戴手套上廁所，事後摘下扔進垃圾桶；包紮所有的傷口和擦傷。如果注意到有人不舒服——咳嗽、打噴嚏、汗水淋漓、嘔吐——保持距離，立刻向船員報備。

老師寫著：要勇敢，克明利。你不是一個人。但克明利清楚這不是真的，他這輩子從沒感受到如此的孤單。

有一個人能令他感到安全自在，而這個人，有接觸到媽媽的門路。

克明利拿起筆：你能帶我去找那個唱歌小姐嗎？

老師寫著：那個瘦瘦的，有長長的黑髮？他蹙眉，好似不太認同克明利去找她，但隨後又點點頭，答應帶克明利去她的寢艙，但他不能保證能打聽到消息，然後警告：她負責照顧病人，克明利，不安全，你要跟她保持距離。

女子寢艙裡，是一排排一模一樣的臥鋪，全都標了號碼，看不出哪個是她的。一道光線或動靜從某道床簾縫隙透了出來，地板上有一隻落單的襪子，但看不到有人的跡象。今天起床時，他昏沉沉的，沒想到要留下記號。

克明利依靠著牆壁等待。數小時過去了，女人進進出出，但就是不見她。他吃了老師給的零食，不敢離開去小便。

他在門口裡面守了一整夜，祈禱那個女子回來睡覺。

比莉

她睡眠不足，昏沉虛乏地從船底病房冒上來，來到霧氣瀰漫的微弱光線中，愣了一下。現在是黎明破曉，或是黃昏？她的班表並不固定，涵蓋了白天夜晚和大夜班。黑咖啡，一個守衛旋轉開熱水壺的蓋子，她聞到一陣濃烈的香氣，所以現在是清晨。她的胃空蕩蕩的，呼喚著早餐。

病房內的可怕景象，以及屎糞、汗臭和恐懼的腐臭味，仍然糾纏著她。現在醫務長經常將病房全權交給她負責，而她的同事根本幫不上忙，要嘛不知所措，要嘛沒有經驗，在疫病的攻擊下顫慄發抖。

她拿著一袋溫熱的麵包捲，步伐沉重地走回寢艙。拉下臥鋪床簾的拉鍊，這時，有人輕拍她的手臂，她猛地轉身過去。

男孩的眼睛紅腫，整個人疲憊邋遢。難道他在這裡等她等了一整晚？他們面對面呆愣地站了片刻，隨著船身搖擺，就像微風中的雜草。比莉舉起那袋食物，比著吃東西的手勢，邀請男孩共享早餐，然後兩個人盤腿坐在比莉的臥鋪上吃麵包捲，吃飽後拍掉麵包屑，一起躺倒在臥鋪上，全程沒有人說話。

她在昨晚的夜班中搞清楚了男孩是誰的孩子。她的一個病人，凱特。這個病人撐著高燒的病體，掙扎著朝病房的門蹣跚而去，口中不斷咕噥：「克明利……克明利……我兒子在哪兒？我的小兒子？克明利……」卡拉漢醫生說過，她是單親媽媽。

身旁的孩子墜入夢鄉，呼吸深沉且平穩。比莉有些措手不及，在家鄉時，她也只在成年病房工作，沒有照顧孩子的經驗。前晚下班後，她獨自一人來到甲板上抽菸，一個主管走了過來。

「把那個聾啞孩子帶回到室內，」主管命令著，指著前甲板上的一個小小身影。「我不管妳怎麼做，只要把他帶下去。」

「那不是我的工作，」比莉回應，她那個時候太過疲憊，沒力氣注意禮貌。「你去找別人。」

「妳的工作，」主管厲聲說：「我說了算。把那個小混蛋帶下去，找個地方安置，否則上岸後監獄的牢房有妳一份。」

爭辯無用，這個人有權判妳抗令不服從而剋扣薪資。船員把護理師當成老鼠屎——那些人害怕被感染、不願沾手骯髒的工作，卻又忌妒護理師的薪資。

站在欄杆邊的男孩幾乎凍僵了，好似一個被封印在孤獨中的蒼白鬼魂，呆愣地盯著下方的大海瞧。室外的氣溫接近零度，男孩卻連外套都沒穿。他兩手泛青，她察覺到那瘦削的雙肩打了一個顫。失溫，已在不遠處。

她脫下一隻手套，覆住男孩冰凍的手，一股暖意從她的手滲進男孩的，緩緩地交流著冷熱體溫。

她抱著男孩看著冰山漂流過去，一段回憶浮現：她的小弟，被阿赫梅爾維奇海灘（Achmelvich Beach）的海浪打得全身濕透，抽抽噎噎。比莉摟住他。噓，別哭。

她抱著男孩走下甲板，遇上總管事馬歇爾，馬歇爾問她在做什麼。「服從命令。」她回答，從管事身邊繞過去，但那些命令並不包括充當媽媽。

現在躺在臥鋪上，聽著男孩平穩的呼吸，比莉清楚自己不可能將男孩趕走。男孩挑選了她，事情就這麼定了。比莉靠著這個小陌生人，閉上眼睛，等著沉睡到來。

法規禁止在病人面前提起死亡。失去第五個病人的那晚，比莉和醫務長將遺體運送到病房的前室，裝進攤開的屍袋中。他們將男人遺體抬出去時，態度隨意輕鬆，好似在搬運一個熟睡的人，以免引起他人的注意，帶來不必要的麻煩。

他們將屍袋從頭到尾擦拭一遍，再看著兩個清潔工將屍袋拖出門去。死者名叫托比（Toby），是兩個孩子的父親，來自盧頓（Luton）。他一隻上臂有刺青，是精緻的花體字，刺的是老婆和孩子的名字。

「瘟疫從天而降的機率有多大？」一個助手協助他們脫下裝備時，卡拉漢醫生問。這個醫生過去數年都待在海外，沒有太多處理大型疫病的經驗。

「你知道的，我不能回答這個問題，」比莉回應：「我們必須預先做好打算，面對最壞的結果。」

醫生平伸雙臂，讓助手脫下他身上臨時湊合的長袍。「我知道，在醫學領域沒有推測，但我想知道妳認為最有可能的推測。」

比莉脫下手套說：「從目前的模式看來，我認為是體液。但我進入病房，必定還是會戴防護面罩。」

卡拉漢醫生暗罵一聲。「四組防護面罩。沒有實驗室，沒有高壓滅菌器，也不了解病毒的來歷和特性。我們就連基礎的醫療用品存量，比如點滴輸液、止痛藥都不足，甚至連充當圍裙的垃圾袋都不夠。」疫情來得突然，他們的個人防護用品不得以都是臨時湊合來的：浴帽、工程用的護目鏡、輕薄的工作服，以及從船員那徵調而來、帶著臭味的橡膠靴。

比莉走進裝有消毒水的塑膠淺盤中，開始脫鞋。「最起碼，也給我一雙像樣的雨靴，這雙臭死了。」

他們專注在複雜的卸裝流程，二人都尚未熟悉這些步驟，尤其是應付在慌忙中拼湊出來的裝備。

「如果空投再不趕快批准……」卡拉漢醫生拖長尾音。

「你先淋浴，」比莉說：「別擔心，我不會偷看。」

⚓

政府空投的物資終於抵達時，比莉鬆了一大口氣，等不及動手拆包裹。這些都是珍稀寶藏，全新的醫療醫藥裝備，各種尺寸的個人防護用品，有防護面罩和口罩、長款防護衣和長袍、長手套和鞋套，但仍然沒有關於這場疫病的進一步消息，無人飛機也不允許帶生物樣本回去。

空投物資包括了屍袋：二十四個帶著長拉鍊的黑色屍袋，並附有標記死者姓名的空白標籤。她和卡拉漢醫生、助手歐文共同拆包裹。這個助手是一個年輕的威爾斯人，性格敏感脆弱，剛從一家鄉下小診所完成代理醫生的訓練，並無醫院診療的經驗。

「這箱消毒水，」歐文踢了踢一個大木箱。「要存放在哪裡？」

「我們會隨時用到消毒水，」比莉說：「我們的防護措施做得不夠縝密，必須加強病媒防疫的步驟。」歐文茫然地看著她。

「我認為那不是什麼大問題。」歐文說，口氣傲慢。

比莉冷冷地看著他。「你知道病媒是什麼，對吧？骯髒的表面，長官。醫學院入門介紹。」

「好了，」卡拉漢醫生插進來打斷他們的爭論。「專心拆箱。」

誰知道這次的病毒能在外面存活多久？這個病毒的數量，也是未知。有耳語謠傳這次疫病的爆發並非意外，很可能是刻意為之，一想到這個可能性，她打了一個寒顫——真要感謝這個陰險的預謀，她必須看著人命從手中溜走，看著他們尊嚴掃地，被踐踏直至陷入虛無。

刻意為之？不可能是真的，但疫病究竟是如何爆發的？生物過濾器（注）向我們保證

注 biofilter，為一種污染控制技術，可處理或降解污染物。

它的功效萬無一失，而致命的病原體不可能從天而降。她曾私下與卡拉漢醫生討論過，但也只是順便提及而已。醫療人數不足，他們只能勉強應付危急緊要的人事物，沒力氣去琢磨莫名其妙的發病緣由。

「我們只能靠自己了，」卡特勒難得的坦白。「船一旦靠岸，全體人員乘客都必須隔離觀察，若到時還活著的話。在靠岸之前，我們只能靠自己，盡一切可能性抗疫。」

獲得補充物資所帶來的欣慰，只是短暫的，死亡人數繼續攀升。失去第六個病人的那晚，比莉和醫務長癱坐在消毒室的邊牆。

「這次疫病的爆發，怪不到我身上，我不會被問責的，」卡拉漢醫生突然冒出一句。「打從一開始，我就告訴他們，如果出事了，我們的防控後援不足，而且醫療設備都太過低科技。他們只是回應我大船的評級是零風險，還說我的工作不是系統監督，他們有內部顧問做這件事。」

比莉首次注意到他發怒，但她實在累得沒力氣注意禮貌，脫口而出：「希望你如願以償。」

卡拉漢醫生透過眼鏡鏡框瞄著她。「但他們一定會想辦法撇清責任的。妳等著吧，不會只有我。」

「他們怎麼可以把責任推到我們身上？」比莉揚聲問。

「這家公司的人都十分狡滑，」卡拉漢醫生說：「屋漏偏逢連夜雨，我們三個要團結一致，彼此支援，妳、我和歐文。一旦靠岸——如果我們能撐到靠岸——你們兩個要前嫌盡釋，我們必須向外人展現出我們三個是同心協力的抗疫前線。」

湯姆

我神志恍惚、全身發抖，抬手猛敲著醫務長副手的門。我第一時間想到的是卡拉漢醫生，但敲他的門，沒人應門。

歐文．普萊斯繃著臉打開艙門，他穿著袒露出瘦骨嶙峋的胸口的睡袍，頭髮凌亂，現在是傍晚，但我顯然吵醒了他。他面有慍色，一聲不吭地看著我。

「歐文，」我說：「抱歉。」我向他解釋我的困境：我的焦躁症，因為藥品被不明的投機分子偷走而加劇，先是思緒翻滾、失眠越來越嚴重，現在是顫抖的戒斷症狀。我伸出一隻顫抖的手證明，並背誦出我平常一日的用藥清單和劑量。

「這些都在我的病歷上，」我向他保證。「我的病史、診斷結果、用藥劑量。」

「醫務室現在鎖上了，」他咕噥著。「我要到六點才值班。」他下巴長著痤瘡。以醫生來說，他有些太過年輕。他往後退開，似乎要結束這段對話。

「事情是這樣的，」我結結巴巴。「我抖得太厲害，有沒有——」

「在醫務室外面等我，」他厲聲說：「六點前要到，不然我走人，別想要我等你。」

他當著我的面砰地關上門。

我虛弱無力地退回到空蕩蕩的教室，將門上鎖，拉上窗簾，調暗燈光，癱倒在沙發上，試著用美妙的白日夢來分散注意力：召喚出史都華俊美的臉孔，他強壯結實的手臂緊緊摟住我的胸膛。

但是我腦袋裡的念頭不斷飛走，思緒好似四散的水銀珠。教室變得十分悶熱，腦袋砰砰跳動發疼。我好似靈魂出竅，這才注意到牙齒在打顫。

我的思緒轉來轉去，恍恍惚惚，困惑自己為何晃來晃去，我掙扎著保持清醒，提醒自己正在船上，乘風破浪。閉上眼睛，我看見好多隻深海生物在黑暗中漂蕩：有毒的水母，牠們的刺針閃閃發光；睜著無神大眼和突出下顎的超級大怪魚。這些有毒的生物，透著死亡的氣息。

我渾身發抖，一股寒意竄過全身的肌膚。我感到一陣熱又一陣冷，腦袋像雪花球般搖晃。有音樂旋律在耳畔響起，起初十分微弱，我想我聽到了孩子的聲音，奶甜奶甜的，尖細地唱著一首遙遠的歌。我認得那個旋律。

夕陽西沉……萬王之王，來，別怕。慈愛良善，療癒汝……療癒汝之雙翼……

這首讚美詩，是我們在祖母的悼念會上詠唱的。坐在旁邊的母親肩膀微微抽動，父親的一隻大手握住母親小小的雙手。蘿莎（Rosa）穿著黑色喪服，沾著睫毛膏的淚水弄髒了她的臉。我的父母、我的妹妹，相隔大海之遠，遙不可及。

孩子的歌聲變大，唱詩班走近。我聽到了他們的腳步聲在教室門外窸窸窣窣，我能從合唱中辨認出個別孩子的聲音。

在精神錯亂完全占有我之前，有那麼一刻迴光返照：這不是藥物戒斷症狀，我正發著高燒。

我腦袋嗡嗡嗞嗞作響，又聽到孩子的聲音——或者，只是我以為我聽到了。他們在教室門外咯咯笑著，輕聲細語。

別進來！我大叫，待在外面，這裡不安全！

我知道已經有一個孩子發病了：米亞，我們的背單字天才，一個愛笑的文靜女孩，她還有一個可愛的跟屁蟲弟弟。我驚恐地看著失去意識的她，在甲板上被抬起強行帶走，另外有幾個船員攔住她痛哭的母親。

待在外面！我大聲咆哮，害怕傳染給他們。我生病了，別進來！

我鎖了門嗎？絕不能讓孩子進來，要保護他們避免和我一樣受罪。

一系列卡通物件從我眼前行軍而過：筆、杯子和餐具、水龍頭和扶手、肥皂和刮鬍刀。一本舊書、西洋雙子棋盤、被發狂乘客揮來揮去、手把汗濕黏膩的掃把——這東西被我輕快地踢開，藏了起來；米亞掉落在甲板上的紅色遮陽帽，這些全是我碰觸過的東西。

咔嚓一聲，門板向內旋轉飛開，我眼前一黑。

7

克明利

克明利每天都在臥鋪天花板上貼上一張新字條。他一醒來，比莉的文字就已定位等著他。到了晚上，他會一遍又一遍地重讀，那些句子好似熄燈後，在黑暗中紅紅亮亮的餘燼。

你媽說她愛你。還有，她要你一定要遵守所有的個人衛生規定。

她今天好一些了。

你媽說，你是她勇敢的兒子。別忘記刷牙。

她說她很抱歉，現在還不能見你。她要你不要擔心。

他們幾天前剛搬進來這裡住。這是一個小房間，有六張雙人上下臥鋪，住的全是女生：女護理師們。她們的眼神總是透著緊張，肩膀疲憊僵硬，克明利儘量表現得乖巧懂事——她們更衣時，他轉開視線；她們睡著時，他輕手輕腳，試著不要盯著她們看，或不要擋道礙事。這個新寢艙的臥鋪沒有床簾，他的床墊也散發著男人的汗臭味，但他就是覺得有安全感。一條粉紅色圍巾被釘著遮住舷窗，徐徐微風帶著波光粼粼的反光拂滿艙房。

比莉在下鋪沉睡，黑髮蜷繞散布在枕頭上。她幾乎每天晚上都不在，忙著照顧媽媽和其他病人，經常破曉才回來上床睡覺，一直睡到下午。其他護理師進進出出的，但都吵不醒他，只有比莉回來，他會清醒一下。比莉會伸手進毛毯，握住他的一隻腳，捏一捏，打個招呼，隨後他又被船身的搖晃哄得睡著。到了早上，他的運動鞋裡會塞著另一張紙條。

今天早上的紙條，比莉潦草地寫著：*你媽說，你是她最心愛的淘氣鬼*。克明利一遍又一遍地重讀。沒錯，這的確是媽媽說話的口吻，但她以前叫過他淘氣鬼嗎？這些話，真是她說的嗎？

他對媽媽的思念宛如潮水，不曾間斷，思母之苦好像血液一樣流穿全身。在此之前，母子倆從未在夜晚分開過。克明利只要一閉上眼，就會看到媽媽：她冷靜沉著、無比堅強，只要克明利需要，必定回應他一個擁抱，慷慨地稱讚他，給予他肯定。媽媽總是懂他，能猜到他的心思。媽媽肌膚的溫暖和煦，好像牛奶奶香，總能讓人安心入睡，那是安全的氣味，是家和保護的香氣。現在不能和她在一起，她生病了，而且孤孤單單，真是一種折磨。

一股懼怕突然襲來，揪住他的喉嚨：如果媽媽病死了呢？如果她已經死了呢？被病毒殺死了——又或者被一把刀？趁著她睡著時，割斷了她的喉嚨？心砰砰地跳著，撞擊著胸口。他試著平緩呼吸，等著慌張平撫下來。他甚至嘗試禱告，但你永遠不會知道你的用詞對不對，更不知道究竟有沒有人在聆聽。他的禱告大多是直接向媽媽求告：拜託，請一定要好起來。拜託，請一定要恢復健康。拜託，請回到我身邊。媽媽一定還活著，因為他沒有告發黑鬍子，守住了這個祕密，而且比莉每天都會看到她。

比莉跟他說，他媽媽很堅強，只是現在病得很嚴重。她生了一場大病，可能在靠岸後，母子倆才能重聚。

他自己生病的回憶已經模糊，只記得虛弱地走不動，四肢無力，被外公抱上床。他把最愛的睡衣，有搖船的那套，吐得到處都是。他記得自己只睡了一會兒，可醒來時，已是一天一夜之後了。外婆將一條冰涼的濕布覆蓋在他臉上，媽媽輕柔撫弄他的頭髮，就在他床邊打地鋪。他不記得被送進醫院，醒來時已經在那裡，並感到有些失落，好像有東西不見了。起初，他以為是那個地方的純白寧靜既缺少色彩，又沒有活力，後來才慢慢意識到：其他人的嘴巴都在動，但沒有發出聲音，完完全全的沉默無聲。

事後，他的聽力有些恢復，但不足以應付日常生活所需，只能聽到微弱的回聲，得到概略的輪廓。透進耳裡的聲音，好遙遠，悶悶的，就像事後諸葛才冒出來的。我們會想辦法讓聽力回來的，媽媽寫道，我們一定會找到一個厲害的醫生。但他知道，治療需要錢，於是他開始學習在聽不到的條件下生活：他教導自己發展視覺之美，看人臉色、讀懂他人的眼神；留意他人的肢體動作，觀察他們的兩手是如何移動，發現本人不經意散發出來的訊息。

克明利更衣完畢，戴上口罩，把紙條塞進口袋中，老師的望遠鏡掛到脖子上。

他咔嚓一聲打開艙門，仍然看不見海岸線。護理師艙房外面有一條長長的陰暗走道，它好似貫穿大船的內部。下面這裡的光線泛紅，讓人感覺身在鯨魚的肚子裡，光線是從高高在上的舷窗透下來的，被各個艙房的門板堵在走道上。他兩腳張得開開的走下走道，不讓自己碰觸扶手欄杆。他用感應手環刷過門鎖，用肩膀頂開艙門。

他繞著大船打轉，一路循著他留下的麵包屑做導航：綠色貼紙表示通往熟悉地區的安全路線。紅色是警告，標誌著必須避開的區域：船員專用區、他不理解且沒興趣的地點、沒有出口的走道。

感應手環給了他進入此陌生區域的權利：護理師艙房、相連的升降機和洗手間、吃飯的小廚房，如此就不用冒險去餐廳了。不過，他進不了其他艙門，包括通往病房的艙門，那裡現在有兩名守衛站崗，且特別防範在附近徘徊的小男孩。克明利再也不能靠近媽媽。

艙門之外，天空好像某種龐大的死魚肚子一般，壓了下來。克明利環視一圈上面的甲板：沒見到黑鬍子。那個男人簡直無所不在。除了克明利現在的寢艙，護理師的聖堂，沒有地方是安全的。他將警戒心調撥到最大限度：背對著牆，前所未有的警備，不給人任何機會從背後潛近；留意微弱的震動，不放過任何靴子靠近的微震；隨時利用眼角餘光掃瞄周遭動靜；時時警覺，隨時預備逃跑或學習變色龍靜悄悄地融入消失。

他不斷回頭檢視，神經緊繃，隨時準備拔腿就跑或開戰，一刻也不敢放鬆，這簡直令他精疲力盡。

比莉還會再睡上幾個小時。她醒來後，他們會一起吃飯，上來甲板看雲，但他不能一直黏著她：如果她厭煩他了呢？其他孩子不能再自由地四處亂跑，被父母嚴格控管住，如果克明利太靠近，全家人會像鬼魂一樣自動解散。迪克藍總是向他揮手，但都是偷偷摸摸的，而且揮手並不能代表什麼。

比莉見狀，安慰他——他們不是討厭你，只是太害怕得病——但那些人的退縮閃避讓他感覺自己好像擱淺，暴露在大海之上。他想起以前，另外一些嫌棄他而轉身離去的人：因無法溝通而失去友誼，以及那些害怕場面突然安靜的孩子。不過，這裡孤立在大海之上，帶來了更大的風險，沒有了人群的掩蔽，人是很難讓自己隱形的。眼下他只能徘徊在各個家庭的邊緣，不遠不近，就像一顆衛星繞著冷漠的恆星打轉。

他在欄杆邊的人群之中找到一個空隙，拿起望遠鏡眺望永不止息的海洋。海水像藍色墨水般明亮，觸目所及不見垃圾的蹤跡，也沒有其他船隻。海鳥爭先恐後，想在帆杆之上爭得一席之地。一隻體型較小的幼鳥，羽毛帶著斑紋，一條腿是歪的，被一群嘎嘎叫的成鳥攻擊。幼鳥側身閃躲成鳥的尖喙，從帆杆上跌落下來。

一根羽毛，之字形地左飄右蕩落到了甲板上，克明利趕緊跑過去撿起羽毛。羽毛呈現出美麗的白色弧線，精緻卻堅實——一把切割空氣的小刀，一個幸運符，仍然帶著幼鳥的體溫。他要留下來，送給媽媽。

有東西撞上他的腿。

一顆足球，耷拉在他腳邊。他抬眼一看，對面站著一個同班男孩，這個同學滿臉的期待。克明利和同學互相對踢足球，在傾斜的甲板上鬧騰出一定的節奏，直到一個水手衝過來搶走足球。那個人兩腳運著球，對著兩個男孩嘻嘻一笑，隨即逗趣地一踢，將球踢下甲板。足球猛地打住，被踩在一隻沉重的靴子下。

黑鬍子單腳踩在足球上，整個人像隻鸛鳥搖搖晃晃，在波濤下保持平衡，他一邊穩住自己，一邊回盯著兩個男孩瞧。只見他緩緩勾起一抹微笑，把球直接踢向克明利，但克明利只是僵立在原地，沒力氣移動。

足球重重撞上克明利的胸口，震空了他肺裡的空氣。另一個男孩連忙跑去撿球，克明利驚醒過來，大步朝反方向走去，那個男人的目光沉重地壓在他背上。

⚓

他躲進擠滿乘客的沙龍，等待呼吸平靜下來，血脈不再賁張。這裡這麼多人，黑鬍子絕對傷不了他，但如果他落單，被黑鬍子逮住了呢？割斷他的喉嚨，抬起他丟入海中，是不是很簡單？他絕不能放鬆警戒，一秒都不行。

媽媽被困在病房中，不知道他所面臨的危險。克明利祈禱媽媽在下面病房中是安全的，被比莉和其他護理師保護著，直到大船靠岸。他祈禱黑鬍子碰不到她，祈禱黑鬍子無法通過那扇厚重的金屬門。

壁掛式的螢幕上，展示著大船緩慢航行的航線。上個星期，馬達加斯加島（Madagascar）已掉出螢幕邊緣之外，大船現在漂蕩在無邊無際的藍色平面上。但現在，又一個新圖形從右邊進入螢幕內，那是一個磚紅色的楔形體。克明利在畫面前面揮手，但程式的刻度不夠靈敏，他揮手揮了大約一分鐘，才讓螢幕放大那個畫面。

人們聚集過來看著他瞎忙活，不過跟他保持了一段距離。一個婦人將女兒拉近，雙臂緊緊摟住女孩的胸口，這時螢幕上的畫面逐漸清晰：一個白色的小光點朝一個大紅色塊而去。是澳洲（Australia）。抵達終點時間：十三天，四小時又二十一分鐘。

倒數的秒數閃閃爍爍地往下掉落，如果你站得夠久，就能見證一個小時的消逝。克明利轉身走開。他會精準地知道這需要多久：每日一張新紙條，比莉手寫記錄下媽媽的話，還要十三張紙條。

比莉

她彎身俯在病人的上方。女病患面色蒼白，呈半昏迷狀態，仍然吊著點滴，雖然已經停止嘔吐，但還是很虛弱，甚少反應。從各方面看來，都說明她尚未脫離險境。這位並不比其他病患重要，但也是醫務人員的付出有無效果的證明。

比莉輕聲喊著女病患的名字。「凱特，我現在要量妳的脈搏和血壓，然後幫妳擦洗一下。」

她懷疑凱特是否能聽到她的話，但比莉習慣了跟病患說話，無論他們是否有意識，都將他們視為有知覺的人對待，提醒他們，也提醒她自己，她不是在照護植物人，他們仍有希望和機會恢復到某種程度，可能會留下後遺症，或者完全康復。無論她的音量有多微小，她的話語都是一條引線，如果病患能夠捕捉到，就能引導他們走出迷霧。

凱特的腦袋仍然包著保鮮膜，一來包裹住頭髮，二來防止感染源留居在她髮絲中。比莉量著她的脈搏：快而微弱，病勢十分凶險。比莉調整點滴的流速，並設置呼吸機的各個數值。擦洗可以再等一下。

「嘿，凱特，」比莉對著女病患的耳朵說：「克明利已經三天沒沖澡了，那個小髒鬼。他說他不需要洗澡，是真的嗎？」

女人有反應了，眉頭微蹙，嘴脣蠕動，但發不出聲音。

「妳別擔心，」比莉呢喃：「我保證，一定會好好照顧他。」

目前有十二名重症病患，擠在這個狹窄房間中，躺在臨時搭建出來的病床上，承受著不同程度的病痛折磨。冰冷的空氣從敞開的舷窗刮進來，但房間裡的氣味仍然糟糕難聞，令她想起了以前的重症病房。

靠牆的病床上躺著第一位兒童病患，也是半昏迷狀態，正在奮力打內戰：米亞，十一歲。比莉第一眼看見這個小小的身體躺在床上，只感到一陣恐慌。某個人家的孩子生病了，現在成為了她的責任。

「我能再多給他一些偽鴉片劑止痛藥（pseudopiate）嗎？好像不夠，沒什麼作用。」蘿倫（Lauren），這個沒有主見的英國姑娘，一如往常地又問了一個多此一舉的問題。正在更換點滴袋的比莉，努力克制住對這個女孩的厭煩。

「蘿倫，妳聲音那麼大，湯姆能清楚聽到妳的話。去翻翻他的病歷表，看他上次是什麼時候服藥？」

比莉看著蘿倫翻閱病歷表，為那位老師準備另一份止痛藥。金髮護理師荷莉

（Holly）走過來，翻了一個白眼。大多數護理師（有些即使資格不足，也只能硬著頭皮上任）都經過完整的護理訓練，多多少少都能應付手邊的工作。但蘿倫，她似乎連簡單的交待都記不住，只會在細枝末節上糾結，更令人擔心的是，她在大事上，反而經常馬虎了事。

恰巧，比莉看見那女孩把一塊沾有糞便的破布，扔到病房的一個角落。

「蘿倫！」比莉斥喝：「妳搞什麼鬼？」

女孩轉過來，戴著手套的雙手定格在半空中。

「那塊布，」比莉克制住內心的激動，盡可能冷靜地說話：「高污染源，一級感染性廢物。兩層袋子打包封死，立即清理——記得嗎？」

蘿倫沒做任何回應，只是彎身拆開一個塑膠袋。比莉打量著她，不確定是否再進一步施加壓力。評估了一下，這次姑息的代價太高了。

「拜託，」比莉說：「這是傳染病防治工作手冊中最基礎的知識。妳很清楚，我們如果不遵守手冊的規定，會有什麼樣的後果。」

「抱歉，」蘿倫說：「我正想把它撿起來。」

比莉一股怒氣竄起。「妳耽誤一秒，我們就多一秒暴露的危險，蘿倫。妳很清楚工作手冊的，請依照手冊做事。」她沒說出「否則」——否則什麼？不能在病患面前提起死亡。革她的職？現在大家巴不得被革職。如卡特勒所說，坐牢？比莉並沒有判決的權力。她已經說得夠明白：粗心會害死人。如果女孩還不能上心，她也無計可施了。

當班的男護理師也在偷瞄蘿倫：魯本（Ruben），就是開會時挺身抗議、不願被趕鴨子上架的那個人。他以前是急難疏散助手，現在卻成為她十分信任倚仗的同事之一，工作穩當，特別擅長安撫痛苦的病患。蘿倫也把他惹毛了。

比莉打量著那排覆蓋著被子的病體，大部分都安靜地沉睡，這是病房中難得的清靜。荷莉拿著冰布放到孩子的額頭上，魯本則檢查著點滴、抬起一個個昏沉沉的腦袋，叫著名字用吸管哄病人喝水。就一口，莎拉（Sarah），來，真棒；再來一口，最後一口了，好似一個教練在指導不情願的衝鋒衝過體育館。

手寫的病歷表貼在每個床頭上，比莉瀏覽表格上的姓名、用藥和劑量，以及潦草記下的體溫、呼吸頻率和心跳等的生命跡象。病歷表上有太多的空白，太多遺失的訊息。疫病來得猝不及防，他們只能以最原始的方式做記錄，可是比莉連自己的草字都看不懂了，更別提其他人的。

不管引發這次疫病的病毒為何，必定極其棘手。透過每日兩次體溫檢驗篩選出來的新病患，都被安置到一間觀察室，以僥倖之心期望他們發燒的病因並非是感染疫病。下一步——體溫飆升、嘔吐、關節疼痛、頭痛欲裂——看著他們通過入門許可進入這間臨時湊合出來的診所，在這裡很快就會出現嘔吐和腹瀉的症狀，緊接著是呼吸困難、流鼻血和帶狀紅疹。

高熱十分棘手，平常劑量的止痛藥和退燒藥根本對付不了，而當高燒持續加重，病患會陷入神志不清、狂躁不安、精神錯亂，甚至需要被綁在床上，並餵食鎮靜劑。謝天謝地，目前只有一個孩童得病。也幸好，尚無醫護人員被傳染，儘管蘿倫貢獻了那麼多的染病機會。

比莉調整了凱特的供氧量，往旁讓開，讓其中一位包裹嚴謹，專值夜班的清潔工進行清潔工作，清除廢棄物、擦拭各個物體的表面、抹除噴灑出來的液體。卡拉漢醫生將他的班表安排在她和歐文之後，讓三個人各負責八個小時的主管工作。醫務長對她的依仗，令她緊張不安。醫療設備欠缺、醫護人員訓練不足，再加上對病毒的未知，這責任太大實在是吃力不討好，犯錯是必然，也必須承擔罪責。

卡拉漢醫生是個好人，但這場醫療難關暴露了他醫學上的有限。他曾是海軍軍醫，在此之前是伯明翰的一個公共全科醫生。但這些資歷全是在瘟疫爆發之前，所以他的應變經驗幾乎為零。

比莉因為之前的醫護資歷，被指派負責防疫工作的速成培訓，包括：淨手、個人防護裝備的穿脫、廢棄物處理、消毒。卡拉漢醫生十分尊重她的專業，可是她數次和歐文發生口角，歐文顯然對她空降的領導權感到憤憤不平。

米亞的手冰冰涼涼。比莉又拿來一張毛毯蓋在女孩身上，搓揉女孩的背，輕柔地哼著歌，一會兒後才離開去關注其他病人。她的目標，是讓這些病患遠離那些庫存等待中的屍袋，讓他們不至於流落到凍庫的停屍區。但沒有適當的醫療設備和診斷，她也只能給予支持性醫護：處理症狀、控制病痛、緩和焦慮。給他們餵食止痛藥、偽鴉片劑、點滴、沙丁胺醇平喘藥（salbutamol）、氧氣、止吐劑。為他們擦拭清理糞便和嘔吐物，止住鼻血，最後防控病毒的傳播。

距離陸地只剩兩個星期的航程，但死亡率還在不斷攀升。隔壁恢復病房中的病患病情穩定，但並不能保證他們的復原進程，一切都是未知數。

「比莉，點滴的針頭又被他甩掉了。」魯本俯身在昨晚送進來的病患上方。史酷特，來自亞伯丁的年輕甲板水手，「盤點員」之一。

史酷特剛被送進來時，已認不出她了。他高燒四十度，全身痙攣，神志不清。「我沒拿，媽！」他不斷對著天花板吼叫：「我沒拿，我發誓！」他們好不容易幫他退了燒，但他仍然癱軟無力，騷動不安，不是掀毛毯，就是全身劇烈痙攣。昨晚下班之前，她將史酷特留給歐文照顧。現在他一隻手臂柔軟的內側上出現了烏青，一看就是那位菜鳥醫生笨手笨腳的傑作。

「去拿一條藍色的，」比莉一邊說，一邊戴上新手套。「還有膠帶。」她碰了碰病患的手，檢視他病歷上的真名。「史都華，聽得到我說話嗎？史酷特？你盡量不要動，兄弟，我現在要幫你重新插針，會有一點點刺痛。抓住魯本的手。」

針頭插進靜脈時，史酷特嗚咽一聲。比莉調整管子裡生理食鹽水的流量，有人敲了一下門，卡拉漢醫生走了進來，全副武裝。她忙得忘記時間了。她和醫務長做工作交接，並提醒他要特別注意那個女孩、史酷特和凱特，隨即退了出去，經過凱特床邊時，輕輕捏了一下凱特的手臂：這屬於不必要的接觸，就破例小小犯一個規。

比莉踏進消毒藥水盤之中，又開始動腦筋編故事、造句子。那孩子正等著她。

她睡不著。隨著死亡人數攀升，管理階層關閉了兩間酒吧，但羅比承諾幫她弄點酒來，好讓她放鬆繃緊的神經。比莉說要跟他去取酒時，他遲疑了一下，但比莉太累了並沒追究原因。

才剛走出廚房，他們兩個就被馬歇爾攔截在走廊上。「我不賣酒給她。」馬歇爾冷冷地說。比莉愣了一下，這才明白馬歇爾指的是她。

「別這樣，老兄，」羅比說，似乎他們早已討論過此事。「她做的那些骯髒事，都沒人願意做，而且還照顧發病的病人。她是我們的一分子。」

「我們？」馬歇爾說著，向後彈開一步。「我們的一分子已經到了死神門口，這全都要感謝這個老鼠屎。你以為史酷特是如何得病的？」他斜睨比莉一眼。「我們真不應該讓她加入。」他口氣中充滿了怨恨。

羅比為馬歇爾開脫，說那個總管事失去了理智，大罵恐怖分子和反移民激進分子；茱麗葉無意間發現他在偷哭，其實，他是躲在駕駛室後面大聲抽噎。但比莉擺擺手，不耐煩聽這些解釋。

整艘船已被疫病搞得四分五裂，大家既緊張又害怕，原本就薄弱的交情立刻分崩離析。茱麗葉負責監管病患的餐食供應，與比莉配合工作，但她們每次交流時，茱麗葉明顯緊張不安：她總是草草打個招呼，簡短交談，隨即匆匆退開。

感染源——他們是如此看待護理師的。病原的携帶者和媒介，同時被乘客和船員排擠。她能理解他們的恐懼，但這股敵意實在令人難以接受，護理師們現在已被隔離開來，單獨用餐和就寢。如此安排有一個好處：護理師可以避開那些甩都甩不掉的病患家屬，躲開他們苦苦的哀求和探問。這些與家屬周旋的工作，落在了歐文和一個資深主管身上。比莉一點也不羡慕他們。

她有自己的陣線要攻堅，再無心力顧及其他事了。

⚓

那晚上班時，比莉聽到透過前室牆壁傳來的喧鬧聲：有人尖叫著要找神父。

「什麼時候開始的？」她問正在卸除裝備的歐文。

「十五分鐘了，斷斷續續的，」歐文一邊說，一邊踏進消毒藥水盤。「妳最好給他打一針，他會吵到其他人。」

這是歐文一貫的作風：把他能做的工作扔給你，還一副頤指氣使的模樣。

「謝謝你的指示，愛因斯坦，」比莉一邊說，一邊用膠帶封死手套。「如果沒有你，我們真不知道該怎麼辦。」

史酷特瘋狂掙扎著，兩個護理師奮力將他壓制在床上。他的高燒捲土重來。比莉暗罵歐文，他不應該丟下一個發高燒的病患，撒手就走。

「穩住，兄弟，」魯本咬牙切齒地喊著：「別緊張，史都華。」

「他力氣太大，」荷莉說：「快壓不住了。」

史酷特的皮膚通紅，脖子上的血管繃得好像繩子。他的腦袋猛地往後一仰，大聲咆哮：「亨德里克斯神父（Father Hendricks）！我要見亨德里克斯神父！」一條血線從他鼻孔流了下來。

比莉接過荷莉的工作，堅定不移的將全身重量壓在病患身上。把他壓制在床上並不合適，但天知道如果被他掙脫了，他會在這個擁擠的小房間造成什麼樣的破壞。

其他病患也跟著騷動了起來。小病人躺得硬挺挺的，直盯著天花板。

「史都華——史酷特。你聽得到我說話嗎？我是加洛威護理師。現在冷靜下來，有我們在。」他的一隻手臂掙脫出來，亂揮亂打，一拳打在魯本的腦側。

「靠！」魯本怒罵一聲。「門衛在哪裡？我們需要強壯的男人。」

「神父，為我祝禱！」史酷特哭求著。「不是我，不是聖水！不是我，我發誓。」一陣顫抖的長吼從他喉嚨中撕扯出來。

男人的悲痛瀰漫開來，從一個人感染到另一個人。米亞開始嗚咽，一個女人大吼：「幫他啊！想想辦法！」

「米亞，沒事的，」比莉大叫：「我們馬上過去，小可愛。」比莉全身壓在史酷特身上，側轉的臉幾乎直面男人的唾沫和鼻血。

「準備一管安樂平（注），五毫克，」她命令荷莉。「還要長繃帶。」

他們將他的兩臂緊緊捆在床架上，史酷特又是咒罵又是哀求，要找媽媽、找神父、找醫生。比莉拿著針頭注射器往他的大腿一插，將注射泵一壓到底，他很快就失去反抗的力氣。

「我的媽啊，」魯本一邊說，一邊輕揉烏青的耳朵。「他讓我想起，我為何接下這份工作。」

「冰敷一下比較好，」比莉說：「不過你離開之前，先去看看米亞。」

史酷特癱軟在床上，面部肌肉放鬆，身體的緊繃消失無蹤。比莉解開他手臂上的繃帶，檢視他的生命跡象。

「你沒事吧？來，喝一口水。」比莉抬起他的頭，但史酷特轉頭拒喝。比莉聽見他在咕噥什麼，要求他大聲一點。

「毒。」史酷特的聲音沙啞。比莉挑眉，納悶地看著正在照顧米亞的魯本。

「妄想症，」魯本說：「脫水。他又不喝水，我們必須儘快幫他補充水分。」

史酷特耷拉著腦袋。「毒錢。混蛋拿走了。找神父。」

「船上有個任期已滿的神職人員，」荷莉說：「天主教的。但不知道他現在人在哪裡。」

他們本來就人手不足，而魯本已到了下班時間，他的接班人仍然不見蹤影。比莉很清楚，其他病患都聽到他們處置史酷特的最後手段，很難平靜下來。

她握著史酷特的手。「史都華，你一定會好起來的，我保證。你不需要神父，但你必須喝點水。」

他說話含糊不清，兩眼不斷慢動作眨啊眨，意識逐漸模糊。「不是，水裡有東西。聖水。邪水。」

「噓，什麼都不要管，休息。」比莉放了一塊濕布在他額頭上。

「他們知道我媽住哪裡，」史酷特用力睜開眼睛。「他們知道她的住址，拜託千萬

注 Haloperidol，為精神神經安定劑，可用於治療躁動、瞻妄或攻擊性與破壞性之行為障礙。

別說出去。」

精神錯亂的病患囈語五花八門：有說方言的、沒頭沒腦的破口大罵、坦承自己犯下的或想像出來的過錯、與隱形人交談、與別人看不見的妖怪大鬥。胡言亂語，但依照經驗看來，這些囈語中有時候藏著一絲真話。

「史酷特，」比莉低語：「史都華？」

但男人現在動也不動，遙不可及。

湯姆

我醒過來時，看見自己躺在一張汗濕的床墊上，周遭的環境陌生：牆上貼著一張小妞的照片，舷窗勾勒出一塊圓形藍天，手推車上放滿了醫療器材。狹窄的房間裡，安放著一排床，八個人躺平在床上，有的熟睡，有的在休息。空氣中是濃厚的消毒水氣味。

一個人進入他的視線中，全身被防護裝備包裹得嚴嚴實實，只看得見眼睛。「歡迎回來，」她說：「你成功熬過來啦，現在在恢復室裡。」這個女人是蘇格蘭口音，有點耳熟。

我全身虛脫無力，昏沉沉的，掙扎著想要坐起來，但四肢好像果凍軟趴趴的，骨頭透出隱隱的疼痛，感覺好像被厚重的手套鞭打過。

「喝下這個，」女人說著，將吸管遞到我脣邊。「你現在需要補充營養。」

我推開被單檢視自己，差點認不出這副骷髏般的身體：睡衣等於是掛在我的骨頭上，膝蓋凸出，肚子鼓起，兩臂細長又乾枯。肌膚上都是發紫的針孔，點滴針孔的烏青好似顏料暈染般地化開。我實在爬不起來，整個人是虛脫的，只能重重倒回床墊上。

「你真是死裡逃生，」蘇格蘭護理師說：「我們都沒把握你能熬過來。」

我側臉瞥了其他病患一眼，半數以上都在睡覺或閉目養神，有幾張憔悴的臉是我認識的人。我腦袋昏沉沉的，幾個問題冒了出來。「那女孩……米亞……」

護理師壓低音量。「在隔壁。她還沒脫離危險。」

「幫我跟她說一聲，我在這裡等她。告訴她，我們很快就會見面，好嗎？」

「噓，」護理師說：「好好休息，省點力氣。」

⚓

我們這些復原中的病人，大部分時間都在睡覺。負責照顧我們的人，送飯的、打掃房間、監看我們病情進展的，都是全副武裝。我們幾個仍然具有高度的傳染性。他們每天都來檢視和記錄我們的生命跡象。護理長比莉，負責恢復室裡的管理、維護病患的冷靜。我現在認出她了：就是第一次開應變會議時，那位黑髮蘇格蘭女人。回想起那天的她，瘦而結實，氣勢強大，儘管會議氣氛惶恐慌張，她仍然威嚴冷靜地發問。她也是克明利在媽媽病倒後，主動去投靠的人。

每隔幾天，他們會從隔壁病房送來一位新的倖存者。從那面薄牆滲透過來的聲響提醒著我們，那層被我們拋在後頭的煉獄：護理師的輕聲細語，時不時被呻吟和嘔吐聲打斷，還有那些偶爾爆發的咆哮和尖叫。

有一個肌肉發達的船員，全天候監看我們。他守在門旁的椅子上，口罩上方的眼睛緊張地來回掃視，隨時保持一定距離，顯然十分不願意和我們待在一起；也可能是好幾個肌肉發達的船員，輪流當班。護理師稱他為「看護」，不過口氣中都帶著譏諷的意謂。不是守衛，可是那分明就是他正在做的事。

我們幾個實在太過虛弱，壓根不具威脅性。不過一天晚上，我被隔壁的騷動吵醒。有個女人在尖叫，伴隨著一連串沉重的砰砰聲，隨後有人踉踉蹌蹌地衝下外面的走道，再來就聽到有人捶著一扇金屬門。恢復室的守衛衝了出去，同時對著無線電呼求支援，然後傳來一陣扭打的聲響，一個護理師尖叫著：「抱住她！」又是一陣乒乒乓乓的撞擊聲，之後只聽見有個東西被拖走了。最後，一切又回歸寂靜。

我在隔壁病房昏迷了十一天，那十一天就像一個黑洞，洞中點綴了片片段段的不悅回憶。刺眼的燈光、痛苦、時間扭曲、被單上的鮮血、忽隱忽現的說話聲。我記得自己曾經對著一個白桶子大吐特吐，一次又一次，我其實沒有東西可吐了，但就是停不下來。還有那些超現實的夢境——扭曲蠕動的野獸、機器軍隊、數個腦袋上包著塑膠袋的女人。有人在發狂嘶吼、胡言亂語。那個人是我？

隨後，我感覺自己緩慢地向上浮起，好似爬出了一道豎井，回到光線之中。我的腦袋被抬起，吸吮著吸管送上來的甜甜鹹鹹的液體。後來，我被半抬著送進這個新房間，兩個護理師左右攙扶著我這個走不動路的老頭子。

很快的，我們十個人就將這間從船員寢艙改造成的狹窄恢復室擠滿了。屋裡的人都儘量輕言細語，因為我們仍然十分脆弱，對噪音和光線敏感。同時，也十分清楚不是所有人都能熬過病魔、倖存下來。

躺在裡牆邊的男人，他的妻子就在病房中不治身亡。每晚都可以聽到他壓抑的哭聲。他鄰床的愛爾蘭男病患，輕聲安慰他：「節哀順變。是，的確太可怕了。如果你想找人談談，我就在這裡。」一個護理師拿著一個大瓶子走過去，隨即那個男子的哭聲逐漸變弱，消失無聲。

和我隔了兩床的馬克斯（Max），他就是想跳船自殺的那個人。現在的他退燒了，恢復理智，是個相處起來令人如沐春風的人，總有說不完的笑話和好話。我的思緒時不時飄回到那場紛亂：馬克斯被好幾個水手壓制在甲板上，而史都華就趴在人堆的最上面；我則將沾滿汗水的黏膩掃把安置到危險範圍之外。傳染就這樣悄無聲息地發生，在覺察門檻之下悄悄潛入，是一連串隱形的侵略造成的：這個病毒是個入侵高手，穿透細胞壁，尋找新的寄主。誰知道它是何時，又是如何從一個寄主跳躍到另一個身上？

我看見一個護理師橫抱著一個小小身形走進來時，真是大大鬆了一口氣。看見米亞醒來後，我踉踉蹌蹌地走過去看她。我稱讚女孩勇敢，鼓勵她進食，跟她說等我們出院後，她的父母會想看到她的臉頰紅潤潤。米亞聽後，蒼白臉蛋上的眼睛睜得大大的，詢問何時能出院。

「快了，」我只能這麼說：「妳先把湯喝了，好好休息。」

除了她，沒有其他孩子得病，真是謝天謝地。但我知道有些孩子失去了父母、舅舅或舅媽，然而這還沒結束。

我向比莉打聽那個聾啞男孩，比莉連忙噓我，然後輕聲說：「他很好。你別動，我要量你的血壓。」她下巴一揚，蹙眉瞪了我一眼，警告我。

我往房裡瞄了過去，那個沉睡中的新病患是昨晚被轉送進來的。我真是太粗心了，居然忘了避諱她。

凱特一清醒過來，就著急詢問兒子的消息。那位年輕的小醫生歐文，口氣凶狠意欲嚇退她，卻被凱特先聲奪人，罵他是個沒用的人。

「把那個蘇格蘭女人叫來！」凱特大吼：「我有話要她帶給我兒子。」

比莉來到凱特床邊，輕言細語哄得她安靜下來。我在昏昏欲睡中，聽到凱特口述要給兒子的話，比莉複述並承諾一定牢牢記住：我愛你很多很多……

比莉經常唱歌哄米亞睡覺，她婉轉的歌聲流淌在恢復室中，像魔咒一樣帶領我們進入孩提時期的夢境中，被安全感包圍。民謠、情歌、搖籃曲。蜂蜜甜美，他也是。噓，別說話，我美麗的小鴿子。阿カ巴カ嗶。有時候，她在幫病患擦身、收碗盤或換床單，也會小聲哼歌，像氧氣一般的甜美旋律。我們中邪似的迷戀她的歌聲，彷彿歌聲能將我們傳送到美妙之境。

我心酸的意識到，我的家人並不知道我是死是活，甚至對此次的災難一無所知。一絲愧意湧上：臨行前，我約了蘿莎到酒吧喝告別酒，蘿莎求我別走，說爸媽年紀大了，需要我。我搓揉妹妹的頭髮，又請她喝了一杯琴通寧，告訴她我很快就會回家。

護理師告訴我們，目前仍然禁止對外通訊。（我想，但沒有說出口）這應該是為了緩和我們靠岸後，不可避免的遊行示威。

隨著我們的力氣逐漸恢復，怨聲小小聲地流傳開來：政府確保過我們的健康安全。紅星公司也發誓此趟是零風險，人體磁力共振掃描分析儀萬無一失。那麼，這次的疫病怎麼會爆發？

每一天，我的精氣神一點點地填補回來。我仍然時不時地頭腦發暈，但最難受的，還是疲憊，一種從骨頭裡透出來的精疲力盡，心理和身體上都是，感覺我體內好像只剩下一半的血液在支撐每日的運作，好像吸血鬼吸走了我的能量，大吃大喝，削弱我的活力，逐漸將我榨乾。

這裡沒有所謂的穩私。我們熟悉彼此的腸子蠕動、身體上的小病痛、飲食上的限制和用藥需求，還有請求幫忙外送給親朋好友的訊息內容。

為了透透氣，我會到恢復室外面的短走廊活動筋骨。向前八步，退後八步，大浪來時，就靠在牆上穩住身體。我試過走廊盡頭的門，它鎖得死死的。

儘管哀傷和懷疑彌漫在那個擁擠的房間裡，但我偶爾會莫名其妙地得意洋洋。我僥倖大難不死，天時地利人和，居然讓我逃過了此劫。

船上公告：距離靠岸，只剩一個多星期的航程。

聽到消息，大家精神都來了，坐在床上，面色發光，嘰嘰喳喳地交換推論猜測、期待和希望。我們都不知道上岸後，即將面臨什麼，但十分願意看見這艘船的龍骨回復到中立的狀態下。（沒錯，這句話還有另一層的意義：我在好轉中。）

8

克明利

迷路了嗎？四周的環境十分熟悉，不過他之前被唬弄過。下層甲板這裡，一條條長得一模一樣的走道相互交錯，而且這些走道好像是圓環形狀的，最後都會繞回到原地，再與其他好像會平行空間移動的通道交會。路標也讓人眼花撩亂，有數字、箭頭和符號，外加古怪的海事術語：艙底、積載處、錨鏈艙。

他打算去沙龍打電玩殺時間，卻發現一扇門敞開且被楔子卡著，門內是一道通往下面的階梯。門牌寫著：員工專用。

媽媽就在下面的某個艙房裡。他想都沒想就溜了進去，卻很快失去了方向感，在這片偏僻荒涼的區域轉來繞去。一條條彎彎曲曲的交錯走道，不知道通往哪個方向。站在這個交會點，他不安地感覺自己犯了大錯，居然誤闖進靶子的正中心：「X」標記著的那個點。

冷靜，媽媽總是這麼說，放慢呼吸。有一個冬天，他和媽媽去基爾代爾迷宮（Kildare Maze）遊玩，在一個又一個圈圈中迷了路，那些高聳的綠色圍牆不只困住了他們，也遮住了躲在角落裡的怪物。後來，在土路上繞了好幾個小時，才從迷宮中冒出來，重見天日。我學到一個教訓：指南針針頭亂指時，保持冷靜才是最關鍵。慌張，只會讓情況變更糟。

回憶帶來的甜蜜轉瞬即逝，取而代之的是痛苦，就好像有一隻手鑽進他的胸腔，用力掐住心臟，掐得他幾乎不能呼吸。這股被回憶引發的痛苦渴望，只有一種解藥：鑽回到媽媽的懷抱中。

他只有一個願望：和媽媽在一起。無論他會不會被傳染，會不會生病病死。他無聲地列出幾個交換條件：放棄生日禮物和聖誕禮物、發誓不再吃甜食、不再拆禮物、不再晚睡。他以後會乖乖背熟九九乘法表，倒背如流、一天刷五次牙、在黑暗地窖中打怪。

媽媽就在附近——但要往哪個方向去呢？他小心貼上的指路貼紙，最近都不見了，被某個路過的路人或清潔工撕掉，只留下殘破不全的貼膠傷疤。

這裡走廊的牆壁上什麼也沒有，找不到可以導航的參考。

脖子上突然莫名其妙一陣刺癢，他感應到自己並不是一個人。克明利猛地轉身，走廊盡頭立著一個金屬桶，一根拖把把手在黑暗中隨著船身的搖晃而微微搖擺。但他發誓，剛才那裡還都是空的。是誰把桶子放在那裡的？

有人在監視他嗎？

走廊盡頭的一扇門，砰地飛開。一個虎背熊腰的影子踏步走進他的視線中，影子形狀殘缺不全，沒有頭。他心驚膽跳，幸好鬼魂最後化成了人的形狀——原來是一個倒著走的男人，他彎身拖著一個沉重的東西。那個人穿著白色連身工作服，戴著防毒面罩和手套，拖著一個好像睡袋的物體。另一個人進入了視線中，他抓著袋子的另一頭。

袋子裡裝的東西必定又大又重，那兩個船員幾乎快抬不動。那個東西的形狀陌生，但顯然是一個男人的大小。

一陣大浪打來，船上物體被震得移位，那個袋子和袋子裡的東西突然凌空懸蕩，隨即砰地掉在地板上。兩個船員彎腰重拾袋子時，看見了他們的觀察員。

克明利全身一僵，這兩個船員可以是任何人。他們兩個都高高的，沒有臉，被手中之物壓得彎腰駝背，防毒面罩給了他們一種外星人的感覺。一個船員指著他就像在趕狗似的，命令克明利出去。

哪個方向？克明利隨便挑了一條走道，快步走出他們的視線。盲目轉了幾個彎後，走道突然撞牆了，但牆上有一道梯子。克明利慌忙地爬了上去，原來是一道小小的艙梯。透過一扇結有結晶鹽的舷窗，他看見乘客在寒風中包裹得嚴嚴實實的，他們背後是無邊無際的藍色大海。他推開了艙門。

他背靠著牆，心臟砰砰地狂跳，他一邊數數一邊放緩呼吸。沒事，他只是迷路。他一看見迪克藍，兩眼就發亮，再一看，才看見迪克藍坐在長椅上，夾在他父母之間。他的朋友鬼鬼祟祟地向他搖手指打招呼，隨即目光移向克明利的左手邊。

一個男人從艙門口冒了出來。他絕沒看錯：那副又高又瘦的體格，還有駝背，短硬的黑鬍子從白色口罩透了出來。黑鬍子在他身旁也往牆上靠去，兩手插在口袋中，兩腳大開地站著，一副他們是老朋友共同遙望著共享領域的模樣。那個人靠得好近，克明利都能聞到他的體味——多日未洗的頭髮、汗臭味、淡淡的機油味，好像動物身上的粗野腥臭。

克明利的兩條腿下意識本能地帶著他穿過了甲板。他在迪克藍和他父母附近的長椅上坐下來，就坐在大庭廣眾之下，拿起望遠鏡，轉身面對大海。

⚓

三餐用餐時間，是他滿心歡喜期盼的小憩時刻。護理師們形成一道溫暖的人體屏障，是負面思緒的緩衝區，是安全的轉寰地帶，能讓神經繃緊的克明利暫時放下警覺。他們圍坐在廚房桌邊吃飯，用餐時間可以摘下口罩。刀叉的分發十分嚴謹，每天十二點整，一個杯子會擺放在每個人的盤子前方，以免混用。飯菜由餐車送來，就像在醫院一樣帶蓋的餐盤中放著同等分量的菜肴。甜點有果凍、蛋塔、罐頭水果、奇怪的甜泥糊；克明利經常吞下兩人份的量，女護理師們都羨慕他，說他這個身量吃多少都吃不胖。

每次只要有人把鹽撒出來，荷莉，那個美麗的金髮女人，就會假裝捏起一點往肩膀後一彈，以求好運，克明利則會暗中祈求：媽媽快回到我身邊。

晚飯後，護理師們有的聊天，有的喝茶、玩棋或紙牌，抽菸的則輪流去小露臺吞雲吐霧，荷莉則對著一本被翻爛的拼字遊戲本埋頭苦幹。克明利通常就是畫畫，沉迷在色彩和形狀的世界中，在這個世界裡，他的惡夢會被安撫，焦慮會隨著細緻的筆畫發洩到畫紙上：在風中擺動的骷髏頭、水母粉紅色的捲辮、突出於深藍色海浪之上的鐵灰色鯊魚鰭。廚房的四面牆壁上，都裝飾著他最精采的作品。

比莉從他背後俯靠過來，帶來了一陣菸草味。克明利全神貫注在畫紙上，一筆筆堅定地上色：兩個戴口罩被困在迷宮中的人，一個黑色的形體吊掛在二人之間；一根放在桶子裡的拖把，向四面八方擴散而去的走道，卻只有一個可能的出口；一條之字形小徑盤繞著穿過滿是小鳥的樹林、寬廣的綠野，還有在遠方閃爍發亮的一根根城市圓柱。小徑上，走出迷宮的一對母子手牽著手往前走。

比莉

她被突然召喚到船長室，原本忐忑不安的心，在看到卡拉漢醫生和其他高階主管一起出席時，不自覺鬆了一口氣。她伸手到消毒泵下消毒，然後擠到醫務長旁邊的座位坐下。船員圍著牆邊站了一圈，一副等著聽訓的模樣。茱麗葉對她微微點頭打招呼。

路易斯船長坐在辦公桌後面，刷著螢幕，一疊新口罩堆放在他手肘邊。蹙眉好似成了他永久的標誌。

「長官，都到了。」卡特勒說著，鎖上了門。

船長轉頭面向比莉。「加洛威女士，歡迎。這類會議通常是由卡拉漢醫生代表出席，但我認為以妳現在所扮演的角色，應該也有出席的必要。」他清了清嗓子。「還有妳的專業。」

她是被荷莉叫醒的，荷莉說一個船員在門外等她。比莉不情願地跟著船員，渾沌的腦袋遲鈍地想甩脫一個令人不安的夢境。夢裡有一個個裝著骨頭和用過的注射器的桶子，還有一場歌唱大賽，但麥克風故障了。

凌晨時分，他們又失去了一個病患：普瑞莎（Prisha），一個來自豪恩斯洛

（Hounslow）的年輕小姐。死亡時間：三點四十二分。黑色長髮汗濕且糾結，淡綠褐色的眼睛睜得老大，指甲上有殘餘的銀色指甲油。比莉握著她的手，大聲稱讚指甲油的顏色漂亮，希望能激起一些反應，但女子已徹底離去。有些病患性格內斂含蓄，普瑞莎就是其中一位，他們默默承受著病痛的折磨，生命靜悄悄地流逝，無法或不願表達身體早已感應到的下場。普瑞莎的姐姐睡前服用了抗憂寧，不過她現在應該接到通知了。

第十個了。比莉有點內疚，因為她十分慶幸那個女孩不是死於她當班的時候。

「我不接受更多生命的逝去，」路易斯船長繼續，冷冷地看著比莉，又看看醫務長。「不能再有死亡病例出現。」這是在下命令了。

卡拉漢醫生摘下眼鏡，一看他的眼睛就知道他有很長一段時間沒睡覺了。「我們也不想再看到死亡病例的出現，」卡拉漢醫生說：「也都盡全力阻止此事的發生，但這艘船的醫療設備不足以應付此次的疫病，而且我們壓根不知道對手是什麼。」

「那我們還能做什麼？」路易斯船長問：「為什麼我們遏制不了疫病？」比莉注意到船長的口氣有些激動，這個船長向來沉穩，比莉沒見過他失控。

比莉大聲說：「我們的防控戰略部署完全依照那本手冊，但現實環境如此——所有人都擠在一起，集體進食，共用衛浴設備，而通風系統——」

「那我們還能做什麼？」船長打斷她。「還有什麼可以做的？」

「該做的，我們全都做了。」卡拉漢醫生說著，戴回眼鏡。「你的員工每天測量所有人的體溫兩次。我們進行了監測排查、衛生監督、追蹤接觸史、設置檢疫病房緩衝區……」他拖長尾音，比莉接下去補充。

「周邊管控、嚴格的防護設備穿脫流程，」她一邊說，一邊用手指數數。「但就現場環境來說，要保持人與人的距離，幾乎沒有可能。我們必須假設這次是人傳人，但也有可能還有別的傳染媒介。我們也不知道它的潛伏期多長，既沒有實驗室分析數據，也沒有抗病毒藥劑。」

「別用醫學術語，說些人話！」卡特勒斥喝：「船長是在問你們，這個東西為什麼繼續傳染擴大中？」

卡拉漢醫生怒道：「也許你該去質問你的員工。他們必須遵守衛生規則，從掃瞄排查、消毒流程到病患飲食，是不是全都遵照手冊來做事的？」

「飲食？」茱麗葉的聲音尖銳高昂，一副要吵架的模樣。

卡特勒醫生往前一站，正準備發飆，卻聽見船長一拳撞在辦公桌上。「不要互踢皮球，現在的重點不是找罪魁禍首，重點是有人死在我的船上。我們必須阻止悲劇更進一步發生。現在我們還能做什麼？」

船長環視房間一圈，沒人吭聲。比莉一直覺得他沒有領導人該有的威信，有些冷漠，存在感模糊。他衣冠楚楚，帥氣的臉龐帶著一分溫文儒雅的書生氣，模樣很像那些上了年紀的新聞主播或電視劇演員：泛紅的肌膚、濃密的灰髮、亮白的牙齒、微微的雙下巴。但最近他的存在感爆增，角色分量突出。

「我一開始就說過了，」卡拉漢醫生打破沉默。「我們需要改變航線，尋求緊急救援。請求緊急運送就醫，醫療疏散。」

「沒有國家接受我們的請求，」有人反駁，比莉知道這個人是總管事馬歇爾。「我們早就試過了，巴西、阿根廷（Argentina）、南非（South Africa），甚至馬達加斯加島，全都禁止我們靠岸，沒有人願意接納我們。」馬歇爾看著醫務長。「你最近看地圖了嗎？你清楚我們現在的位置，對吧？」

卡拉漢醫生沒理會他。「那麼空運疏散呢？」

「我們被告知，依照全船人數來看，空運疏散不可行。」一名主管說：「我們想辦法爭取到上次的空投，但最多也只能這樣。」

「我接到指令，繼續往終點前行，」路易斯船長說：「澳洲方面向我保證，他們有足夠的設備人力來應付這次的疫病，正等著我們。」

「現在距離靠岸還有一個星期的航程，」卡特勒說：「我們只需要再撐過最後的七天，盡可能提高存活率。」

卡拉漢醫生往前一坐。「好。我認為我們應該把檢驗的範圍擴展到船員，服務員、清潔員和廚房員工全都包括在內，任何經手飲食或廢物處理的人。一日三次，就定在用餐之前。」船長點點頭，敲著按鍵將筆記輸進螢幕中。

好一個明智之舉，提供具體選項，讓他們有事可做，並且分散責任。比莉依循著卡拉漢醫生的思路推波助瀾。「我們同時還要提高衛生要求，最高層級。每隔幾個小時就廣播宣導一次，但說詞要有變化，以免聽膩，成了耳邊風。」

「他們都嚇壞了，」一位主管不動聲色地插話進來。「我不知道該怎麼跟他們說。那些孩子……」這位主管和歐文共同負責與病患家屬的溝通。

「那個小女孩如何了？」船長問。比莉看見他也一樣害怕。

「她在穩定恢復中，」卡拉漢醫生說：「如無意外，她會完全康復。」

馬歇爾指著比莉，對醫務長說：「這個人收容一個小孩在她的寢艙，和所有護理師一起住。」說到「護理師」三個字時，還特意加重語氣。「你說這算安全？」

比莉感覺到坐在旁邊的卡拉漢醫生一凜，但船長率先發話。

「這個安排是我核准的，」船長的語氣堅定。「加洛威小姐比船上任何人，更懂防疫控管。」

辦公室陷入一陣沉默。

「那麼謠言呢？」那個負責病患家屬聯絡的主管問：「該怎麼辦？越傳越誇張，各種負面說法滿天飛。」

「那是恐懼造成的，」卡拉漢醫生指出。「還有悲傷。疫病引發民怨，大家極需要一個合理的說法。」

「大家都看到那些抗議者，」茱麗葉說：「就是船啟航離港那天——那些揮動標語的瘋子。那些治安瘋子。我相信他們幹得出這種事。」

比莉也看到那些標語牌：船老鼠、逃兵！

「那些人的確頭腦有問題，」那位主管附和。「但陰謀殺人？還不至於吧。」

「也許他們原本只是想嚇嚇我們，」馬歇爾說：「但事情失控了。」

船長盯著總管事，出聲警告：「船員不可惹事生非，造謠生事，這是命令。無憑無據的猜疑於事無補，容易弄巧成拙。現在，」他轉身面對著比莉和醫務長。「我們該如何配合你們工作？說說看需要我們怎麼做。」

⚓

比莉在上班前，去前甲板和羅比會面。海風增強，無窮的滾滾波濤變得黑鴉鴉一片，雲朵飄過繁星點點的穹蒼。

「沒想到你真的來了，」比莉說著，在他身旁坐了下來。「很晚了。」

「睡不著，丫頭，」他說：「妳給我的藥丸太弱了。」他的眼神黯淡，全身酒味。包裹著層層厚圍巾的他，看起來好像變得更加衰老。

「那藥不能多吃，」比莉警告：「那東西藥效很強。我跟你說過，服藥不能喝酒，對吧？」

羅比擺擺手。「一點威士忌和一粒安眠藥，吃不死我。」

這個男人太固執，比莉實在沒力氣再嘮叨他了。

「幹嘛一下子把兩間酒吧都關掉，」他十分不悅。「尤其是現在——大家都需要放鬆放鬆，對健康比較好。那些高階主管應該想得到這點啊。」

因為病毒總是在尋找新宿主，而擠滿醉醺醺酒客的酒吧就是病毒的天堂。他們討論過這點，羅比也理解事實如此，只是他十分想念和朋友暢飲的日子。

「莫娜好嗎？」比莉問。羅比的太太害怕他被傳染，總是一而再再而三地幫他擦拭餐具，一有機會就幫他消毒。

羅比指著天空，好像在為摯愛悲嘆。「莫娜太擔心啦。前天還逼我戒菸，看到我捏了一小撮菸草給人，著急得像是得了妄想症一樣。」

輪到比莉接話，可是她卻不知道該說什麼。兩人沉默下來，疲倦像地心引力重重壓下來。頭頂上的雲朵翻滾湧動，一團灰霧抹掉了繁星。

羅比斜睨著她。「妳好嗎，丫頭？」

「一團亂，」比莉老實坦白道：「他們一直換我們的班表，我的腦袋就像一團漿糊。」照護病人和彌留中的患者是費神又耗體力的工作，無論你的情商管理有多高明。比莉都快忘了這份工作對人的消耗。

羅比伸手進口袋翻找，抽出一個罐子。「給妳，」羅比歡呼。「這裡面的量剛剛好，對身體好。像哨子一樣乾淨，我裡裡外外都消毒過了。」

琥珀色的液體在甲板燈光下，閃閃發亮，幾乎快把罐子裝滿。

「謝謝你，羅比，」比莉說著，消毒兩手，接過罐子拿高對著光線照著。它的重量剛剛好，玻璃之下不見污點。「我拿什麼跟你換這個？」

「別傻了，妳救活了那麼多人。」

羅比說話有時真是用詞不當，她就是無法忽視他話中明顯的反諷：不是救活所有人。她開心又疑惑地看著酒液，太蠢了——他們這些人居然在眼前的局勢下進行私酒交易；收下一罐來歷不明的私酒，也不知道這罐子經過哪些人的手，又有哪些人的嘴貼上來喝過。在無人監視的時候，一個人什麼都幹得出來。

「茱麗葉給我的，」羅比說：「她請的，很乾淨。」

「你是親眼看著這酒倒進罐子裡的？」比莉問著，用手拈量酒瓶的重量。

「我親自拿一瓶剛開的酒倒進來的，」羅比說。他的口氣有些不悅，似乎不滿比莉對他的質疑。「我開酒之前，用新手套把整個酒瓶都擦拭過了。那個小罐子也是從洗碗槽拿出來的，很乾淨。」

對付羅比，就是要開門見山。「你不要怪我這麼小心。如果你也看過我在病房看見的那些，你必定會跟我一樣反覆確認。」

「好吧，親愛的，」羅比的口氣帶著歉意。「但妳知道的，我不會拿這種事冒險。如果妳生病了，我也活不去。」

「謝謝，」比莉克制住輕拍他手臂的衝動。「你是個好蛋（注），羅比。去睡一下吧。我去藏這個，要上班了。」

注 good egg，英文會用好蛋形容好人，壞蛋則是壞人。

湯姆

又一個倖存者被抬進恢復室，我一開始沒認出他。那個人蒼白如紙，瘦骨嶙峋，肋骨一根根突出，眼窩深陷。是我的前羅密歐。

護理師離開後，我撐起身體下床，拖著腳步走到他床邊。他動也不動地仰躺著，瞪著天花板。

「嘿，」我輕輕地說：「你熬過來了。」

他沒有回應，但我感覺到他驚動了一下，他的身體緊繃起來。他在聽我說話。

「快了，再過幾天，我們就能完全擺脫病魔出院。」

沒有回應。我覺得自己好蠢，因而更大聲說話：「對，別說話，省點力氣。你可以眨眼，眨兩下表示對。」很冷的笑話。

他的眼睛依舊睜得大大的，就是不眨眼。真尷尬，我在幹嘛啊？但藏在我心裡的小孩感覺受傷，叛逆了起來。「嘿，」我的手放到他腿上。「記得我嗎？」

「回床上去，」一個人嚴肅地說：「讓史都華休息。」是護理長比莉。

我又拖著鞋尷尬地走回去，感覺好像我搶劫老人的零錢被人贓俱獲。

困在這間地獄的邊境——恢復室中，思緒總是習慣繞圈圈。我琢磨著史都華的沉默，毫無結果。他尚未出櫃？後悔我們的邂逅精神受創？或是在怪我害他生病，以為是我傳染給他的？

之後，去上廁所變成了我的家常便飯：我拖著鞋從他床邊經過，近得足以觸摸到他，而他總是瞪著虛無，就是不看我的眼睛。

但一看到他，便觸發了一段回憶。在我從病房逃脫出來之前，在病痛的迷霧漸漸散去，意識瞬間恢復之時，我親眼見證了悲慘的一幕：我俊美的水手陷入高燒，整個人像是中邪了——胡言亂語、與護理師扭打、尖叫著要找神父；歇斯底里、妄想、大吼大叫、堅信自己命不久矣。而我當時太虛弱，動不了，只能恐懼地看著事情發生。

他沒喊來他的神父，但怪事從他口中流洩出來。

不是我，我發誓！混蛋拿走了。毒錢……邪水……

這太不像他了。這個人曾在昏暗的儲藏室裡緊抱著我，在拖把水桶哐噹哐噹響，頭頂上路人靴子砰砰聲中，親吻我的脖子，這個人冷靜自信，沉穩果敢。

毒錢。高燒引起的迷亂，在他腦海裡下了什麼餌？現在要求他和盤托出，顯然不可能。我們之間的結合只是幻影泡沫，我對這個俊美蘇格蘭人的著迷，如今成了單行道。

我並不了解這個男人，卻想解讀他高燒時的囈語，簡直是白費力氣：我斥罵自己，這只不過是我思念他的一個藉口。我昏迷不清時，當然也有胡言亂語。世上總有許多無法解釋的奧祕，比如我在生死之際掙扎時，也掉入宗教信仰中，我混亂的腦袋召喚出隆重的樂觀，高唱降B大調：死亡之螫在哪裡？勝利，你的墳墓被你遺棄在哪裡？

它在哪裡？就在門的另一側，我的朋友。就在隔壁。

⚓

我在短短的走道上來回踱步，與船艙裡的悶熱較勁，此時，恢復室的門猛地一開，嚇了我一大跳。

是那位蘇格蘭護理長，比莉。

「你在這裡沒事吧？」她問：「你在幹嘛？」

我的下巴往恢復室一揚。「裡面太悶了，出來透透氣，順便試試這兩條腿還能不能使用。」

「我懂，艙房裡太擠了。」她走出來踏進我窄小的長方形走廊，將門關上。「介意我坐一下嗎？我需要喘口氣。我下班了，但我的卸裝人（doffer）開小差去了。」

「妳隨意，」我指著地板說，隨後兩個人面對面坐了下來。她靠著牆滑坐下去，防護衣窸窸窣窣作響。「妳的卸裝人？」我問，試著找話題。

她抬起無力的手臂，比著身上有害的防護裝備。「清潔員。他們協助我們消毒，換裝更衣，以免我們成為傳染源。」

「啊哈。」我說。我倒沒想過這一類後臺流程。

「我好需要一根菸啊，」她的哀嘆被悶在呼吸器中。「我知道，這不是醫護人員該說的話。」

「你們一定累壞了。我絕對不想穿你們的鞋子。」

比莉逗趣地看著我。「彼此彼此，老師。」

我垂眼看著自己骷髏似的膝蓋、瘦弱的腿，回想起她叫醒我的聲音，她捧著我腦袋的雙手，那時我腦袋以下的軀幹像鬼魂一樣東倒西歪、東飄西蕩。她一隻手幫我拿著桶子，一隻手拍著狂吐的我，若無其事，熟練地接住從我喉頭嘔出的黏液。

「我們都欠妳一條命，」我好像某個小演員生硬地背著臺詞。「還有所有護理師和醫生。」比莉擺擺手。「我說的是實話，」我堅持。「我們無以為報，但至少我想跟妳說聲謝謝。」

她悶不吭聲，直盯著地板瞧，難道是我太煽情，搞得她很難為情，不知所措？

「妳是一個了不起的護理師，」我連忙補充。「我見過妳哄米亞睡覺。」

「我不是真的護理師，」她頓了一下。「而且，我們並沒有救下所有人。」

我消化了一下，忍不住問：「幾個？」

「病死的？」她打量著戴手套的雙手，冷淡地回答：「太多了。」

於是我問：「那些孩子呢？那個聾啞男孩呢？」

比莉一聽，臉都發亮了。「克明利？他很乖巧堅強。我向他保證，他媽媽一定會好起來，但我不確定他相不相信我。」

「能幫我跟他說聲哈囉嗎？」我厚著臉皮提醒她我和孩子們很親近，以及我對他們的關心。「能幫我請他……照顧好我的望遠鏡嗎？在疫病爆發之前，他借走了我的望遠鏡。」

「他很愛那個望遠鏡，」比莉突然一笑，露出歪扭不整齊的牙齒。「有一次還戴著它上床睡覺，結果帶子纏繞住脖子。」聽見她聲音裡的溫情，我恍然大悟：有人在照顧那個孩子。

「他拿望遠鏡賞海鳥，還為牠們命名。」比莉說。

她比平常更健談——是因為太累，或者只是一時的放鬆，於是我把一直盤旋在腦袋裡，在床與床之間流傳的謠言，拿出來探討一下。

「另一個醫生，威爾斯那個……」

「歐文。」比莉完全沒想要隱藏她的不屑。

「他說有謠傳，這次是某種恐怖攻擊，是所謂的生物義警、反移民分子幹的。」

比莉厭煩地哼了一聲。「靠，八婆。公司付他錢是要他當醫生救人，不是來八卦的。」

「他說，有恐怖攻擊的『可能性』。但怎麼會呢？為什麼呢？」

「你問錯人了。我已經夠忙了，沒時間八卦。」

我趁勝追擊。「那妳怎麼看呢？有可能嗎？」

她警惕地看著我。「這段時間太亂了，誰知道什麼有可能，什麼不可能？整個世界都亂套了。」我沒有反駁她。「聽著，」她繼續說：「謠言會變成毒藥。你何必糾結這些呢？你應該好好休息，儘快恢復健康。」

「但是……」我還想追問。

「對，」她讓步。「我知道，有些事情說不過去。」

「我們所有人都做了人體磁力共振掃描分析儀。他們白紙黑字地保證，這次的篩檢是零失誤的。」

「沒錯，」比莉說：「但別忘記那些機場。九號嵌合體病毒——他們直接把這東西扔到供水系統中。」

我腦袋叮的一聲響：不是我，我發誓！混蛋拿走了。毒錢……邪水……

「邪水。」我聽到自己這麼說。

「什麼？」比莉的聲音尖銳，帶著猜疑。

「史都華。他高燒到神志不清時，喊著要神父。當時他說：水裡有東西。」

比莉猛地坐直。「這裡有點冷，」她說：「你該回床上休息了。」交談結束。

我東倒西歪地掙扎著要站起來，但肌肉沒有反應。比莉熟練地扶住我的手臂，拉我起來，再拉開門。

我在門口停頓了一下。「妳會幫我跟克明利說聲哈囉嗎？他可以留下望遠鏡，望遠鏡現在是他的了。麻煩妳跟他說一聲。」

「我會的，」比莉說著，把腦袋靠了過來。「在裡面說話小心點，別影響到其他病患。」

⚓

小睡醒來後，我發現有新伙伴了。一開始，我以為是某種外國昆蟲，一隻盤旋在舷窗上的大蟲，然後我才認出它的外形。它機械式地起起浮浮，好似被操縱桿操控著。是沒有生命的無機物，不是動物。

我抬手，以剛睡醒的沙啞聲宣布：「無人機！」

守衛咒罵一聲，跳起來衝去關上舷窗，拿毛巾遮住窗子。無人機正在勘察瘦骨嶙峋的我們。

我後知後覺，海上哪裡來的昆蟲？

這場驚慌過去。既然有無人機，就表示船距離陸地不遠了。

THE NIGHTINGALE
夜鶯號

9

克明利

地平線出現一團低位深灰色色塊，克明利認出那是什麼，心頭一揪。大家紛紛擠到上層甲板，望著那條線逐漸放大，變成堅實的陸塊。終於要靠岸了。有人放聲大哭，不分男女。比莉摟住他的胸口，抱緊他。

新國家進入了視野，這艘船的存在感變得更實在，不再只是漂流在汪洋大海上的無根浮萍。救援近在眼前，只要媽媽能撐下去。

她最近一張紙條是：*我們很快就能見面了，小寶貝。*這幾個長長尖尖的字，是比莉寫的。他胸口堵堵的，有些悶痛，像是有塊石頭卡在那裡。

拜託好起來，他祈禱，拜託趕快康復，拜託回到我身邊。

但是那片陸地只是不斷延伸，大船沒有靠岸的跡象。數天下來，大船沿著空蕩蕩的海岸線航行，掠過了陸地的中段，那是左舷外一片低矮的土地。不遠了，比莉向他保證。醫生們盼望著新藥、沖熱水澡、乾淨的被單。媽媽就快恢復健康了。

一個傍晚，大船與陸地的距離靠得夠近，從船上看得到陸地上的物事：聳立在懸崖上的燈塔、散布在樹林間的屋舍、行進中閃爍的車頭燈，還有全新的氣味。綠植的清新溫暖，與大海濃厚的鹹味混合在一起。

才剛天黑，**穩固號**在一個狹窄的港口下錨，港口裡的海水在暗流下翻騰滾動。視線越過岬角，望向海灣的深處，一座遙遠的城市閃閃發亮。接著，大家都在命令下回到甲板之下，下面的舷窗都緊閉。沙龍裡的螢幕黑漆漆一片。

⚓

當晚，來了幾個太空人。克明利被寢艙的燈光亮醒，一睜眼就看到一個人臉漂浮在幾公分之外，那張臉被框在黃色防護帽中。他的嘴在面罩後蠕動，克明利聽到微弱的聲音，一陣被悶住的聲音。

穿著黃色太空衣的男人笨重地移動，把護理師一一叫醒，趕下床。比莉下床站著，一臉不悅，兩手撐在臀部上，T恤下露出兩條光腿。荷莉緊緊抓著胸口前的毛毯，手指指著門。「出去、出去！」

入侵者退出，留下一個守門，這個守衛背對著房間，讓護理師們匆匆更衣。比莉把克明利抱下來，二人穿過迷宮般的走廊，克明利的鞋帶隨著步伐翻拍著地板。比莉牽起他的手，他才意識到他們沒戴口罩。

船艙之外的空氣溫暖宜人，甲板上滿是人群。探照燈的白弧光束轉動，射進黑暗中。一陣陣風掃過，頭頂上的空氣攪動，一架直升機掠過大船。比莉用她的上衣當頭巾包住他的頭，只留下一道縫隙視物。上衣都是消毒水氣味和她的汗味。

伴著閃光，困惑的人群四下張望。高大魁梧的黃衣太空人，將人群趕成一排排的隊伍，穿著白色防護衣的陌生人揮動著閃爍的器具。戴著防毒面罩的軍人在外圍徘徊，他們手裡都拿著步槍，腰帶上掛著警棍。

他引頸盼望的是一座城市，可是這裡的空氣只有乾草和大樹的氣味。目光越過海水，探照燈照射出一道海堤和一片灰白色的海灘。小船在大船和海岸之間來回穿梭，海岸上除了斷斷續續的燈光光點，一片漆黑。他只能辨識出一片長著濃密樹林的山坡，和低垂的弦月。

刺鼻的消毒化學藥劑氣味，從一臺奇怪的機器飄出來。兩個黃衣太空人負責操作機器，它吐出一條條像麵條般纏繞的管子，一直延伸進一個敞開的門口。所有人，大人和小孩，乘客和船員都排隊朝那扇門移動而去，閃光燈砰地一閃，拍下每個人的照片，再用一臺閃爍的設備掃瞄。之後一個接著一個高舉雙臂，走進門內。門後，灰白色泡沫從四面八方噴射而出，浸濕了睡衣、泡濕了制服，將濕髮貼在頭皮上。

比莉高舉雙臂，向前走進機器裡。渾身濕漉漉的她從另一頭走出去，招手要克明利跟上去。克明利被相機閃光燈搞得眼花撩亂，被後面的人推著向前。刺鼻的白色泡沫噴得他滿臉，他睜不開眼，也不能呼吸。他有些慌亂，又是咳嗽又是語無倫次地走進比莉張開的雙臂。

數小時過去，擁擠的甲板上安靜下來。孩童枕著父母的大腿睡覺，濕透的衣服在溫暖的空氣下風乾了。鬼魂般的人影在躺臥的身體之間走動，分發新的口罩和瓶裝水。甲板的另一頭，一隊黃衣人抬起床墊和枕頭，往舷緣外一推，不知把它們扔去哪裡。

他們後來回到寢艙中，克明利才搞清楚那些黃衣太空人在忙什麼：大家的寢具都不見了，臥鋪只剩光禿禿的床架。

時至凌晨，就在沉睡中，大船駛進了港灣。

比莉捏捏他的腳，叫醒他。二人上到頂層甲板，腳下的地板好似波浪般起伏。大船下錨了，海灣水面平靜，但他的身體仍然隨著外海的波濤湧動。

船外，懶洋洋的海水波光粼粼。穿著防護裝備的人員湧出上層甲板，士兵們掃瞄天空，腦袋像機器人般轉動。空氣又悶又熱，頭頂上是湛藍的穹蒼，陽光熾烈刺眼。

克明利和比莉輪流拿望遠鏡，遙望海灣寬敞的弧線、碼頭後面的小聚落。小聚落看似荒廢，老木屋散落在一大片草地上，還有一排歪七扭八的墓碑，以及一根指向天空、高高的磚煙囪。海鷗棲息在紀念碑碑頂，牠們的鳥喙張開又闔上，好似在做實況報導。武裝士兵在海灘上來回踱步，海堤上，穿著黃色防護衣、身材高大魁梧的男人，將箱子堆疊在一起。

除此之外，那裡只有草地、沙地和泥土，可以盡情奔跑，放腿衝刺，直到跑不動倒在草地上，氣喘吁吁，吸入一大口一大口的綠草清香。對於奔跑的渴望，好像饑餓一樣讓他忍受不住了。

他放大焦距，鏡中畫面令他害怕顫慄，那是一塊老舊的告示牌，上面的字已經褪色和剝落：進入隔離區，嚴守規定，違規者，司法制裁。海岸線邊緣，有一排廢棄的濱海房子，它們的窗戶黑暗，地基半浸在海水中，更遠方有一排排的高樓大廈，高聳入雲，插進棕褐色的薄霧中。

穿著白色防護衣的陌生人，拿著體溫計掃瞄早餐隊伍。廚房員工也換成了其他穿著防護衣的人，平常吃的豬食換成了新鮮麵包和水果、大大的香腸和烤培根，以及一大團真正的炒蛋。

已經不習慣在餐廳用餐的護理師們，現在聚集在一起；乘客和船員則混雜在一起，氣氛有些緊繃。一個睡眼惺忪的主管叉了炒蛋往嘴裡一送，他制服外套下是一件內褲。

克明利小心避開埋伏在對面，瞪著他的目光；那一團黑鬍子就是警示燈，是他必須繞過的暗礁。他需要精明一點，既要讓那個人留在視線內，又不能直視他，而且永遠不能背對著他。

白衣人過來帶走比莉時，他已吃掉一半的西瓜。比莉潦草寫下：一定會帶回他媽媽的消息。午餐後，在前桅杆等我。她捏了捏克明利的耳垂才離開。

⚓

午餐過去很久，都沒看到比莉出現。海鳥在桅杆頂上翻飛，克明利看見一隻斑紋小鳥跟著大鳥爭奪棲息地。同樣的大小，同樣的斑紋，同樣歪扭的腿：那是海上看到的那隻嗎？牠能跟著船走那麼遠嗎？

他掃視海灣，將望遠鏡固定在逐漸接近的物體上。來船在不遠處停了下來。它的尺寸和體積是**穩固號**的兩倍，下錨時激起鯨魚般的水花。白色船殼上畫有一個紅色十字架，船首黑字寫著：**夜鶯號**。

比莉

新來的監工以軍人雷厲風行之姿採取行動。比莉被帶上一艘接駁船，卡拉漢醫生和歐文已經在船上等待。一個士兵駕著船，轟隆隆地朝醫療船而去。

一道漂浮的封鎖線包圍了**穩固號**：那一串浮筒上個個貼有「隔離區，閒人勿近」的字樣。士兵舉起封鎖線，讓他們穿過。一道黑影掠過水面，比莉看見那是一臺空拍機從頭頂上飛過。

醫療船潔淨無瑕，全是白漆，標誌清楚：閒人勿進。無菌區，防疫站，外埠廢料。穿著全套防護裝備的工作人員，護送他們來到當地的隨船指揮官辦公室。

面容嚴肅的指揮官寒暄了幾句，也沒請他們坐下便做了簡報：所有病人已被轉移到這艘醫療船，其中幾個病患仍然處於危急狀態，一個極度危急，但大部分病情穩定，而恢復室中的病患皆已脫離危險。就目前情況看來，病毒很快就會被遏制，也不會再出現死亡病例。

「但我們需要繼續保持警覺，」他提醒。「我們無法確認疫情是否已經結束，也無法保證不會再出現發病病例。」

送過來的病患，以及**穩固號**上所有人，全會植入皮下追蹤器以做為預防性措施。日常的體溫檢測應該能揭露出潛在的病毒感染者，但他們三個人的責任尚未完結。

「你們是見證此疫病的爆發和發病症狀的人，擁有第一手資料，」隨船指揮官說：「我們需要你們主動積極地監測船上的人，注意有沒有出現早期症狀。睜大眼睛，打開耳朵。」

歐文張口想打岔，想反駁單憑望診不足以確診，但指揮官揚聲壓過他的聲音。「關於具體的執行細節，你們可以跟我的醫務人員討論。」他說完便轉身，打發他們出去。

兩個全副武裝的當地醫務人員，帶領他們來到一個先進的裝備室。現在要進行船上醫務室的「簡報巡禮」——結果，這場簡報幾乎就是他們三個的單向獨白；他們三個提供口頭的病例筆記，以補充文字記錄上的不完整。戴著頭罩的跟班們，一聲不吭地跟隨著他們，記錄下他們說的每一句話。

「你們這次的工作成果相當了不起。」女醫生說，此時，他們從頭包到腳離開了裝備室。女醫生介紹自己名叫珍（Jane），但名牌上寫著哈爾特（Hart）醫生。她在那個隔離病房門前，停了下來。

「我們協助將病患轉移過來，」她的同事薩利文（Sullivan）醫生說，他們沒介紹這個醫生的姓氏。「看見你們之前的醫療環境……」他拖長尾音。「還有那些未受過訓練的工作人員，」女醫生補充說道：「我實在無法想像你們經歷了什麼。」她的語氣帶著同情，無聲地邀請我們進一步詳細描述。

歐文上鉤。「世上沒有任何訓練，足以應付這種突發狀況，我們只是盡力而為。」

比莉在面罩後面翻白眼，被女醫生看到了。

門後，是一個長形的白色房間。當地醫護人員鼓勵他們巡房，與每一個病患說幾句話。這能促進哈爾特醫生所謂的「個人化醫護轉手過渡」。

病患認出了這三個穿著防護衣的訪客，騷動起來。湯姆老師撐起身子歡迎比莉，搞笑地向她抬手敬禮，說：「上岸休假報備。」

夜鶯號的配備令人印象深刻：儀器設備高級、護理人員充足、尺寸恰當合身的防護裝備、專為退去發病症狀的病患準備的恢復室。奈米監測儀（Nano-monitor）監測著每一個病患，原本手寫的病歷資料變成了床頭螢幕上的電子數據。卡拉漢醫生苦笑著讚嘆這裡的井井有條，乾淨又有組織，牆上顯然也是剛刷上的新漆。陽光從透明的窗戶灑進來，消毒滅菌室（decon room）使用的是複雜的氣鎖安全閥。完整版的教科書級操作，比莉說，他們十分專業。

她原本以為病患會被匆匆帶走，他們沒有機會再探病或道別。現在能再看到這些她搶救下來的病患，她十分開心，能放下這些沉重的責任，也令她著實鬆了一大口氣。在當地醫生沉默的監視下，她和每一個病患打招呼，並提供她所知有限的新聞消息。病患想知道還要在這裡待多久，他們想見見親人，與老家聯絡，想知道接下來要面臨什麼。這些，比莉也想找到答案，但當地醫生只是一再保證，敷衍了事。

白色被單之下的凱特沉睡中，起伏明顯的被單襯托著她的瘦骨嶙峋。比莉彎身俯視她，希望她能感應到她的接近而醒來，但凱特仍然閉著眼睛，呼吸沉緩均勻。她的生命數值正常，但仍然在吊點滴。那個亞伯丁船員史酷特，好像在裝睡，不過他的生命數值也十分穩定。

米亞坐在床上，兩眼晶亮，臉頰粉撲撲的。比莉戴著手套的手握住女孩的小手，背對著觀察員，小聲說：「妳爸媽都在等妳喔。妳很快就能見到他們了，我保證。」但米亞的眼神帶著懷疑，比莉心虛地期望自己的話至少有部分能夠成真。

「什麼時候？」小女孩問：「我什麼時候能見到他們？」

薩利文醫生想打斷他們，但比莉絲毫不讓步，繼續冷靜地向女孩保證，直到小女孩真的打從心底相信她。

卡拉漢醫生環視一圈。「少了一個人。」沒人回應。

片刻後，哈爾特醫生指著牆面。「有一個病患病危中，尚未脫離險境。」是那個最後發病的年輕人。他十分強壯，但身體就是拒絕好起來。他大吐狂吐了三天，隨後病情加重。

「他狀況如何？」比莉問。

「病危，」薩利文醫生重複道：「如果有變化，我們會通知你們。」

醫生帶領他們來到樓上的船上實驗室，她愣了一下，才明白過來此行的用意。所有的儀器裝備光亮無瑕，顯然都是價格昂貴的頂級器材。透過一面塑膠窗，他們看著技術人員在為樣本做標籤，瞇眼靠著高端顯微鏡的鏡頭做檢驗，將數據掃到螢幕上。比莉瞄了瞄那部儀器一眼，起碼價值百萬英鎊。她遇上卡拉漢醫生的目光，在他眼裡看見吃驚的自己。

「為什麼要在船上設置實驗室？」比莉才剛問完，答案突然鮮明起來。「病患不是要轉送到合適的醫院去嗎？」

「大家哪裡也不去，」薩利文醫生說，隨即放緩語氣又說：「目前哪裡也不能去。你們三個必須定時過來**夜鶯號**一趟。」

「暫時扮演家庭聯絡員的角色，」哈爾特醫生說：「病患一直要求見一見自己的醫生和護理長。保持病患和家屬之間的溝通管道暢通，能幫助大家加速從驚恐中復原。」

比莉解讀她的官方說法：所以，她仍然需要貢獻她的服務。

接下來的三個小時，他們三個在一個密閉室中，口頭報告病患的病歷和治療經過，薩利文醫生和哈爾特醫生負責提問。到最後，討論範圍超出了醫護領域和病毒分析，那兩個觀察員不見人影，但比莉確定這個房間必定被監聽了。你可以什麼都不說，但你說的每一……

她必須提醒一下卡拉漢醫生。卡拉漢醫生的態度客氣、高度配合，令對方十分放心。他直言不諱，有問必答，時不時在暗示他們三個所承受的高強度壓力、船上的醫療設備粗陋、他們又是如何臨時拼湊，盡全力救人。他一個字也沒說到高層的壞話，只是稍稍暗示這場疫病的罪責應該落到食物鏈的頂層。這樣一來，既可以抹除他們全體強徵護理師上崗的罪行，又能暗示這場疫病所引發的驚恐，以及十二位死者的責任，與他無關。

幾個星期前，卡拉漢醫生警告過他們：一旦靠岸，他們三個必須團結一致，但歐文的低調式英雄作風，實在讓人難以跟他同心同德。那個自我膨脹的傢伙一副謙謙君子的模樣，滿口的醫學術語——神經毒性、突變率、妊娠期——卻完全避開他在解決方案上的零貢獻，事實上，他的貢獻全部放在壓制和否決比莉所提出的創新辦法。比莉只感到無比厭煩：十二個人不治死亡，這裡沒有一個人是贏家。

「這次的病毒，它的臨床表現與你在家鄉遭遇到的，有什麼相似或相異之處？」哈爾特醫生看著卡拉漢醫生問。

「過去幾年，我都在英國以外工作，」醫務長說：「而且我在瘟疫爆發的前六個月就離開英國，錯過了疫病的高峰期。比莉才是從頭到尾經歷過防疫大戰的人。」

哈爾特醫生低頭看著手上電子設備裡的文件，一根手指在螢幕上輕輕一滑。她轉向比莉。「妳在蘇格蘭是擔任看護工嗎？抱歉，我們這裡用的稱呼不一樣。那算是護理師嗎？」

「應該是勤務兵吧，」歐文成功地打岔。「你們這裡是叫勤務兵吧？」

比莉瞪向歐文，同時感覺到卡拉漢醫生在看她。「是護理師助手，」比莉說：「負責監看和轉運病患、病患的淨身和更衣、手術前的準備工作、個人防護、廢棄物處理。我在南格拉斯哥醫院（Glasgow South Hospital）的隔離病房工作，有處理病危病患的第一手經驗。」

卡拉漢醫生發話：「我們有比莉的加入，真是不幸中的大幸。幸虧她有經驗，又接受過抗疫訓練，知道如何照顧發病病患，如果沒有她……」他拖長尾音。

歐文打哈欠，兩眼盯著天花板，一臉不屑。

「妳怎麼看呢，比莉？」薩利文醫生問：「這次的疫病，與妳在家鄉目睹的相比？」

「ALT病毒變異得太快，」她避開正面回答：「它的狀態一直在變化。」

「說個大概就可以了。」

她回想起重症病房的情景：絕望、盤踞不去的死亡腐臭味，以及壓制臭味的化學藥劑味。她整理出一個中立客觀的看法。

「這次病毒的致死率稍微低一些，占發病病患的百分之五十，這還是在醫療設備大大不足的情況下。至於ALT，在正統醫院中，死亡率已超過百分之七十。儘管我們一樣必須與超級病毒周旋，但病毒的抗藥性，提高了死亡率。」

當地醫生不作聲，全神貫注聆聽比莉做總結。

「ALT是透過空氣傳播，」比莉繼續說：「是一種腸道病毒，因此腦炎是主要的致命併發症。這個新東西……它的發病速度較快，高燒的症況較明顯，會造成神志不清、精神錯亂、幻覺幻聽。幫助病患退燒，是主要的戰場。」一陣疲憊襲來，她需要休息，需要食物；然後去找那個孩子，躺在甲板上，看著雲朵變形。

歐文又發言了：「納米數據結果如何？」

「我們正在跑鑑定程序，」薩利文醫生眉頭一蹙地回答：「但目前看來，這個病毒與歷史記錄上的都不符合，也不是ＡＬＴ。」他抬手伸進衣領，搔抓脖子。天氣很熱，這些當地人又全身包裹得嚴實，戴著呼吸器，外加其他林林總總的活動工作。而比莉他們三個，則只配戴了最基本的裝備。

「我們有什麼治療選項嗎？」卡拉漢醫生問。

「還沒有專門的治療方案，」薩利文醫生說：「這個好像是新品種病毒。」

「我們將進行三種試驗，」哈爾特醫生說：「一是納米滅毒劑（nano-viricide），二是雷射滅活性（laser deactivation），三是廣譜病毒抗體（broad-spectrum anti-viral）。我們對試驗抱持樂觀看法，但現在下結論還太早。」

卡拉漢醫生嘆了一口氣。

「今天就到這裡吧，」哈爾特醫生說：「你們一定累壞了，不能讓你們過勞。」

比莉心想，現在才想到會不會太晚了。「我們該怎麼跟其他人說？我們什麼時候才能上岸？」

哈爾特醫生無奈地聳聳肩。「我們也想知道答案，不只你們搞不清楚狀況。」

「現在，我們所有人都不能離開，」薩利文醫生說：「至少要等到找出這個病毒究竟是什麼。」

不只是病毒的形態和特性成謎，在出航前嚴密的全面掃瞄檢查，也曾向我們保證船上的零病毒零傳染。在第一個疫病患者發病之前，大家已在船上待了三個星期。這個病毒若不是潛伏了很長一段時間，躲過掃瞄儀的檢測，就是——卡拉漢醫生推測或許這是個隱形病毒，再不然就是上船後人為蓄意的污染，不過當地醫生聞言，立刻轉移了話題。

「會有人來調查嗎？」歐文問，這時大家已經站起來，準備離去。

「有的，」薩利文醫生說著打開門，讓他們走出去。「已經在調查了。」

天空萬里無雲，空氣溫熱，他們上了接駁船，在沉默的士兵護送下返回到**穩固號**。

來到甲板上前桅的陰影下，卡拉漢醫生摘下眼鏡，用上衣擦拭。歐文站得老遠，兩拳撐在臀部上，一副陰陽怪氣的模樣。附近一群孩子在玩滾車輪，咯咯笑聲瀰漫開來，飄散在海面上。比莉看見羅比在駕駛室前，專心地和一個黃衣男子交談，他邊說邊手足舞蹈，好似兩人在喝酒聊天。待會她再過去找羅比，告訴他史酷特平安無事。

小船繞著**穩固號**打轉，好似幾隻迷失方向的鴨仔：它們是來採集證據的法醫鑑識小組。空氣中瀰漫著濃厚的臭味，岸上一個黃衣人拿著水管往一堆冒著煙的床墊灑水。看來，黃衣人是來負責掃除清理等苦差事，白衣人才是醫療主力。

「我去找路易斯船長，」卡拉漢醫生說：「打聽看看他知道些什麼。」他若有所思地看著他們。「我們現在是一體。有人可能會把皮球踢到我們身上，讓我們揹黑鍋、丟掉飯碗，千萬別讓他們稱心如意。」

比莉找到一個隱蔽處，捲起了菸卷。她在**夜鶯號**上拿出了專業的架勢，展現了她對病患負責，同時謹小慎微的自我防護，不過隱藏了護理方面的工作能力。假使他們果真會支付工資，那她的護理師報酬現在也該終止計算了。她開始想像數字後面那幾個零所帶來的財務自由，卻冷靜不下來。

孤立無依，這感覺突然變得清晰鮮明。在大海航行中，她早已適應了孤身一人的感覺——無法與老家聯絡，不能再聽聽父母的聲音，也看不到傑米露齒的天真笑容。不過知道這種斷聯只是暫時的，也就不難熬。可是現在事情有變，不知道究竟何時才能了結上岸。一直無法向家人報平安，與家人的關係生生被斬斷——她又是焦慮，又是內疚。

她父母並未認同她出國的決定，但也沒開口勸她留下來。他們不信任格拉斯哥的防疫工作，更擔心她每日在醫院中與死神打交道。雖然建議她換工作去照顧老人或殘疾人士，這一類沒有感染危險的環境，可是她試過了，卻找不到其他醫療工作，只好抓住這次機會，出國尋求更安全的前程。

「妳會不會在那裡找個男朋友？」弟弟問：「一個澳洲好男人，戴帽子的？」她答應過弟弟，聖誕節打電話給他，一起唱蘇格蘭民謠〈友誼萬歲〉（*Auld Lang Syne*）。傑米的耳朵不好，但熱衷唱歌，總是努力配合姐姐的音域。儘管他的歌聲刺耳吵雜，但看到他的努力，比莉總是十分開心。她父母該如何向傑米解釋她的渺無音訊？傑米敏感又固執，毫不掩飾內心的痛苦。他們現在該有多煩惱、多挫敗？

夠了，再想下去也於事無補。她該去看看那個孩子了。

湯姆

新病房的環境大大改善了許多，長形房間盈滿了柔和的白色燈光，寧靜安詳。被單乾淨清爽，餐食營養均衡，病床也夠大，足以讓他伸直雙腿。

但一直沒聽說接下來該何去何從。舷窗是關上的，也沒人可以離開房間。就這樣被關在醫療船上的一間病房中——我們說好了，別把這裡當成監獄。這裡到處都是一片死白，洗刷得乾乾淨淨的：白牆白地板、白色的儀器設備、白色被單、白色的屏風和陳設、白色的連身護理師服。除了我們身上的新睡衣例外，是這個幽靈般的房間裡隨機組成的色斑。

一看到我們穩固號的醫療團隊被帶進來，就知道他們的責任已結束，現在只是過來探訪。

換上來照顧我們的當地護理師，說話的口音慵懶，韻母扁平，尾音上揚。她們態度友好，但分辨不出誰是誰：全都穿著白色防護衣，戴著防護面罩，手臂上戴著標記醫務人員的紅色臂章。那個叫亞莉（Ally）的豐滿護理師，是我最喜愛的。她問我，為什麼一個明明優雅漂亮的人，卻穿這一身破玩意的睡衣。我不是一個公爵嗎？我的天鵝絨拖鞋和絲綢睡袍呢？

亞莉贏得了我的尊敬，因為她會打破規則，悄聲分享一些小道消息：我們現在停泊的地點在一處舊隔離站的近海，就在墨爾本（Melbourne）南面的一座偏僻半島外。這裡是世界自然遺產，也是自然保護區，專供海洋研究和生態旅遊使用，距離上次被充作隔離站至少有五十多年了。現在成為有錢人的渡假區，也是水肺潛水科學家記錄研究螃蟹的地方。

數天後，一個社工模樣的人進來找我「聊聊天」。表面看來一切正常——藍色臂環、複雜繞口的頭銜裡，帶有「援助」的字眼——不過在輕鬆的寒暄之後，就是直接的盤問：在英國有沒有家人？喜歡教書這份工作嗎？教書壓力大嗎？為何申請ＢＩＭ計劃？她毫不客氣地刺探，我的答案也就避重就輕，胡編亂造一通。

「他們說，來了就可以盡情享用鳳梨可樂達調酒，」我說：「我在想要不要控告他們。」

她熱切地點頭。很快的，她移到下一個人的床邊去，對我的病友重複同樣的問題。

官方說法，我們是在隔離中，屬於幸運的「復原小組」。處於孤立於世界之外的地獄邊緣，但還活著。活著，這個事實不斷在我腦海中打轉。它每次一出現，總會令我感到溫暖甜美、興奮愉悅，強度近乎於性高潮。

他們是在深夜將我們從**穩固號**轉運過來，魁梧的黃衣人負責勞力工作，白衣醫療人員則靠邊站，彬彬有禮，一副跟苦力劃清界線的模樣。所有人都是全副武裝，就像災難電影裡的一樣。

我向他們反應我的腿正常，可以自己走，但他們堅持用擔架將我們抬過來——我們被綁在擔架上，一個個被抬進夜幕之下。在手電筒的照耀下，我們被抬進小船，然後在擔架上顛簸地被抬到這艘新船，穿過一個複雜的前廳，最後被安置到現在的病床上。他們就像是在偷渡，像是在走私感染的貨物，將我們偷運上船藏匿。

護理師在給藥上相當大方。「你既然熬了過來，」亞莉說著，開心地晃晃一隻乳膠手套。「求我，就給你！」

但不可思議的，我居然不想要了。沒錯，我是有些心動，但以往對於快感幻覺的饑渴已經減弱。我發現自己精神百倍，強烈地渴望活在當下。也許，這只是死裡逃生的後遺症，想要好好珍惜生命。

這種置之死地的戒毒手段，雖然風險很高，但出奇的有效。

我好想讀點東西，但這裡只有牆上閃個不停的數據，我需要其他讀物，但他們嚴格規定了所有進出的人事物。

心靈受創，這是我們的官方診斷結果。至於肉體上的病痛，他們則一籌莫展，仍然搞不清楚究竟是什麼襲擊我們。

穩固號的醫務人員會固定過來探訪我們，跟我們聊聊有限的外界消息，但他們的停留短暫，帶來的消息微不足道，交談也受到監控。我總是向比莉打聽孩子的近況。比莉說，大部分一如往常，但至少有四個孩子失去了爸爸或媽媽。她不清楚是哪四個孩子，我只能作罷。

「是什麼讓我們生病的？」我問過她一次。一個很簡單的問題，就是字面上的意思。

「他們說——」她正要回答。

薩利文醫生打斷她。「現在最重要的，是你們的健康。你還會覺得很累嗎？頭還會痛嗎？」

孤立，真是名符其實。母親、父親、蘿莎——兩邊都聯絡不上彼此。現在仍然尚未開放對外的通訊，也不能收信，但家人應該都接到通知，至少知道我們都還活著。

亞莉告訴我，現在全世界都知道了：我們的姓名，以及死者的姓名，都已向媒體公開，輿論混戰開始。

我著急的想打電話回家。不知道他們承受了多久的擔驚受怕，只為等我的消息。一想到他們憔悴地祈求我能脫離險境活下來……我就心痛難過，也感到憤怒，假使我有力氣，應該已經發飆。

小米亞是個開心果。我們每天聊她的家人和朋友，編故事想像等著我們的外面世界——巨大的袋鼠、長滿桃子的果樹、有人送上當地特有的陽光康復卡。她一刻都不得安寧，想見父母、擔心弟弟。要求弟弟陪她玩晚安搔癢遊戲，否則不讓他睡覺。這原本只是偶爾玩的遊戲，但現在只要她想，她就搔癢他。

與米亞聊天一點也不無聊，她是個貼心的孩子。無論如何，我都會陪著她聊天。一想到她是如何得病——她的遮陽帽掉落在甲板上，我彎腰撿起帽子，交還給她——我不敢再想下去了。

對於恢復室中的家長而言，這場在地獄邊緣盤桓的拖戲，簡直就是折磨。特別是單親媽媽凱特，她擔心敏感的兒子，簡直坐立難安。她渴望克明利的消息，但我們的監護者不聞不問隨便敷衍，這激怒了她，搞得一些當地護理師想要越權行事。她會怒罵輕聲細語要她休息的護理師，護理師則提議給她一些鎮定劑。

「我需要看看我的孩子，」凱特總是這麼說：「這很難懂嗎？妳們是機器人嗎？」

大家都渴望能儘快上岸。卡拉漢醫生在一次探訪時告訴我，目前正在盤問調查中，算是一場大型的驗屍——探尋疫病爆發的原因和防控措施。管天管地的當地醫生隨即打斷他的話頭，要他別把我累壞了。

我的體力一點一滴逐漸恢復，那種遲頓沉重的疲憊感也漸漸退去。護理師鼓勵我們在病房裡踱步，活動活動筋骨，以免肌肉萎縮。我和馬克斯穿著睡衣來回走動，每次碰頭交會時，他都會興高采烈地跟我打招呼：「天氣真好啊，好個散步天！」

馬克斯不記得他是什麼時候發的高燒，但知道自己想跳海，可又不是我們所想的那般。他揮動掃帚，也不是我們想的那樣，看來我把掃把藏起來根本是多此一舉。

在**夜鶯號**上，我們像是一群蟄伏的存在，等著不明的通知好復甦。我們像是從戰區逃出來的倖存者，恍恍惚惚，與死神擦身而過的驚心動魄，在藥物作用之下淡化模糊，也可能是還沉迷於死裡逃生的僥倖中。

當時的一個畫面縈繞不去：病房盡頭，有個人軟倒下去。那個失去妻子的男人埋在雙手中，護理師像安慰孩子一樣輕拍著他的背。

他當然也在**夜鶯號**上，我浪漫的豔遇。我是個笨蛋，仍然沒有放棄希望，幻想我們變成了戰友。

一天，在兩杯咖啡的助興下，我故意在他床邊逗留。但他閉著眼睛，像屍體一樣躺著不動。

「嘿，」我輕聲打招呼。「史都華。你還活著嗎？」沒有回應，於是我放棄掉頭就走。

我想不明白，他為何要假裝我們不認識？他在怪我嗎？怪我害他得病？或者，他的冷漠其實是一種無聲的請求，求我為我們的私情保密？都這個時代了，難道還有人那麼保守封閉？

他不應該在乎別人的看法，我有些不屑地想著，隱私權已是稀有物種，我絕不會助肘為虐，讓它滅絕。

10

克明利

午餐過後，幽靈過來找他了。幽靈——是迪克藍給那些白衣陌生人的綽號，而黃衣人則是香蕉。

女幽靈帶領克明利來到一個陳設像是醫生診療室的房間：一張低矮的床、一臺放著紗布和棉簽的推車、一個放著恐怖工具的托盤。一個男幽靈拿著掃瞄儀對著他的額頭，女幽靈抬手調整螢幕面向他。女幽靈開始說話，語音螢幕上跳出了大大的文字，將她的話轉變成了文字。

只是打一針，她說，保護你的，別害怕。大家都要打針。

她晃了晃一個套著塑膠膜的紅色棒棒糖。打完針送你。只會像蜜蜂叮一下。我牽著你的手，好嗎？

好尖銳的刺痛，緊跟著一陣燒灼感。她騙人。

女人拍拍他的背，將棒棒糖塞到他手中。真棒，她對著語音螢幕說，你好勇敢。

淚水刺痛了他的眼睛，他看著針頭刺進去的地方。那裡腫了起來，好像皮膚底下塞進了一個火柴頭。他伸手想去摸它，但被男幽靈抓住手腕，男幽靈貼了一團白棉花在針口上。

別碰，兄弟，男人對著螢幕說話。上床睡覺前，才能摘下棉花。

克明利被帶到另一個房間，另一對幽靈正等著他。桌子上攤放著彩色筆和厚厚的空白白紙。幽靈指著他們之間的空椅子，克明利警惕地走過去坐下。又一面螢幕出現，克明利拿出筆記本，翻到全新的一頁。

嗨，克明利。你喜歡畫畫，對不對？

假如就他一個人和這些寶藏獨處，他會很滿足，但幽靈另有想法：他們一直打擾他，將語音螢幕塞到他鼻子下方，用奇怪的要求轟炸他：畫這個、畫那個。克明利勉強配合，他們給了他柳橙汁，外加糖霜夾心餅乾，可是他們的問題有時候好密集，搞得他不知所措。

能畫畫家人嗎？這簡單，他畫了媽媽、自己、外公、外婆和舅舅連姆（Liam），在鳳凰公園（Phoenix Park）的池塘邊；又加了一個太陽、花朵和一頭公園小鹿，牠頭上的鹿角像翅膀一樣展開。女幽靈指著小鹿：這是誰？她對著語音螢幕說。克明利寫著：一隻小鹿。心裡納悶著，她沒看過小鹿？她接下來的問題很奇怪：這隻小鹿好像在想什麼。你覺得牠在想什麼呢？他怎麼會知道那隻動物在想什麼？他又不會讀心術。牠只是站在那裡，做小鹿該做的事，但他知道這不是他們想聽的答案。他努力地想，然後寫下：牠想吃外婆的巧克力蛋糕。

你媽媽為什麼看起來很傷心？男幽靈問。

他畫的是外婆生日的那天，一個星期六下午，就在他們離開都伯林的前不久。她不是傷心，他寫著，她在生自己的氣，因為她把外婆的禮物忘在火車上了。

凜冬將至，媽媽買了一條柔軟的綠色圍巾送外婆，想幫外婆保暖，減輕她咳嗽的老毛病。後來媽媽發現禮物不見的時候，扔下手中的麵包袋，兩手捂著眼睛，好像一個絕望的小孩子。外婆緊緊抱住她，輕拍著她的背，那群鴨子圍在她們腳邊呱呱叫。

克明利眨眨眼，把眼淚擠了回去。他不要在這些幽靈面前流淚。

他們要求他畫爸爸，他畫了唯一記得的畫面。那是一張舊照片，有些距離的全身照：一個男人手中看不見的線吊掛著一條魚，他的五官藏在帽簷的陰影中，模糊不清。爸爸愛釣魚嗎？克明利不知道。他想不起爸爸了。他推開那張畫，又要了一塊餅乾。

下一個問題：能畫畫朋友嗎？

要畫老家的哥們，可能要畫很久——皮爾斯街公寓的兄弟們，還有他最好的哥們班（Ben），他全家去年夏天搬到北邊，他媽媽太害怕病毒再奪走她的家人。他選擇畫了迪克藍揮著劍，一臉的怒目金剛。不過最後畫出來的哥們，有點O型腿，但迪克藍一定會喜歡那兩坨二頭肌。

接著，他畫了比莉，一根冒著煙的菸塞在她的拳頭中。比莉不喜歡笑，但這兩個幽靈想要快樂的畫，所以他在比莉臉上加了一個大大的笑容。

穩固號，女幽靈說，能畫那艘船在大海上的樣子嗎？最後出來的圖畫太平整，那艘船被藍色海浪包圍，所以他補上一頭海怪。很典型的海怪，全身都是糾結的肌肉，還有一雙充血的眼睛。船在它的鋸齒大口之下，變成了浴缸中的玩具船，一口就能吞下的小零食。他看著畫，打了一個寒顫。

現在，問題來得又快又密。怪獸代表什麼？從哪裡冒出來的？牠為什麼生氣？太多要解釋了：海洋變成了溫熱的死亡地帶，所有海洋生物都因為化學廢棄物而生病，章魚生病、鯊魚中毒、水母群散布在荒蕪的潮流上、酸化腐蝕的突變怪物在海床上漫游。深海中本來就藏著可怕的東西，即使是在我的家鄉，也沒人知道深海中究竟藏了什麼：爬上岸的海豹精和人魚，巨蛇纏繞在福伊爾灣（Lough Foyle）中。真的有海怪，他寫著，外公親眼見過一次。

幽靈走到旁邊低聲討論，然後拿著語音螢幕給他看：再畫一張，最後一張，克明利。就畫你在船上看到了什麼。那晚你發現那個被害的男人，能畫出來給我們看看嗎？

他一五一十照著實際狀況畫了出來：被黑暗框住的窗戶、放著貨品的貨架、死者的腿、地板上的一灘血，畫完隨即將畫紙推開。我能走了嗎，拜託。

從鬱悶的房間逃出，來到陽光燦爛的上甲板，只見一群人聚集在一道靠著販賣部牆壁的梯子下面。幾個士兵正在爬梯子。

販賣部屋頂上有一群乘客擠在一起，高舉著一條白色被單。白色被單面向天空，上頭塗抹著黑字：救命！高高的藍天中，有一架小小的飛機。這情況很少見，可能是某個有錢人，或是一個總理、百萬富翁在頭頂上盤旋，俯瞰著他們。

最上面的士兵在梯子頂端停下來，他的同袍擠在他下面，鼻子碰著屁股。第一個士兵對著屋頂上的人說話，比劃著要他們下來，那些乘客雖然看起來有些害怕，但顯然不打算遵命照辦，反而抱團更向屋頂邊緣笨拙地靠過去，掙扎著一定要拉緊白色被單。

圍在梯子下面的人騷動起來：一個拳頭舉起，一個女人兩手圈在嘴邊吼叫。第一個士兵爬上了屋頂，梯子下的人群向前一擠，把克明利推擠到後面去了。

他轉身看到其他士兵列隊在船舷邊，有的舉槍對著海洋，有的對著天空，瞄準看不見的獵物。波光粼粼的海面上，小船疾速狂飆。

人群擁上將他包圍，眼前只剩下一個個激動的身體。一個女人絆倒，像一袋把自己拽了起來的馬鈴薯——她抓住別人的上衣、肢體，任何可抓的東西，就是沒讓自己摔下去。他被困在汗臭味和混亂的腳步之中，氣氛慌張緊繃。克明利被人群推碾著移動，他掙扎著不讓自己摔倒。原來人群外圍的士兵，正在趕他們下甲板去。

比莉

比莉正要從**夜鶯號**下船，卻望見另一艘船上的混亂：小船繞著**穩固號**打轉，而**穩固號**的甲板上人群騷亂。砰的一聲槍響，她和船上醫生連忙退回到醫務船裡面。指揮官走過去，無線電劈啪作響，幾個員工尾隨在他後面。

「帶他們進去，」他命令：「是媒體。」

他們被帶到一個無窗房間裡，坐在一張窄長椅上，被人看守著，只能沉默的靜候。歐文直盯著地板瞧，兩手抱頭。既然壞消息就要曝光，他們也沒必要抓緊時間回船。

下錨停泊後的第一個死者：他看起來好強壯，卻像秋風掃落葉，短時間內便不治身亡。當地醫生大受震撼，儘管他們擁有高科技醫療設備的助力，仍然阻止不了生命從他們手中流逝，信心掉了一個檔次。

他們三個固定的短暫探訪——也就是監護者所謂的「社交延續」——引來了不必要的注意。卡拉漢醫生曾說出了比莉內心的猜疑：當地醫生要他們扮演中間人的角色，目的應該不單純，不只是要他們過來安撫病患、平息焦慮，更為了將他們牽扯進來。

在兩船之間來回跑，比莉感覺自己成了兩方的關注焦點。現在每天都有人來找她，乘客和船員都有，包括那些曾經對她充滿敵意的人。有些人向她表達了感激和歉意；其他人雖然口中沒說，但臉上的歉意一覽無遺；另一些人還表現出一副從未說過她壞話的樣子。她記得每一個人的侮慢，卻沒心思召喚它們出來。恐懼將人逼到角落，按下恐慌的按鈕，並不是針對她個人，沒必要往心裡去。

在走道上相遇時，人們會靠過來向她打聽她也不知情的消息：他們還要在船上待多久？什麼時候能上岸，或被遣返回國？她每次的回應大意都是：我也不清楚，你們說呢？對於米亞慌亂不知所措、暴跳如雷的父親，以及傷心欲絕的母親，她只能想辦法一再的保證，讓他們安心。家庭聯絡員，這份工作實在不簡單。歐文索性撒手不管，將球踢給比莉和卡拉漢醫生，讓他們兩個去面對：我丈夫在那裡危險嗎？我妻子心情如何？能幫我傳話給表姐嗎？

至於十二位死者的配偶、同胞手足、孩子，他們在數週之內面臨家庭變故，摯愛的親人被抹滅成了過去式，哀傷悲痛，有些人索性躲到下層的隱密艙房療傷。

這些不幸的人，她並不全都認識。船上沒有所有人的家庭面譜地圖，無法得知乘客之間的關係。晚間她躺在床上，回想某個病患被高燒折磨的痛苦面孔，他臨終前大喊的名字，並拿來與白天在走道上擦身而過、悲痛憔悴的人相對比；打量他們的面孔五官、膚色，尋求相似的家族基因特徵。

最近這個死者，又一個打擊，在世上又留下了一個洞。是他們匆忙粗糙的救人行動中，又一次的失敗。人們還能承受多少？

她吞下卡拉漢醫生開給她的處方安眠藥，但不是抗憂寧：她不信任它所帶來的隱隱麻痺感。現在半數以上的護理師都在服用抗憂寧，以平息那些陽光和安全感都驅趕不了的狂暴畫面。但比莉一直在抗拒，以免在轉角遇上死者的親友時，她臉上會掛著抗憂寧藥效所產生的傻笑。這種笑——對於她親眼所見受到病痛折磨的患者，對於失去摯愛親友的悲痛——完全不合時宜。

歐文從掌中抬起頭來，他的眼睛帶著血絲，肌膚被擠壓得出現不均勻的色塊。

「我做不到，」他對卡拉漢醫生說：「你去告訴他們。」

醫務長只是點點頭，目光盯在牆上。

「我簽的合約裡沒有這些，」歐文為自己辯護。「我不是輔導員，不會處理別人的悲痛。」

卡拉漢醫生沒吭聲，比莉也緊閉著嘴，大家早就心知肚明他習慣推卸責任，沒必要戳破。

一個小時後，他們被護送到接駁船上。爬上舷梯時，比莉全神戒備以應付即將迎面而來的發問。但**穩固號**的甲板上，除了士兵，沒有其他人。

比莉在沙龍找到克明利，他正和荷莉玩牌。她從人群中穿梭而過，刻意迴避那些焦慮的目光。那個孩子，才是她的優先選項。

一聲哀嚎暴起，比莉轉身看到一個年輕女子軟倒在地，卡拉漢醫生跪下去安慰她。是死者的女朋友，女子聞訊後震驚得摔倒，驚嚇過後才放聲痛哭。

比莉低下頭，朝男孩走去。

「都沒事吧？」她問荷莉。

「這孩子是玩牌高手。」荷莉回答，但克明利的目光鎖定在比莉臉上。

男孩搶過她遞過去的紙條，彎腰讀著上面的字，好似正在努力翻譯一段外文。紙條是她在接駁船上匆匆寫下的，船身彈跳搖晃，她的字寫得斷斷續續，撇來撇去：我的小男孩過得好不好啊？乖不乖？等我，親愛的。我一天天越來越強壯了。

「今天都沒發生什麼事吧？」比莉問荷莉。

「都好，」那個護理師說：「這個可憐的小老鼠，應該跟他媽媽在一起。」

比莉壓抑住一股不耐煩。「這我無能為力。謝謝妳幫我照顧他。」

荷莉看著那個哭泣的女人被帶出沙龍，問道：「又一個？」

比莉似有若無地點了一個頭。別在這個孩子面前談論死亡，他承受太多了。

「沒消息……」荷莉沒把話說完，但意思很清楚。

「沒，一點也沒有。」比莉碰了碰還在看字條的克明利的肩膀，克明利移開目光看著她。走吧，她打著手語，我們去吃東西。

在樓梯井上，一個熟悉的身影攔住他們。是卡特勒，他穿著便服，看起來很彆扭。應該是新主人私底下囑咐過，**穩固號**的高階主管已默默換下制服，示意他們的職務已經完結。

自從一次短暫的交談後，比莉一直在躲這個人：那時她問卡特勒，護理師是否能拿到工資。是的，卡特勒如此回答——他們簽的合約具有法律效用，會遵照合約辦事，但他沒交待何時發工資。

「加洛威。」卡特勒說，一如往常的令人不悅，還是一副高高在上的姿態，以她的姓氏稱呼。不過在她眼裡，他早已不是主管了。

「卡特勒。」比莉依樣畫葫蘆，從頭到尾打量了他的T恤和短褲。雖然沒了肩章，但仍然整齊得一絲不苟。這個刻薄的小心眼男人，還在擺長官的架子。

他後退一步，讓一個家庭通過，等他們走遠後才說：「官方將在下個星期啟動一場正式的聽證會，妳會被傳喚到場審訊。」

「好。」比莉回應，心裡有些緊張不安，手一扯拉近克明利，男孩並沒有抬頭看那個人。

「他們一定會把責任往我們身上推，想辦法減低擦屁股的代價，串通合謀。」卡特勒的口氣輕蔑。「我們絕對得不到任何好處。」

我們？他們是共事了一段時間，合作關係也還算過得去，但那是被逼的，而這才是關鍵：之前這些高層曾經清楚表示她沒得選擇。

「其他護理師也出庭？」比莉問。有家庭的護理師都已回到家庭寢艙，但單身的仍然住在同一個寢艙中，單身的男性醫務人員也是。護理師們同心協力打了一場艱難的仗，共同承受他人的非議和排擠，現在的關係自然十分親密。

「所有人，」卡特勒說：「做好準備。船長明晚召開會議，所有船員都會到場，討論大家即將面臨的問題。妳去通知妳的伙伴。」

「我們現在也是船員了？」比莉忍不住問：「我以為我們是老鼠屎。」

他口罩上方的眼睛惡狠狠地瞪著比莉。「我從沒那樣看你們。我們僱用你們來拯救生命，而你們也很盡責。我的船員也許不聽明，但他們有眼睛，看得見你們的付出。」

比莉沒有吭聲。在情勢最險峻的那段期間，卡特勒和他的同事放任船員展示對醫務人員的敵意。

「這裡沒有人會幫我們，」他警告。「我們需要口徑一致。」

是你們的口徑吧，她心想，我們的口徑原本就是一致的，我們都盡全力了。

「知道了。」比莉說著牽起男孩的手，朝被他們視為家的陰暗艙房走去。

當天稍晚，比莉拖了一箱補給品回到寢艙時，看到克明利和迪克藍在壁凹裡和一個白衣人交談。

「怎麼了？」比莉開門見山地問。這些人被包裹在防護衣下，看不到外形特徵：防護面罩下的這個人，棕眼方臉、深色肌膚，露出一縷黑髮。

「只是聊聊天。」男子說。

比莉嗅聞到糖果的甜香味，看見男孩們口罩下的嘴巴熱烈地咀嚼著。「你們嘴巴裡的是什麼？」她問。

迪克藍拉下口罩，嘻嘻一笑，張嘴展示一小塊棕色黏團。「牛奶糖，」他開心地說：「他口袋裡有。」

比莉指著克明利。「我是這個男孩的合法監護人。你要跟他聊什麼，就找我說。」雖然不完全是事實，但誇大一點無傷大雅。「還有，你沒有權利給他們糖吃，你違反了規定。」

那個人豎掌。「我只是想逗逗孩子開心。」

比莉正要走開，那個人伸手搭在她臂上。又犯規了。比莉本能地躲開。

「等等，」他說：「我需要測量你們的體溫。」

男孩一邊開心地咀嚼牛奶糖，一邊接受測溫。然後他轉向比莉，拿著體溫計對著她的太陽穴。「那些抗議的人，」他說，口氣透著不經意。「就是屋頂上的那些。他們沒事吧？」

「你說呢。他們還在關禁閉。」

「是，」那個人說：「但不是有一個人受傷嗎？」

這個問題問得有點古怪。「你自己去問他啊。他現在要撐拐杖走路，這都要感謝你們的軍隊暴徒。」那場抗議行動被反應過度的士兵打斷，一個乘客在混亂中不小心打滑，掉下屋頂，扭傷了腳踝。

那個人壓低聲音。「不是所有人都在對付妳，這裡有人支持妳。」

比莉身體一僵。對付她？

那個人連忙接下去說：「現在岸上隔離站的外面，聚集了一群激進分子和媒體。他們大部分都站在你們這邊。他們不認同這件事的處理方式，不贊成對待你們的方式。」

「好。」比莉緩緩地說，爭取時間思考。這事有點不對勁，測量體溫應該不需要這麼久吧。

兩個黃衣人從他們身邊經過。白衣人向黃衣人點頭打招呼，等黃衣人走遠後，塞了一份折起來的紙到她手中。「快，拿著，」他說：「當地記者寫的。有人站在你們這邊。」

比莉將紙塞進補給品中，藏起來。

「打起精神。」那個人說完便走開了。

⚓

那晚，她把睡著的克明利交給荷莉，自己出去呼吸新鮮的空氣，她也的確需要一些獨處時光。逃離囚房，活動筋骨。

她點燃一根菸，把打火機塞進口袋，對著夜空吐煙圈。對岸的燈塔，節奏穩定地閃啊閃。地平線上，一座亮晶晶的城市，她經常在腦海中想像走在它的街道上漫步。它被標榜成文化中心，格子狀馬路上散布著音樂和咖啡，體育運動和商業，藝術和機會——所有宜居城市的官方標配，它都有。城市之外的遼闊城郊，逐漸退變成了工廠、工業區、立體農場。

她曾經花好幾個小時瀏覽宣傳單上的照片：鑄鐵門內的大院子、一排排緊密的小公寓、水龍頭沖刷而下的熱水、公共洗衣間和烤肉區。每月固定的充裕收入，足夠她寄錢回家讓母親去補牙，再給傑米買一輛新的自行車。週末休息日，她可以在全新的陌生街道上亂逛，發掘小巷中的酒吧和露天音樂會。一個充滿可能性的世界。當然還是有制約的：BIM勞工不是公民，但沒有宵禁，也沒有瘟疫傳播。沒有火葬場一天二十四小時向灰暗的天空噴發灰燼。

一個白衣人溜到她身旁。在甲板燈光下，她只能辨認出他的五官：溫柔的棕眼，深色肌膚。是那個有牛奶糖的傢伙。

「嘿，」白衣人說：「妳是那個歌手。」直述句，不是在問她。

如此的單刀直入，比莉剎時沒反應過來。他怎麼會知道？**穩固號**下錨後，她就沒再唱過歌了。

「別動。」白衣人說著拿起體溫計對準她的額頭。「抱歉，這些篩檢真麻煩。我還沒自我介紹呢——我是米契（Mitch）。」

第一個有名字的防護衣人。比莉只是遙望前方，任由白煙飄過白衣人的面罩，體溫計的數字閃了閃。

「妳看了新聞報導嗎？」白衣人低聲問。

比莉點點頭。那些新聞報導令她安心不少，記者狠狠地抨擊這場不公開調查，而政府拒絕發表評論；同時批評BIM合約中，以及運送這群廉價勞工到這個前殖民地國家的船運公司憑證上，甜美哄騙式的專業術語和用詞；並且質疑戴維．韋藍謀殺案的凶手犯案動機，甚至聲討那些怒罵乘客罪有應得的「煽動仇恨的人」和示威人士。當地抗議人士斥罵他們以廉價工資，強搶當地人的工作機會。

「為什麼給我看那些報導？」比莉問：「你何必冒險？」

「報紙不是別人給的，」米契輕聲說：「是妳在洗髮精等日用品之中發現的，對吧？」

比莉審視著他。他究竟想幹嘛？

「我一直在想辦法探聽總部的消息，」白衣人繼續說，一副在跟伙伴閒聊的樣子，「比如，把你們送上岸之後呢？他們對你們有什麼計劃？但那些混蛋的口風太緊了。」

體溫計仍然懸在她的太陽穴前，他明顯是在裝裝樣子。

「體溫計壞了？」比莉問，對著他的臉吐了一口煙，明目張膽的無禮。「我並不打算在這裡站一整夜。」

「我挖出一些小道消息，」他泰然自若地繼續說：「比如，戴維·韋藍的致命原因是大出血。失血過多的意思。」

「我知道大出血代表什麼，」比莉說著，終於正眼看他。他的眼神沉靜，沒有一絲玩笑意味。「你究竟想要什麼？」

「我想要幫你們，」米契壓低聲音說：「但我需要情報，以及內幕消息。」他看了看體溫計，又把體溫計放到她的太陽穴之前，此時，一個士兵走過去。「戴維·韋藍謀殺案，」他說：「我認為應該跟疫病爆發有關。」

比莉的香菸熄滅，她劃下打火機，戴維的打火機。儘管不情願，她還是回應：「有人說這艘船受到詛咒。」

「胡說八道，」白衣人說：「網路上充滿了謾罵，仇恨敵意、指責怪罪。」

「怪罪？」這個詞令她不安。「怪誰？」

但那個人沒理會她。「政府被你們搞得神經兮兮的。現在正在大選期間，你們船上的這場疫病，真是天外飛來一顆石頭，攪亂了一池水。」

體溫計嗶的一聲，他看了看數字，大聲說：「正常。麻煩挪開腕套。」又有腳步聲接近，白衣人拿體溫計對著她的手腕。

「你篩檢完上甲板了嗎？」一個人問。

「對，」白衣人回答：「人不多。」

「那現在去篩檢沙龍，以及路上見到的人。快點，快半夜了。」

「得令。」米契說，他的長官走開。「再過幾天就是聽證會，妳會收到傳喚通知。我會暗中行事——召集護理師，重新架構故事的框架，但我需要情報。」

原來是一場交易。他在釣願意跟他談交易的內奸。

「你需要情報？」她努力控制自己。「你四下看看，現在是誰在主導？現在亂成這樣，是誰搞的？我怎麼會知道你們在幹嘛？」

「我知道，」白衣人說：「現在很亂，上頭處置不當，委屈了你們。但我看過實驗室的比對報告，這次的病毒與所有已知的病原體，皆不符合。法醫認為——」又有腳步聲接近。「米契，記住了，」他壓低聲音說：「再聊，比莉。」

湯姆

有人來看我，亞莉這麼告訴我。關在這個病房裡，我都快得幽閉恐懼症了，現在有人來探病，終於可以稍稍轉移一下注意力，我開心地跟著護理師走出病房。

「帶一些葡萄回來給我們啊，」馬克斯在後面大叫：「水果派就不用了。」

兩個穿著黃色防護衣的壯漢，帶領我走下一連串的走道，來到一個儲藏室大小的房間，房間中央放著一張桌子。亞莉反常的正經拘謹起來，不斷對我使眼色，但我不以為意，仍然沉浸在離開病房的快樂中。她讓我坐下，給我一杯茶，隨即退了出去。兩個壯漢就站在門外，透過房門上的玻璃可以看到他們的防護帽。

我端起茶杯正要喝茶時，門板滑開，兩個穿著白色防護衣的人走進來，只看得到他們的眼睛。當地口音，口氣蠻橫無禮。他們在桌上放了一臺設備。

於是開始了，沒完沒了的兩個小時，一個接著一個的問題，這種待遇介於訪談和審訊之間。

「湯瑪士．威廉．加奈特，出生日期是二〇三四年三月二十日，對嗎？」對方並未自我介紹。

「對。」我回答，口氣上揚，試著讓自己聽起來精神抖擻。

年輕的那個告訴我，我們的約談將被錄音。

「沒問題，」我說：「但要談什麼呢？」

他們沒理會我，以及我接下來的所有問題，只能他們問我答。

首先是個人背景調查：我成長於何處、學歷、家族產業和家族的沒落、我個人的經濟窘迫、零碎的救濟金和廉價的虛擬工作、逾期的帳單、左支右絀的還債經過。這些他們當然早已知情，現在只是他們的開場白，核查你透明的私人生活。

但話峰一轉。

「你八個月前申請了ＢＩＭ，正確嗎？」這個問題出自年長的那位——我後來意識到他們是警察。

「是，」我同意。「差不多。」

「申請之後的幾個月，在離開英國之前有人接觸過你，談論你參與ＢＩＭ計劃這件事嗎？」

一開始，我被問得一頭霧水。接觸？然後我回想起來：那個行為可疑的特約記者。那個人在紐漢（Newham）的一間酒吧悄悄接近我，問東問西。看來，我們的名字在當時就已經洩底，而我並不難找。

「你向這個人透露了什麼樣的訊息？」年輕警察問，一副問我午餐吃了什麼的模樣。

「沒有，」我說：「我拒絕跟他說話。我們申請BIM時，簽了保密條款，條款內容十分嚴格。」

他們繼續盤問日期和細節。我跟誰談論過BIM：朋友、家人、同事、熟人、陌生人？

我告訴他們，這沒什麼好吹噓的。BIM本身就具有爭議性，沒人會公開宣告自己與它有關聯，自找麻煩。我們這些簽約的人經常被貼上逃兵的標籤——有些攻擊甚至就來自那些在體檢階段落選的申請者。

這點激起了他們的興趣。我是否透過其他公司申請BIM？沒，就只有紅星。我為何選擇紅星？我實話實說：他們的廣告最誘人，個人背景調查較鬆散，再加上紅星總部位於倫敦東郊，距離我家不到十公里，但他們不滿意我的回答，進一步追問：我是否與其他BIM承包公司接觸？其他船運公司的供應商、船員或主管，曾經的或現任的？他們報上另外兩家運送勞工至澳洲的船運公司。這兩家公司聽起來耳熟——我看過它們的廣告，瀏覽過它們的資料，但從未聯絡過它們。

接下來的問題是關於身心健康：過往病歷、染色體譜、確診、壓力。精神藥物：他們要我確認藥物品牌和劑量、效用和價格。他們試著套我的話，以追查是否還有其他藥物來源，水貨市場之類的。我強調只用國家批准的藥物，經濟實惠——再者，以我的情況，藥方是量身定制的，不能隨意修改。

「這些全都記錄在我的檔案裡，」我客氣地提醒他們。「我只是在複述而已。」我好希望能穿點像樣的衣服，這一身借來的睡衣，令人尊嚴掃地。

他們最終還是回答了我一個問題：為什麼只找我談？「你不是特例，」他們回答：「我們會約談所有人。」

會談繼續進行。請描述和**穩固號**主管的關係，有交好的嗎？有起衝突嗎？跟路易斯船長有來往嗎？船員呢，航程中有成為朋友的嗎？沒有，我回答，我們合不來，在他們眼中我是乘客，不是他們的一分子。

我眼神堅定，語調自然平穩。我們兩人的短暫插曲，是我們自己的事，與他人無關。

「你看到了那具屍體，」年長警察問：「描述一下。」

那畫面令人惡夢連連，我描述它腐爛的肉體、空蕩蕩的眼窩、屍體很靠近船身，以及船員的做法。警察的眼睛眨也沒眨一下，果然是硬漢。

最後，才是謀殺案。

「九月四日，這個日期對你有任何意義嗎？」

一開始，沒有。

警察提示，那天是星期三。是要探聽我是不是在上課嗎？是，我回答，但我對那個日期實在沒有什麼特別的印象。

「那天凌晨，一個男子遭到殺害，」年長警察說：「你有什麼相關信息要告訴我們嗎？」說的我好像有內幕消息似的。我把知道的都告訴他們。那個發現屍體的小男孩，是我的學生。主管要求我以官方說法對外解釋，表明那只是一場意外事件。

不，我不認識那個死者。當然事件之後，我看過他的照片，那張臉也的確眼熟——也許是在販賣部或樓梯上遇到過——但印象中，我們不認識。

戴維．韋藍遇害那晚，我在哪裡就寢？我複述曾告訴卡特勒的話：在教室的沙發上。清晨才回到寢艙更衣梳洗，準備上課。

他們寫下筆記，又問了幾個問題。然後終於放過我，讓我離開。

回到病房中，我的呼吸才逐漸恢復正常，我有些震驚，現在才意識到第一個死者遭人殺害的案子，一下子就被更大的威脅覆蓋過去。我細細回想了一下，戴維・韋藍謀殺案發生沒過多久，大災難便爆發，案子立馬被人拋到腦後，忘得一乾二淨。現在我不禁納悶，難道這兩件事有關聯？

11

克明利

那個小型飛艇氣球像一個胖胖的魚雷，懸掛在天空上，上面長長的黑字寫著：捍衛澳洲的潔淨！這句標語令他困惑，**穩固號**上面很乾淨啊，都沒有垃圾，垃圾桶裡的垃圾很快就被清空，艙房和走廊天天都擦洗得乾乾淨淨。海水上也沒有漂流物，即便是海灘上也看不到垃圾。這裡的空氣清新乾淨得發亮。

甲板上一眾仰望的臉蛋，士兵的步槍瞄準頭頂上的幽靈。克明利只在夢裡飛翔過，像那樣漂浮是什麼感覺？好高好輕，只有小鳥和雲朵作伴。他將望遠鏡遞給迪克藍，迪克藍仰望著，口中唸著那幾個大人一般大小的字：捍衛澳洲的潔淨！

巡邏船焦慮地繞著圈子，越靠越近，像一根根對著擴音器狂吼的香蕉。這些日子以來，克明利一直盡可能地躲避幽靈和香蕉。每天早上，幽靈和香蕉會要求孩子們列隊，接受體溫測量和消毒，再拿著聞起來像橘子汽水的防曬噴劑噴他們。

昨天排隊時，有個幽靈蹲在他身旁，像嬰兒般逗趣地向他揮手，然後塞了一個語音螢幕在他鼻子底下：跟我聊一下，可以嗎？廚師做了蛋糕喔。

比莉打斷那個女人，對著克明利比手畫腳，一副克明利看得懂她的手語似的，但克明利真是一頭霧水。

他不想跟妳去，她對女幽靈說，他要跟著我。然後比莉搭著克明利的肩膀，轉身背對那個工作人員。

每隔一天，比莉都會過去醫療船一趟。每次她都會帶回來新的紙條，以她鋸齒狀的字跡寫著：我一天天好起來，快了，親愛的。我愛你很多很多，我對你的愛可以繞月亮一圈再回到地球。

這是從他很小就開始的睡前例行晚安曲。當時克明利的世界陷入寂靜，媽媽以手語比出這段話語——一隻手舉在空中比了一個「O」，另一隻手從心臟抬起圈住月亮，再放下點一點他睡衣下的胸口。繞月亮一圈再回到地球，親愛的。

這些字條，比莉當然編不出來吧？繞月亮一圈再回到地球，比莉不可能知道他和媽媽的這個習慣。

一股恐懼一直盤旋在他心裡，從未離去：他害怕媽媽永遠好不了，害怕在他世界中心的那個人會永遠回不來；害怕黑鬍子會傷害媽媽，儘管克明利從未向別人吐露那晚看見的事。他掙扎著甩開黑暗時，好兆頭降臨，啪的一坨白泥落在他肩膀上。他愣住了，卻見迪克藍大喊：屎！鳥屎！

這是好兆頭，外婆總是這麼說。那故意作弊站在小鳥之下也算數嗎？

他知道黑鬍子睡在哪裡，知道他吃飯的餐桌位置，習慣和誰坐在一起，日常的活動路線，所以總是刻意避開黑鬍子的軌道：每次只要他自己一個人朝露天甲板走去，總會想辦法避開密閉空間，再不然就是時時注意出口的位置，方便躲避和逃跑。為了防止有人從背後潛近，他都是刻意背貼著牆行走，並時不時地回頭檢視。

他身旁的迪克藍將望遠鏡遞了回來。他的朋友經歷了必須跟他保持距離的那段時間後，兩人的友誼並未變質，克明利很開心，甚至連迪克藍父母對待他的態度也截然不同，十分歡迎他與他們一家三口一起行動，其他大人們也是，之前的防備態度消失，會邀請他一起共進晚餐。他通常都跟小孩子混在一起，但刻意避開他們的父母，誰知道那些大人下一步又會變成什麼樣。

迪克藍向他保證，一定會找一個夜晚，敲暈守衛，偷一艘小船載克明利過去**夜鶯號**探望媽媽。迪克藍甚至描繪出了執行細節：用偷來的扳手往守衛的後腦杓一敲，敲暈他，然後他們乘船溜走，但迪克藍沒提到要去哪裡找忍者的裝備，不過這是小事。

克明利很清楚無論迪克藍多勇敢，這個計劃仍然行不通。

有人輕拍他的肩膀，是比莉，她把他轉過去面向她，態度有些著急。快——跟我來！

克明利又是滿懷希望，又是害怕地跟了上去。比莉帶領他穿過大船的內部，來到一扇有兩個士兵站崗的門前。門後是一個充滿霉味的房間，幽靈們坐在辦公桌的後面辦公。他們兩個被帶到一個角落去。

比莉在筆記本上寫字，然後轉過去讓他讀：給你一個驚喜！

一個幽靈抬手一揮，牆上的螢幕亮了起來。螢幕上，坐在一張椅子上直盯著他的，是媽媽。

媽媽穿著罩衫，但沒戴口罩。她的臉變了，臉頰凹陷、骨頭凸出、皮膚蒼白得像脫脂牛奶一樣。她在椅子裡顯得好小。鎖骨明顯，手臂細得像棍子。

媽媽微微一笑，克明利心臟突地一跳。原來螢幕是活的，她也可以看見他。我的寶貝，媽媽的口型說著，她伸出兩隻手，隔著螢幕捧起他的臉。媽媽說話的時候，螢幕上像冒著泡泡似的，彈出一個個的字。哈囉，我的天使。看看你。媽媽好像在憋哭，又好像在笑，也可能以上皆是。

終於有證據了，媽媽還活著。他內心深處一直恐懼比莉在騙他，深怕媽媽已經永遠離開他。

現在，她在這裡，就在眼前，雖然碰觸不到，看起來好虛弱，他突然覺得好累，終於不需要再強撐了。他想埋在她頸窩間，嗅聞她的髮香，躲在她懷裡。

別哭，親愛的，媽媽說：看看你！頭髮該剪了。她兩隻手指做剪刀狀開闔。

克明利抬手擦過臉頰，打手語：妳好嗎？

媽媽點點頭，我很好。她輕輕地點胸口，你好嗎？她雙掌向上呈拋球狀，一隻手指指著他。這個組合的詞彙，混合了母子一起學習的少數幾個正式的手語，和他們自創的手勢。

他晃了晃鬆動的牙齒，比了一個金錢的手語。媽媽大笑，你太老了，牙仙子只會拿走小小朋友的牙齒，留下錢幣，你這個投機分子。

克明利很清楚附近有幽靈在看著他們，比莉也是。

媽媽傾身向前，鎖骨突出像細繩子一樣。我感覺舒服多了。他們說，我很快就能回到你身邊。

什麼時候，什麼時候？

一個穿著白衣的無頭人走進鏡頭前，媽媽揮手趕人。

不確定，她說，但快了，寶貝。比莉會告訴我們。你現在要乖乖的。

克明利感覺胸口撲通撲通地翩翩起舞。媽媽打手勢向他道別。

我現在必須走了，親愛的。我好愛好愛你，我勇敢的兒子。她給了他一個飛吻，手腕上的骨頭清清楚楚地凸出。

妳什麼時候回來？但螢幕上的畫面消失了。

他面對著空蕩蕩的牆壁，懸蕩在空中的那隻手手指圈成一個「O」，另一隻手從胸口衝向天空，繞了一圈轉回來。

繞月亮一圈再回到地球。

那晚，睡意一直在閃避他。他索性下床，小心翼翼地從護理師寢艙溜到上甲板。一等巡邏守衛走出視野，他立馬爬上帆杆，像海鳥一樣棲息在上面，光腳高高懸蕩著。他在這裡很安全，沒人看得到他。

頭頂上的夜幕，彎曲成一個閃著星星的空洞。海灣變成一道弧形燈火，好像一個閃著光斑的馬蹄，沿著港灣的黑色嘴巴繞了一個彎。燈塔的探照燈好像緩慢的心跳，節奏固定地掃過海面。

那裡停泊著那艘幽靈似的醫療船，媽媽就在船上的某個地方。自從看見她還活著，也跟她說話了，一切都變得不一樣。現在的**穩固號**好似昏昏欲睡，而且疏遠，它的居民都被迷暈了或是被催眠，而克明利卻清醒異常、迫不及待，充滿了希望，卻又煩躁。

原本的分離焦慮又加重了一層，思念化成了一種身體上的衝動，心臟好像被磁力拉扯扭轉。他必須耐住性子：媽媽正在好轉中，已經脫離了險境，安全地待在**夜鶯號**上。他絕對一個字也不會洩露。他很快就能讓她回到身邊，然後有一天他們就能離開這艘不祥的船，一起踏上陸地，將危險拋得遠遠的。

他沉浸在思緒中，沒看到那個人的靠近，直到太遲了。

黑鬍子就停在他的正下方。克明利立刻僵住，甲板燈光投射在那個人的頭頂上，照出稀梳頭髮下的白色頭皮。那個人就站在前桅杆前面，遙望黑暗的海岸，拳頭撐在臀部上。他的姿態透著一股演戲的感覺，好像一個在玩躲躲貓的大人，假裝沒看見附近那個已經露陷的孩子。他會出現在這裡，一點也不意外。

和他的敵人單獨待在這裡，四周沒有其他人，沒有守衛，克明利收回心神、專心祈禱：如果他完全不動，融進這根桅杆中，那個人就看不見他。他的心臟在胸腔中翻轉，好像濃稠沉重的液體在滾動。

黑鬍子輕拍著口袋，拉下口罩，點了一根菸。白煙順著桅杆盤繞而上，好像要上來找克明利。克明利只敢小口小口淺淺地呼吸。

黑夜提供不了什麼保護，那個人高大壯碩，而且他當然會爬桅杆。如果他大叫，會有人聽到嗎？他沿著橫桁爬出去，那個人會不會就碰不到他了？爬到最遠的索具之間，找一條承受不住那個人重量、很細很細的繩索？又或者，爬到杆頂——但是然後呢？

突然間，黑鬍子動了，迅速爬上船杆，臉部朝上，就像一個搜尋獵物的獵人，來找他了。克明利想都沒想，慌忙地爬上索具，遠離他的追兵。手腳併用，單憑本能地快速往上爬。

上方，下一個可供停靠的月臺以可怕的角度伸出，繩梯向外傾斜，他必須放慢速度才能越過那道障礙，而且也會消耗體力。他感覺得到那個人逼近。

往上，或者往旁邊？

來不及越過那道障礙了，只能沿著橫桁向外爬。他從密密麻麻的纜繩中鑽過去，踩到一條懸掛在橫桁下方的踏腳索上，然後盪離主桅，伸長手指亂抓，抓到頭頂上一條金屬線。腳趾死死抓住踏腳索，盪進黑夜中。堅硬的甲板，在遠遠的下方閃亮著。

繩子猛地一抖，腳下的繩子劇烈晃動。克明利用力抓住金屬線以保持平衡，用力到金屬線都嵌進手指的皮肉中，他回頭看到那個人彎腰，準備再次摔拋繩索。

這次克明利有了心理準備，他緊抓著上方的金屬線，吊起自己，等待震盪過去，兩腳重新回到踏腳索上，繼續移動，穩定地小踏步而去，來到那個人碰觸不到的地方。黑水在遠遠的下方閃爍。

索具顫抖起來，下沉許多，黑鬍子也踩上了踏腳索快步而來，像蜘蛛般靈巧敏捷。克明利加速，但那個人持續逼近，海風送來了他的汗臭味。

踏腳索又一次劇烈晃動，克明利緊抓著金屬線懸吊在半空中，兩腳踩踏著虛無的空氣。他在空中擺盪，兩腳搜尋著踏腳索，但一無所獲。

那個人幾乎就要抓到他，克明利閉上眼睛，放手了。可怕的墜落，一邊的膝蓋砰的重重撞上欄杆，劇痛傳來——骨頭掠過金屬——隨即整個人重重撞上甲板，他身體裡所有的空氣都被撞了出去。

眼前一道光圈閃動，縮小，而後熄滅。冰冷的黑暗包裹住他的腦袋。

比莉

病歷上的記錄真是亂七八糟——被劃掉的數字、漏填的表格、難以辨認的劑量，充其量不過就是潦草凌亂了一些，但在挑剔的眼睛看來，卻變成了不用心、怠忽職守。比莉被要求盡量將這些病歷的空白處補齊，他們甚至不著痕跡地警告：絕不能捏造，別想為了掩飾錯誤，篡改資料。她將病歷資料推回文件夾中，明天再來處理。

她單獨一個人待在廚房中，就著微弱的燈光拉出另一份資料：八張整齊折疊起來的紙，用舊式釘書針釘在一起。她清楚那上面寫了什麼，以及那些評論：令人難以忘懷的沸騰敵意。

政府必須修正對待外籍移工的偏誤。第一篇報導用詞激情狂熱，並提出一個撲朔迷離的謎題做為結尾：此次災難的罪責，並不在那些心靈受創的受害者。應該負責的，是那些疏忽瀆職的人，任由致命病毒潛入一艘算是漂浮監獄的客船上。關鍵問題：這是疏失還是預謀？更新中。

這篇報導引起的反饋呈現分歧：大約四分之一同意記者的觀點，另外四分之一中立，剩下一半則堅決反對，義憤填膺、憤怒咆哮：外來人渣、髒痟癬、老鼠屎，滾出去，我們容不下他們。即使是較克制的回饋，也帶著敵意：這些人是高污染源，應就地遣返。群眾振臂怒吼，抗議這場致命的疫病可能被允許入侵他們的國界，害怕這些剛抵達的外國人會將死亡咒語降在他們身上。

那個奇怪的防疫人員是怎麼說的？這裡有人支持你們。但即便這裡真的有支持者，也是少數。

第二份報導鎖定在船員戴維・韋藍的謀殺案，質疑這起案件不了了之、為人遺忘的原因，卻又恰巧在案發僅僅數天後，疫病便爆發，警方是否調查過兩起事件之間可能存在的關聯？

死因：大出血。失血過多。可憐的克明利，目睹了血腥狼藉的那一幕。

她看了看手錶。已經半夜了，該回去看看那個男孩。

她兩手輕拍，卻只拍到盤繞的毛毯：他的臥鋪是空的。比莉暗罵一聲。她稍早離開之前還檢查過他是否睡了，當時他眼睛睜得大大的，瞪著昏暗的寢艙。她吻了男孩額頭一下，抬手撫過他的眼睛，讓他闔眼睡覺，才走出去處理那些資料。

她幹嘛不倒杯牛奶給男孩，坐下來陪他到睡著？她在某種程度上算是男孩母親的代理人，她應該多做一些。那個男孩離開了多久？

來到上甲板，仍然看不到男孩的蹤影，她朝那群防疫人員和船員走去，他們轉頭過來看她，臉上寫著不祥。

「妳剛才在哪裡？」一個船員問。是萊昂，那個迷信的傢伙。

「這裡出事了，」一個防護衣人員說：「是那個男孩。」

「他在哪裡？」一股恐懼和內疚湧上。「出了什麼事？」

萊昂抬手一指。「醫生在照顧他，在下面船長的寢艙中。那個孩子跳進該死的海水中，差點把自己淹死。」

比莉放腿奔跑，推開守門的船員，衝進船長的寢房。

卡拉漢醫生俯身在男孩上方，檢查他的脈搏。比莉進去時，他轉頭一看，說：「他沒事了，」接著往旁邊一讓。「有人聽到落水聲，把他拉上來。」

克明利的眼神渙散無神，十分古怪。比莉捏了捏他的手，男孩虛弱地對她笑了笑。比莉摸了摸他冰涼的臉頰，躺在大床裡的他好小，被暖暖包包圍，被褥鬆鬆地覆蓋著他的腰部以下。一個主管站在牆邊，無聲地譴責她。

「我給他打了一針偽鴉片劑，」卡拉漢醫生說：「他的膝蓋腫得像汽球，膝蓋骨都是烏青黑紫。待會要照一下X光片。」

「對不起，」比莉低聲說：「小傢伙，對不起。我現在在這裡陪你。」她拉起口罩，在男孩濕潤的額頭上一吻，盡量表現得平靜沉穩。男孩的雙脣咂巴一聲，給了她一個飛吻。他實在很虛弱。

「看起來他打算游到**夜鶯號**去，」那個主管說：「被一艘媒體的船救起來。」他的口氣十分不悅。「路易斯船長就在隔壁，接受本地軍人的盤問。他十分不高興。」

「船長說妳今晚可以睡在這裡，」卡拉漢醫生忽視那個主管的不悅，對比莉說：「幫他換冰袋，打止痛劑。」他抬手搭在比莉背上。「他會好起來的。別擔心，不是妳的錯。」

女法官的虛擬影像在牆上閃爍，最後形成一個具體化的影象。那具女人虛擬軀體之下，跑出比莉的名字、日期和「海事事故R52」的字樣。

「請摘掉口罩，報上全名。」女法官說著，看向比莉。虛擬女法官的視線焦點有些歪斜——只是微微地偏離，但在虛擬影像中被放大得令人吃了一驚。比莉感覺自己瞬間被扒得赤裸裸，卻又覺得自己隱形了。

「比莉・葛雷絲・加洛威。」比莉一邊說，一邊將視線焦點移向法官的眼睛。另一頭的影像效果也是這樣嗎？她才不需要什麼科技小瑕疵，讓自己顯得一副心裡有鬼的樣子。呼吸，她交待自己。

「加洛威女士，我要問妳幾個問題，」女法官的虛擬影像說：「請盡可能如實回答。這次的約談正在錄音中。」

比莉不清楚該不該回應，於是歪頭看著對方。

女法官指著身旁的閃爍影像。「我的同事麥克・哈爾波（Mike Harper）法官，會時不時地要求妳做進一步的詳細說明。妳清楚妳的義務責任嗎？」

比莉清了清嗓子。「是，庭上。」

「這裡不用拘泥於尊稱，」女法官說：「現在只是官方調查，不是庭審，只需要回答是或不是即可。」

調查緩緩展開，先是確認日期和事故名稱。比莉環視房間一圈：兩個虛擬影像，十來個幽靈似的白衣人。她身旁坐著一個「個人聯絡員」，一個年輕女子，顯然被指派來負責「維護」她的「情緒和肢體的健康」。沒有其他乘客或船員，也不見高層主管，只有比莉單獨和這些幽靈共處在這艘醫療船的腹部中心。

「加洛威女士，」女法官叫她。「需要哈爾波法官重複問題嗎？」

「麻煩了。」她說。專心，才剛開始呢。

「妳在南格拉斯哥醫院工作了多久？」這個法官的臉蛋肉肉的，和藹可親，一頭濃密的黑髮看起來像是染的，但那也許只是光學造成的效果。

「將近四年。」她本來想補上一句：我檔案裡有寫。他們當然清楚她的檔案內容。

「為什麼離職？」

「我被裁員。」她的工作表現一向出色，資料裡沒有任何瑕疵，只有一處可疑的缺口：暗示失職、塗抹和模擬兩可的空白。在醫護人員極度緊缺的時期，單個裁員案例。哈爾波法官的表情仍然和善。「所以單純是裁除冗員。沒有其他原因？沒有其他促發因素？」

逃不過了。這次的問答會成為官方記錄，她不能冒險撒謊。

「我和……某個人發生了不倫戀。一個主管。」虛擬影像等待著，整個房間也一片寂靜。

「繼續，加洛威女士。」男法官鼓勵她。

「他是資深員工，傳染病學專家，已婚。我們之間持續了三個月後，我喊停。」他們會挖掘多深呢？她只向一個同事兼朋友透露過此事，對方十分反對，還洩密告訴了別人。比莉結束戀情離職時，沒有獲得任何同情。

「妳和這個男人的關係，如何造成妳離開那家醫院？」

比莉感覺到周遭的白衣人騷動起來，都豎起耳朵聆聽。

「他當時正在服用偽鴉片劑，我一開始並沒察覺。」現在沒人鼓勵她繼續，只是任由她自己挺進，打破房間的沉默。「這款藥的庫存量控管得很嚴格，他要我……幫他弄一些。」

法官依舊是面無表情。「妳答應了？」

「只有三次。後來我拒絕他，就沒再犯了。我主動提出分手。」直到她結束和路克（Luke）的不倫戀，她才意識到這份感情是多麼的壓抑，多麼的消耗精力——那些等待、無可奈何的小心翼翼、絞盡腦汁偷拐搶騙來的幽會時光。

「醫院發現妳非法取用這些藥嗎？」

「對，」比莉說：「他們把我送到紀律委員會前。」

工作上，她無可避免地必須和路克有接觸，但她一直處理得很好——直到她被帶到那一排面容嚴肅的高層主管面前。

「那妳的主管呢？」女法官的影像化散開來，隨即又聚集清晰起來。

比莉直視女法官的眼睛。「他也在，就坐在高層主管之中。其他主管都不知道，那些藥是偷給他的。」她就坐在路克面前，而路克全程低垂著頭，睜眼說瞎話。

女法官蹙眉。「妳為那個男人遮掩？為什麼？」

「他承諾幫我辯護，保證我不會留下污點。反正幫不幫他遮掩，我都會丟掉工作，沒必要兩個人都曝光。」現在聽起來她真是蠢斃了。她花了好長的時間才承認：路克對化學藥品的胃口，遠遠大於對她的愛慕。比莉為他扭曲的愛好，付出了丟飯碗的代價。

「他找妳談條件了嗎？」哈爾波法官問：「他是否開出條件，說服妳獨自承擔一切罪責？」

比莉遲疑了一下。「他保證我檔案上的離職原因是裁員，同意幫我寫求職推薦函。」誰會笨到沒提出任何的金錢補償，不過話說回來，他們必定查了她的銀行戶頭。

「他還幫我付了三個月的房租，就這些了。」

哈爾波法官唸出準確的金額時，她嚇了一跳。她剛提到的三個月房租，是那個數字嗎？聽起來是一大筆數字，但沒有收入，根本維持不了多長時間。直到真正餓肚子了，她才後悔，應該把價碼開得高一點。

這段被她拋在腦後的爛事，根本無關緊要。他們只是在揭人瘡疤，尋找個人污點。但為什麼呢？

接下來的主題，自然是藥物使用——以前的、目前的、沒有處方簽的都算。她回答，尼古丁和酒精，偶爾吃些安眠藥，全都在適度範圍內。她違法取得的那些藥物不是她服用的，她在醫院每次的藥物檢測都是合格通過。

過去五年之中，她是否有生病——任何隱密的肉體或情緒上的問題？沒有，完全沒有。揭露職業傷害，等於是在冒丟飯碗的風險。

接下來的問題有點古怪：她是否透過船運公司的競爭對手，取得BIM的入選資格？是否認識其他船公司的員工主管？沒有、沒有。比莉偷瞄了身旁的防疫人員一眼，對方並沒有看她。

最後，終於問到核心：描述妳的專業資歷和經驗。妳是如何被徵召進船上醫護團隊照顧病人的。妳如何看待船公司應許的報酬和船上的現場環境。病毒的臨床表現有哪些，照護的管理機制和藥物使用的責任分配，又是什麼樣的情況。請描述妳落實的防疫措施和廢物處理措施；船上的現有設備、變通使用的設備儀器有哪些，請說明變通設備儀器的製作和使用過程；妳的同伴如何應對疫病和壓力；如何貯藏屍體？

回答這些問題需要相當謹慎，不過這些都是十分專業的問題，照實回答就行了。而最近發生的壞消息，拉近了雙方的立足點：你們也失去了一條生命，有人在你們的照護下死亡。

醫護方面的問題結束，他們提到克明利的名字時，她真的鬆了一口氣。

「就我的了解，妳是那個男孩的臨時監護人？」女法官問。

「我主動要求的。他是個好孩子。我是他媽媽的護理師，他媽媽生病後，他就獨自一個人了。」

女法官對她淺淺一笑，影像閃爍晃動起來。「妳把他照顧得很好。醫療團隊十分表揚妳的付出。」

哈爾波法官詢問：「不過我們知道最近發生的事故，那個男孩跑去冒險，還受了傷，差點淹死。當時妳在睡覺，正確嗎？」

一陣內疚湧起。「不對。你們的人把我叫去工作，檢查病歷。克明利趁我不在溜了出去。他很想他媽媽。」雖然沒有摔斷骨頭，但烏青瘀血十分嚴重，走路一瘸一拐的，時時提醒她的失職。克明利拒絕談論那場事故，聲稱想不起來他是如何，又是為什麼掉到海裡去。

就是這個時候，他們開始設局。一個螢幕亮了起來，他們想跟她分享一段影片。畫面中，陰暗多雲的天空、桅杆、人們散布在甲板上。

鏡頭拉近，兩個人盤腿坐著，前面沒有遮擋物，一覽無遺。比莉坐在右邊，克明利面對著她，兩個人的手擺動著，比著各種形狀，飛快地移動。兩個人輪流朝對方打手勢，沒有交談，在打啞謎。

「你會手語？」哈爾波法官問。

房間一片寂靜，但她的聲音聽起來很小聲。「會一點，不是很流利。」

「在這段影片裡，你們兩個使用的是愛爾蘭手語？」

她可以回答不是，聲稱那段默劇使用的是他們自己的手語，老家獨有的手語，外加克明利教她的手勢。但這樣就與她之前告訴其他防疫人員的相抵觸了：她和那個孩子使用的是共同的手語，流暢的交流使得他們感情深厚，自成一體。當時只是一個無傷大雅的謊話，為了打斷那個人對男孩糾纏，保護孩子。

他們又一次攻她不備，於是她順著他們的話頭：是，是愛爾蘭手語。螢幕立即黑暗下來，被關掉了。

女法官望著比莉的背後，向某人招手。克明利就站在門口，一個防疫人員站在他身旁。男孩的眼睛飛快掃視了房間，每次掃過比莉時都會稍作停留，那是他熟悉的參照點。她想向男孩開心地招手，可又覺得太虛假了，不會有信服力。

她知道克明利會被叫來訊問，並且身為他的代理監護人，她會被請來陪同男孩，從旁協助並給予心理支持。可是現在男孩的看護人帶領他走到另一張桌子，遠離比莉。撐著拐杖的男孩，笨拙地歪倒在他的座位上，比莉克制住衝過去協助他的衝動。

「加洛威女士？」哈爾波法官說：「我們找了一個熟悉愛爾蘭手語的人。她看了這段影片，質疑妳熟悉愛爾蘭手語。這場聽證會，她會是克明利的口譯。」

哈爾波法官和女法官轉向克明利，表情變得溫和。

女法官以熟練的友善開始。「哈囉，克明利。我是凱洛琳（Caroline），他是麥克。你可以摘掉口罩。我們想問你一些問題，是關於船上發生的事，可以嗎？」

克明利身旁的防疫人員碰了碰他的肩膀，將男孩轉過去面向她，開始打手語，她戴著手套的雙手俐落堅定地比劃著，像鳥兒般靈動。男孩蹙起眉頭。

克明利望向比莉。比莉微微點頭，這足以令他安心，足以暗示他們兩個仍是一伙的；好似他們還有決定權，可以選擇要不要配合。

湯姆

我一開始是鬧著玩的，想像自己在倒數出獄日子似的計算日子。每過一天，我就往牆上貼一個積木，以五個為一單位。但三個星期過去，玩笑變味，日子百般聊賴，像無頭蒼蠅漫無目的。

現在病房裡有了一塊休閒交誼的區域：徹底擦乾淨的沙發（當然是白色的）、運動器材、連續播放電影的視頻流。沒有新聞頻道，沒有與外界聯繫的管道，但總比死盯著牆壁強太多了。

他們還請來了一個運動生理學家，一個真誠熱心的年輕女子，專攻感染病毒後的復健和亮色萊卡彈性布。她是來協助我們逆轉長期臥床帶來的傷害，修復瘦骨嶙峋的虛弱肉體。

「我們幹嘛健身？」我在運動器材的帶動下，像一隻喘不過氣的倉鼠，不斷地旋轉。「為了像胡迪尼（注）一樣，玩集體脫逃遊戲？」我在套話，但她沒上鈎。

注 Houdini（一八七四～一九二六年），被稱為史上最偉大的脫逃術大師、魔術師、雜技師。

「你就把健身當做是生活的一部分，」她甜美地回答：「來吧，我們來調高你的心率。」

「他們打算把我們養肥，」坐在沙發上的馬克斯大聲說：「好吃了我們！」

正在看音樂視頻的米亞，聞言一驚，抬眼看著我們。

「我開玩笑的，小寶貝，」馬克斯安撫她。「我們在這裡很安全，沒人可以傷害我們。」

但我腦海裡的畫面甩都甩不掉：跑步機上的這隻動物，就像是被養肥待宰的牲畜，但我的身體的確舒暢許多，不再感到支離破碎。而且我還注意到一種奇怪的副作用，有種感覺消失無蹤：長期以來籠罩我的灰霧，那股持續不斷的焦慮感。

取而代之的是，被激發的怒氣。生氣那些切斷我們和家人聯繫管道的人、剝奪我們知情權，令我們陷入無知黑洞中的人。生氣那些趾高氣昂的條子跟我們玩心理戰術，耍得我們團團轉。生氣讓這一切發生的人——他們曾經拍胸脯向我們保證航程零風險、絕對的乾淨安全，卻又任由死亡發生，奪走孩子親人的生命，甚至把我們當成交易籌碼、瑕疵品。還有，對於至今一無所知的不滿：那些被封鎖隱瞞的訊息，以及滿天飛的種種謠言。

專家都說憤怒是種危險的情緒：經常被誤導、太容易轉向傷害自己。但人生總有某些時刻，唯一的正當反應，只剩下憤怒這個選項。

凱特仍然不斷請求醫生讓她和兒子見面，時而長篇大論講道理，時而哀求，不達目的絕不罷休。但截至目前為止，她並未如願以償。

不是所有人都受得了這種長期的監禁。一個男人向護理師發飆：靠，這裡簡直就是停屍間！摘下那些擋板，開個窗戶吧，我不能呼吸了！然後就聽到窸窸窣窣的打鬥聲，乒乒乓乓砰的玻璃碎裂，隨即一片沉寂。不用懷疑，當然是被警棍敲昏了。

那個包打聽的防疫人員回來了。這次她不再遮遮掩掩，但仍然稱呼她的打聽套話為「聊天」。她語氣輕快地解釋，大家聊聊天，可以協助官方調查「此次事故」：一個暗指所有病亡人和承受病痛折磨的人的委婉說法。

她提問的問題，帶著一種奇怪的偏見。她問我航程中是否目睹了什麼怪事：大海中遇到一艘船，船員從那艘船運了一個箱子到船上。她又問了那具腐爛了的屍體——我們在赤道附近看見的，漂浮在垃圾堆中讓人惡夢連連的浮屍。這次，我的態度禮貌且全力配合，那些傲慢的警察也拿我沒辦法。

終於，一封「私人」訊息發送出去給了我的家人，一段三分鐘的短片：嗨，媽。

嗨，爸。嗨，蘿絲！別擔心我，你們看，我已經快能站直了。我撐坐在床上，頭髮梳得整整齊齊，盡最大可能讓他們看到我安全無恙。我還活著，就是無聊死了。這句被剪掉了，他們嚴格篩檢對外通訊的內容。我們的短片要經過五道關卡檢驗，才能獲得官方核可發出，為了那一一道的關卡，我絞盡腦汁尋找模稜兩可的說詞來傳達真正想要表達的意思：這裡的護理師真棒，我們被看顧得很好。我愛你們。人質，不都這麼對外發言的。

他們仍然嚴格對我們封鎖消息，但輿論是不可能被隔絕的。亞莉說，我們這群人在這個寄主國家掀起了大恐慌，把恐懼飄洋過海地帶了過來。當地民眾高舉雙臂抗議示意。BIM計劃被放到陽光下，再也不可能低空飛過、悄悄著陸。掩飾被掀翻，我們的故事被傳開。

我們現在成了威脅，被視做為全民公敵。抗議人群要求將我們原地遣返。

⚓

今天下午，我一邊沉思一邊拉開了浴室的門——砰，他就在裡面。

我俊美的蘇格蘭人，正在洗臉盆前洗手。

我的一夜情就在眼前，觸手可及，我裝不下去了。「史都華，」我說著關上了門。「你好嗎？」

他一愣，又繼續洗手。搓了又搓，好像有強迫症似的，水在洗臉盆內嘩啦流動。

我想也沒想便脫口而出，尊嚴面子什麼的全不重要了。「拜託，看著我。」

我上前一步。浴室狹窄，他無處閃躲。

他關上水龍頭，呆立在原地，濕答答的手緊抓著側腰。我們靠得很近，我都能聽到他的呼吸聲。天花板上的日光燈滋滋作響，閃了閃。

「你好嗎？」我又問了一次。口氣有些咄咄逼人，我沒想到自己會如此的激動。

他的瞳孔大大的，又黑又空洞，好像凝視著一口深井，令人十分不安。我要神父！現在與他如此的靠近，也終於與他獨處，卻是這樣的光景：他很害怕。

「你想幹嘛？」史都華問。

「你一直不理我，」我的聲音帶著哽咽，哀怨的口氣像極了一個生氣的青少年。「這段時間以來，你不跟我說話，一個字都沒有。為什麼？」

他盯著我的手，我這才意識到我的手撐在牆上，擋住他的去路。「讓開，」他靜靜地說：「我不能跟你說話。」我握緊雙拳，準備惹事。

「我只是想知道你好不好。」我放下手臂，洩氣了。他側身走了出去，丟下我一個人，又羞又愧。

⚓

終於，一個帶著希望的消息出現：暗示我們或許很快就能獲准出院。亞莉沒有給我任何正面的回答——她提醒我，可能有人在監視我們的交談。

「你會想趕快換下那些麻布袋似的睡衣。」亞莉說，眼睛意有所指地盯著我看。

「怎麼說？妳覺得這身睡衣太誘人了？」這是我們之間的玩笑話之一，她知道我的性向。

「你穿那樣到處走，群眾會心臟病發作的。」亞莉說著挑動眉毛，無聲地暗示我。這個暗示太微妙，花了我一些時間才恍然大悟。

「群眾又看不到我穿這身睡衣，沒人告訴我們什麼時候可以出院。」

「嗯，也許你的麻袋睡衣就快能出去呼吸新鮮空氣了。」她嘻嘻一笑，又對我眨了眨眼。

我聽出了她的弦外之音，順著她的套路走。「但我被傳染了，身上帶著病毒，是一個會走路的的傳染病。」

「你對我無害啊，」她說：「這一整間病房都是，一群沒生病的病人。你們現在都很健康，很高興看到你們康復。」

希望她說的對，再不讓我看看天空，我可能會爆炸。

12

克明利

他正在廚房小心翼翼地給一顆柳橙剝皮，長長一條螺旋狀的橙皮絕不能斷。這時，比莉出現在門口，嚇了他一跳：她露著臉蛋，沒戴口罩。她跪在他面前，手裡拿著一張紙，上面的信息，是他一直在等待的。

你媽媽，她回來了。隔離結束，病人都出來了。

克明利猛地起身，太快了，膝蓋一陣劇痛，比莉攙扶著他回到寢艙，他慌亂地換鞋綁鞋帶——快、快——比莉幫他綁好另一隻鞋的鞋帶，揹上他的袋子，把他拉起來，帶他朝外面的陽光走去。他蹣跚地走在比莉後面——太慢了，拐杖並不配合——他看見更多沒戴口罩的人：幽靈和香蕉都不見了，換上另一群穿著整齊灰色制服的陌生人，乘客和船員也露出了嘴巴。

他跟著比莉轉過一個個轉角，走下一道陡峭的樓梯，經過一條半掛在牆上飄盪的紅色貼紙，這表示他們接近了閒人勿進的員工區，但他太急迫了，懶得多想。他們走下一條陌生的走道，經過一面標誌：管理人員辦公區。

最後，他們來到一扇淺藍色的艙門前，門半開著，上面寫著數字八。陽光從裡面透了出來，一雙眼熟的鞋子散放在地板上。比莉敲了門一下，接著推開門。

媽媽躺在一扇敞開的舷窗下面，全身籠罩在陽光下，好像畫裡的人。克明利撲了上去，兩張臉在一束陽光中會合；他埋進她懷裡，大口嗅聞她的氣息。那是安全感的氣息，是家的氣息，淡淡的，但在醫院消毒水的氣味下，仍然清晰可聞。他感覺得到媽媽睡衣下一根根堅硬的肋骨，好像餐椅椅背上的裝飾木條。但她的手是有力的，緊緊抱住了他。

你身上都是柳橙的氣味，媽媽打手語，對他嘻嘻一笑。我要吃掉你。

克明利躺在她大腿上，仰望著她。浸淫在陽光中，她的肌膚幾乎透著光，五官立體，頭骨變得明顯可見。她的頭髮被剪短，看起來像個小女孩，但眼周出現了新紋路，眼下有紫色的色圈。她彎身親吻他的臉，克明利的腦袋枕在媽媽的雙手中，像是一個珍貴的寶藏。真希望這種滿足幸福的時刻，能夠永遠充斥在這間陽光滿室的房間。

片刻後，克明利感覺她在摸索他上臂的小疙瘩，針頭插入的地方。克明利模仿打針的動作，又全身一縮。媽媽點點頭。她牽著克明利的手，讓他的指尖掠過她的手臂，她也有一模一樣的疙瘩。

媽媽十分輕柔地掀開他的繃帶，露出受傷的膝蓋，冰冷的手往傷處一放，他的膝蓋關節仍然腫腫的，瘀血變成了鮮明的紅紫色。

出了什麼事？

克明利模仿一個笨手笨腳的人一腳踩空，撞上欄杆，摔到海裡；她要克明利重複表演了數次，定睛打量著他，最後才把繃帶放回原位。

痛嗎？

一點點，他說。拐杖被徹底遺忘在了地板上。沒有拐杖，他只能笨拙地又跳又蹣跚地移動，又痛又沒效率。掠食者在一兩公里外就能鎖定他。

他握住媽媽的手腕，他的拇指和食指幾乎可以碰上：細瘦的米老鼠米妮。他用玩笑來掩飾心中的驚嚇，病毒好殘忍，把她害成這樣，只剩下骨頭，沒有了柔軟的肉墊。她並不適合太瘦，感覺都變成另一個人了。

媽媽一扭手，擺脫了他的手，搔癢他，他放聲開懷大笑。這次他不再顧忌，不再擔心被別人聽到他發出的怪聲。

他們就那樣躺在一起，直到黑夜降臨。房間裡有兩張狹長的床，還有淡淡的男人氣味：刮鬍水、汗味和霉臭的襪子。外面甲板的燈光閃了閃，亮了起來，母子倆跪在舷窗前，輪流用克明利的望遠鏡眺望海岸線，指著昏暗的地形和亮著燈光的窗戶，將月亮鎖在視野之中。他們幻想著下船登岸的那天，把腳趾鑽進沙子裡，在綠色平原上蹓躂。

有人用手推車送來了晚餐，他們坐在床上享用。然後鎖上了門，依偎在一起沉沉墜入夢鄉。

⚓

隔天，他們發現一隻鳥被釘在艙門門板上。牠弱小的身體被一根銀色長釘穿透，黑羽毛張開呈現諷刺的飛行狀，一道血流流向地板。媽媽趕緊後退，想擋住克明利的視線，好像那是個危險的東西，但太遲了。

克明利看著牠癱軟無力的翅膀，永遠僵住的小小身體，讀出了牠所代表的恐嚇。他消化著自己的反應——恐懼、憐憫和反感，全都攪成一團。他十分肯定這是誰的手筆。

他們向主管報案，一個船員被調派過來。那個人扯下釘子上的鳥屍，扔進袋子裡，沒有悼念，也沒有解釋，彷彿這是每天的日常工作之一。釘子仍然留在門板上，血流也是，仍然濕濕的，但變得比較濃稠。克明利拿衛生紙擦拭血跡，但血印擦不掉。他洗了手，湊到鼻子前嗅聞——有淡淡的甜腥味。

媽媽顯然被驚嚇到，但對他們所處的險境一無所知。克明利暗下決心，絕不能丟下媽媽一個人，必須確定門內的門鎖確實卡得死死的。時時警戒，做好面對最壞情況的準備。還有，他需要武器，一把尖銳的刀或斧頭，還要方便携帶、容易藏在身上。

那隻鳥是陸地上的鳥——那種黑鳥棲息在樹頂上，不是石崖或沙丘上，更不可能上船。牠從哪兒來的？怎麼會落到如此下場？牠的致命原因，絕對不是被釘子刺穿心臟。可能是意外——撞上關著的舷窗，把脖子撞斷了。總之是瞬間死亡。屍體被人撿到，拿來作妖。

他要媽媽答應，絕不會丟下他一人在女用浴室，一會兒都不行，然後他鎖上沖澡間的門，舀起水一沖，水好燙，燙得他胸口和肩膀紅紅的，他拿肥皂從頭到腳抹了又抹，想洗掉死亡可怕的臭味。

比莉

沒有了面罩，哈爾特醫生比聽起來的年輕許多，薩利文醫生則是髮際線的頭髮都花白了。兩艘船上，原本千篇一律沒有姓名的防疫人員，現在變成了穿著整齊灰色制服的個人，有了五官面孔，卻莫名其妙地給人一種脆弱的感覺。薩利文醫生仍然像往常一樣態度嚴謹冷淡，但沒有了面罩，比莉覺得他似乎有些害羞。他端了咖啡給他們，原本高高在上的口氣也謙和許多。你們也失去了一個病患，沒想像中簡單，是吧？

「終於可以鬆口氣了，」他說：「我們一直都沒把握能不能遏制住疫情，更別提終止這個病毒。」

「我們想要跟你們說聲謝謝，感謝你們此次為疫病所做的貢獻。」哈爾特醫生說。

比莉納悶地問：「貢獻？」問完才明白過來，她是在感謝他們的配合。

卡拉漢醫生插話進來。「我們何其有幸，能與你們共事。這裡有你們主導，我們真是鬆了一大口氣。」舌粲蓮花，善於交際。

歐文又打算刺探軍情——抗體是如何反應的——但兩個本地醫生都沒上鉤，仍然是官方說法：同時運用雷射鈍化和奈米滅毒，效果奇佳，病毒當機、繳械投降，最後被排出體外。因為沒有現有病例做為臨床驗證，這個方法有待商榷，更別提處在潛伏期中的病毒。

比莉忍不住提問：「這次的病毒到底是如何上船的，有眉目了嗎？」她是向態度較溫和的哈爾特醫生發問。

哈爾特醫生瞥了同事一眼。「沒有。就是不知道漏洞在哪裡，才讓人憂心。」

「他們說了，已經在調查中。」薩利文醫生說。他的口氣一派雲淡風輕，事不關己，比莉頓感厭煩，但仍然客氣地繼續發問。

「最初第一時間的全面性人體磁力共振掃描分析儀篩驗，就應該能檢測出這個病毒，對吧？在登船出海前，他們每天都對我們進行篩檢。這病毒怎麼可能蟄伏三個星期之久？」

哈爾特醫生謹慎地說：「抱歉，現在還沒有結論。」

這次換卡拉漢醫生發問：「我就是覺得不可思議，這一切居然可能是人為蓄意造成的。誰會這麼做？為什麼呢？」

「那些反移民瘋子？」歐文提議。「『原地跑步』（StayPut）那伙人——他們一直在示威鬧事，從倫敦希斯洛機場就開始了。」

卡拉漢醫生不屑地擺擺手。「那就是一些無事生非的激進團體，他們不可能拿到病毒樣本啊，沒道理。」

「他們檢驗了飲用水嗎？」比莉問。

「那是鑑識官的工作，我們不能越權。」哈爾特醫生說：「抱歉，回答不了妳的問題。」

「那個被殺害的船員，」薩利文醫生依舊是那副雲淡風輕的態度。「這案子，你們聽說了什麼？」他的樣子就像在打聽閒聊，出於好奇而已。

「都是一些憑空想像的謠言而已，」卡拉漢醫生說：「有些人的想像力太豐富了。這很正常，人在受到驚嚇、精神重創的時候，都會胡思亂想。」他難得毫不留情的議論他人。他一仰而盡咖啡，雙掌往桌上一撐。「抱歉，我得回去了。要和焦慮的家長開個會，很多小孩患上了夜驚症，半夜驚醒大哭。」

哈爾特醫生和薩利文醫生第一次伸出手要和他們握手，沒戴手套的手：一個令人又喜又感傷的證據，證明這一切的確結束了，至少對他們兩個來說是如此。但比莉覺得這種凱旋勝利的氣氛有些勉強，不太自然，甚至不合理，好似之前什麼也沒發生過，好似船上的倖存者已經獲得自由下船登陸。

羅比在甲板的一個安靜角落裡找到了她，而她正眺望著陸地，想像兩腳踩著綠草地。「你好啊，ㄚ頭。」他問：「我拿回了小提琴，妳現在有心情唱一首嗎？」

「不太想。」一想到對著群眾演唱，她就覺得心驚膽顫。她這張臉太過眼熟，會讓人想起太多不開心的過往。

「別想太多了，」羅比隨意擺了擺手。「妳也不要在意船上這些人的嘴臉。唱唱歌可以分散注意力。」

「為了這船的人，我可是傾盡全力，做了該做的。」她知道這聽起來很小心眼、愛記仇。船上仍然殘留有怒火，儘管她花了心思消除他人的敵意。

羅比點點頭。「妳說的對，夜鶯。」羅比遞給她菸袋，但她遲疑了。「我們不是安全了？」羅比問。

比莉給兩手消毒後，接下菸袋和紙，捲了一根菸，再次消毒，將菸袋還了回去。她拿出打火機，羅比圈掌為她擋風，兩個人都小心地避免碰觸對方的手。這規矩現在被十倍放大了。

他們看著一群孩子圍著桅杆玩鬼抓人。

「那個小男孩呢？」羅比問。

「去月亮把他媽找回來了。」

「妳把他照顧得很好。」

「謝天謝地，終於都結束了。我快撐不下去了。」

她把男孩送回媽媽身邊後，重拾了散步的習慣：她沿著舊路線走著，無意識的哼著二部合唱，以彌補心中的失落。她萬萬沒想到，她會如此想念那個男孩的存在，想念他們日常的例行活動、用表情和肢體語言彼此開玩笑、他們專屬的手語，還有他小小的身體睡在她的上舖。他頭髮的氣味，他的腦袋依靠在她頸窩的感覺，那就像蛋和蛋盅一樣的契合。他媽媽回來後，她以為自己會大大鬆口氣，但卻沒有，反而有種失落，她的世界空出了克明利的位置，多了很多空閒時間。

現在，換成了羅比來打擾她。「我和茱麗葉聊了一下，她那裡有一些威士忌能免費享用，如果妳想要的話。」羅比一直忙著召回剩下的船員隊員。他說，他們很感激她不斷更新告知史酷特的病情進展。

「他們不是故意孤立妳，那個時候，大家都嚇死了。」

她吐出一口煙。這種事，沒必要廢話多說。

但羅比是對的，分散一下注意力，滿不錯的。身心一旦鬆懈下來，一股挫敗感湧出，隨後又時不時的冒出怒火，而這星星之火可以燎原。有人在討論鬧事：絕食抗議、大規模示威、蓄意破壞。在消息匱乏，又遭到武裝士兵看管的情況下，大家的壓力都越來越大。如果有人想逃、想游到對岸，謠傳說士兵有權格殺勿論。難怪會有怨氣產生，比莉自己也感到神經緊繃。

「就在日光甲板，午餐後，」羅比說：「妳可以加入表演，也可以光聽不唱。」

她知道她會去——就算不唱歌，也可以讓音樂洗洗腦，洗掉最近亂糟糟的心情。

羅比抬手一指。「妳兄弟來了。」

她又看到了那顆親愛的黑髮腦袋：克明利撐著拐杖磨磨唧唧地朝她走來，看起來就像一隻笨手笨腳的小駒，他媽媽緊跟在後面。男孩的笑容羞答答的，看起來不太一樣了。

比莉把他拉進懷抱裡，凱特則停下了腳步。

男孩抽身出來，抓起比莉的手，放了一個東西在她手裡。她張開手，扮鬼臉裝噁心，克明利見狀嘻嘻笑開，犬齒處空了一個洞。比莉手裡放著一顆牙齒，牙根上還帶著血跡。

音樂旋律飄散出去，盤繞過索具，比莉揹著男孩穿過甲板：小提琴旋律繚繞婉轉，手風琴低音沉吟。凱特和一群家長在沙龍裡休息，將克明利交給她照顧。克明利仍然不熟悉拐杖的使用，比莉假裝很辛苦，嚷嚷著她不是馱馬，但事實上，揹上他的重量令她十分放心。

他們接近日光甲板時，有人從人群中走出來，擋住去路。

「妳要帶這孩子去哪裡？」馬歇爾問。

「走開，」比莉說：「我沒必要回答你。」兩個大人瞪著彼此。男孩環住她脖子的雙臂收緊，她快喘不過氣了，比莉煩躁地扯了扯他的手臂。「滾，馬歇爾！」她厲聲斥罵。

人群轉頭過來圍觀，總管事斟酌片刻，往旁邊一讓，比莉撞開他走了過去。

「那孩子腦袋有問題！」馬歇爾在後面大喊。

混蛋，嘴賤的傢伙。這男孩比他們全部加在一起都要聰明機智。可克明利的緊張過度，仍然令她有些錯愕，應該是擔心媽媽吧。他媽媽依舊虛弱，瘦骨嶙峋，蒼白失神。

羅比的妻子莫娜挪出位置給他們兩個，羅比則帶領音樂家們演湊：一個廚房幫工拉著手風琴；一個父親敲著桶子，他的孩子則圍在他腳邊。一個嘴巴嘟嘟的少年吹著一支怪異的喇叭，調子一致，但拍子永遠不對。

樂隊表演完畢，有人大喊「蘇格蘭」，羅比則轉向比莉。羅比承諾過不會逼她上臺，但那個人當然是在唬弄她。

「夜鶯？」羅比大喊，兩眉挑得高高的。「能把妳美妙魔性的歌聲借給我們聽聽嗎？」

一時間鼓掌、歡呼、口哨同時飆出。茱麗葉遇上她的目光，給了她一個難為情的微笑。比莉捏了捏男孩的手，起身朝樂隊走去，她也不知道她在安撫他什麼。

她站到人群前方，四周安靜下來，沒看到士兵，也沒有灰衣警察，也許被刻意撤走了，好給他們一段娛樂放鬆的時光。

一聲低沉的長音滑開，她的歌聲仍然強勁有力，聲線健全，旋律隨著肌肉記憶彈出。在音樂旋律的湧動下，近期的煩惱紛擾被一一趕跑。人們紛紛起身跳舞、合唱歡呼，比莉感覺到最近繃緊的神經柔化，她融進音樂中，那首歌也化進她體內，歌聲震動了沉悶的空氣，穿透了人們的靈魂。人們跟著唱歌，隨著節奏拍手，閉著眼睛，左搖右擺，所有人在純淨的歌聲中凝聚成一體。

此時，第一顆炸彈擊中了前排的孩子們：濃烈鮮豔的液體噴出，孩子的臉上和衣服上都噴濺上鮮紅色。一陣靜默後，尖叫聲爆出。

到處都是可怕的紅色噴泉，甲板變成了戰場，家長們連忙護著孩子。舷緣一顆汽球爆開，大量的紅色液體噴灑到比莉臉上。克明利張著嘴巴大哭，臉頰上也都是紅色污跡。比莉彎身朝他潛行而去，但甲板上又黏又濕，她腳一滑重重摔了下去。

她嘴裡嚐到一絲酸味，是化學藥劑，不是血。

她掙扎著抓到那個放聲尖叫的孩子，將他的腦袋埋進她雙臂中。

眼前一片混亂，人群四散逃命、滑倒跌跤，孩子們尖叫大哭。一陣紅色風暴傾盆而下，人們蜷縮成一團，滑倒的滑倒，被紅雨遮瞎了眼。槍聲響起，士兵朝天空開槍。

比莉抱起男孩，踉蹌地躲避屠殺。

「是油漆！」有人大叫：「只是油漆！」

隨後那些無人機紛紛飛走，天空恢復乾淨。被噴濺成紅人的警察扶起摔倒的人，女人們忙著安撫哭泣的孩子。清潔工拿著拖把和桶子趕上來做清理。克明利將臉埋在比莉的上衣裡，從內心深處發出微微的顫抖。

好熟悉的房間，又是疫病爆發時，她被招聘的場景。同樣站成一排的資深船員和保鑣、醫生和護理師，但船員有的穿了制服，有的沒穿，舊的階級制度幾乎夷平。

只有路易斯船長仍舊一身的氣派，坐在披著英國國旗的桌子後面，儘管天氣很熱，該有的行頭一個也沒少，眼周下方還有黑色色塊。他打手勢，一個部屬鎖上了門。

大副卡特勒大喊要求噤聲。「我們時間不多，他們很快就會發現我們不見了。」他仍是一副高高在上的模樣，氣勢洶洶。但在本地人眼裡，他和船上其他人一樣，全都是外國人。

「在路易斯船長發言前，我先提出幾個重點。英國的外交事務部一直在聲援我們，但這艘船不在他們的管轄範圍之內。」

「那我們現在在誰的管轄範圍內？」一個人大喊。氣氛瞬間繃緊。

「當地的事故指揮官。船長——」卡特勒頓了一下，瞥了上司一眼。「為了我們的利益，路易斯船長是第二指揮官。」

「我們什麼時候能下船？」是魯本的聲音，他的聲音一點也沒變。

船長接棒。「我每天都在問這個問題，但事故指揮官不願多說。」

「我們距離隔離站不遠，游泳就到了，」另一個護理師說：「就不能送我們上岸？」

「我現在正在爭取，」路易斯船長說：「但現在的情況很敏感，他們再過幾個星期就要大選，而民意並不站在我們這邊。」他嘴脣上方冒出了汗珠。

「有三個乘客正在絕食抗議，」魯本說：「我跟他們說沒有媒體轉播，抗議無效，但他們就是想下船。」

「問題在於不確定感，」荷莉說：「我們一無所知，我們需要知道答案。」

卡拉漢醫生開口：「那些喪失親友的，不應該再被關在船上。對他們來說，這裡的每一個轉角都是痛苦的回憶。」比莉心想，還有每一張面孔，無處可逃，逃不開其他人的悲傷。

「不能把我們轉到**夜鶯號**上嗎？」荷莉問：「那艘船是這艘的兩倍大。」

「事故指揮官否絕了這個提議，」路易斯船長說：「他想要保持他們實驗室的隔絕性。」

「但我們每個人都被仔細篩檢過了，」比莉抗議。「又沒有感染病患。難道我們還在隔離期中，不然呢？」

船長挫敗地吐出長長的一口氣。「我們的威脅性降低，但——」

魯本插話進去。「我們仍然有危險性，或怎麼的？」

「我們現在是生物實驗室裡的小老鼠，」一個船員咕噥著，這個人是少數幾個堅持戴口罩的人之一。「他們在測試，看我們還會不會有人得病。我要一直戴著口罩，直到那些混蛋放我們上岸。」

「我們不要亂猜，不要亂搞陰謀論。」卡特勒警告。

比莉看著船長的眼睛。「你能登入串流媒體？你看得到外面發生了什麼事？」她謹慎地遣詞用字，將先進的科技技術包裝成一個問題。

船長蹙眉。「只看到一些。我們大家都知道昨天發生了什麼。」

無人機攻擊。大家似乎都在閃避，不願提起那場事故。

「我是指病毒，」比莉反駁。「是指這個病毒哪兒來的。」她想起那篇走私到她手中的報導：這是失誤，或人為蓄意破壞？

卡特勒立馬回答：「那是鑑識官的事。沒必要——」

「他們說是恐怖分子攻擊，」歐文說：「某些激進分子，想要終止外勞的引進政策，故意搞破壞。」

「我敢賭，」某人附和。「一定是那些可惡的『原地跑步』分子，駭進內閣的資料庫，洩露了乘客名單。」

「這件事到現在一直都沒有證據，」一個主管反駁。「也沒有任何組織出面坦承犯案。」

卡特勒抬手示意安靜，但有一個船員沒理會他。「我賭是那艘西班牙船。為了那臺新的艙底抽水機，也就是從西班牙船吊過來的那個木箱，條子長篇大論訓了我們好幾個小時——誰碰了什麼，誰在哪裡撒尿。」

「那只是某些人的說法，」路易斯船長稍做讓步。「不過，西班牙顯然沒爆發疫病，也沒有西班牙籍的海船發生神祕死亡事件。西班牙嚴格執行出入境管制。當下除了幾個流行感冒病例，沒有任何疫病病例。」

「當初是我和吉米（Jimmy）負責開箱，安裝那臺抽水機的，」另一個船員說：「我們兩個現在都好好的站在這裡。」

「我們只有兩個船員得病，」他的同伴說：「而這兩個人沒有一個接近過那個木箱。」

「那具水中的屍體，」茱麗葉插話進來。「我們在赤道附近看到的那具。病毒可能透過抽入的海水上了船。只要打開水龍頭沖澡，砰，就中獎了。」

「不可能，」一個主管說：「我們的海水淨化系統使用的是目前最先進的技術，引進的海水都經過徹底的淨化。」

「屍體不能傳染病毒，」某個人說：「是吧？」

「還真被你說對了，就是可以。你看看北極，冰山融化，那些微生物全都被釋放出來了。」

「炭疽病毒（注）。」後排有人大喊，是馬歇爾。「死掉的馴鹿。只要屍體解凍，病毒就復活了。」

「我們現在討論的是赤道，」有人反駁。「不是北極。」

「好了，」卡特勒試著維持秩序。「我們在浪費時間。」

「對於孩子來說，」卡拉漢醫生說，「這裡的環境很糟糕。經過昨天的變故，成人們一個個垂頭喪氣，孩子不應該留在這艘船上。」

船長疲憊地說：「我也這麼認為。但指揮官的職責只能提供必要的援助，至於心理輔導……」他拖長尾音。

卡拉漢醫生堅持。「船上沒有適合孩子的空間，這不合法啊。」

「那通訊禁令呢？什麼時候能解除？」這次說話的是蘿倫，那個忘東忘西的護理師。「我必須打電話回家報平安。」

一陣心痛襲來。比莉彷彿看見雙親焦急擔心的面容，看見弟弟憨憨的笑容。

「那些失去親友的人在詢問喪禮事宜，」歐文的聲音。「我們要怎麼說？」

砰的一聲，有人用力捶門。房間瞬間安靜下來。

「開門！」一個男人揚聲大叫，口音中透著明顯的鼻音。「現在開門。」

「讓他們進來吧。」船長說。他扔下大盤帽，頹然坐進椅子裡，好似被徹底打倒了。

⚓

比莉離開洗衣室時，有個警察現身。他穿著監看船上人的灰色制服，一頭黑髮，剃得乾乾淨淨的下巴，差不多與她同齡。米契。比莉不得不承認，這個人還滿順眼的，他露出白得發亮的牙齒，那抹笑容坦率真誠，比莉幾乎就要報以微笑了，連忙收住心神。

「借一分鐘給我？」

注 Anthrax，被認為是最嚴重的生化武器之一，因為它的孢子會在環境中持續存在並通過吸入進行感染。

比莉沒有回應，她沒理由相信這些人。

「公事，」米契拿高一臺儀器，輕快地說：「我在幫鑑識官做一些確認工作，分區採樣、隔離之類的。不會占用妳太長的時間。」他下巴一揚，示意：這邊走。

又一個期望她乖乖聽話的男人，可是這個人有些不同，他的態度太過熟悉，但他的忠誠並不明確。她的立場動搖，好奇心勝出。

他帶著比莉來到船尾沙龍角落裡的一間包廂。沙龍裡幾乎沒有人，只有一對情侶在角落裡爭吵，以及一些沉迷於動作感應遊戲的孩子。這個位置有自動販賣機遮擋著，也看不到任何的監視攝影機，難得的隱密，不受打擾。

「妳看過那些報導了？」米契詢問滑入座位的比莉。

她的確看了，並且爛熟於心。

「妳記得那個記者的名字嗎？」

不記得，那個名字不重要。那些報導全都烙印在記憶中，埋藏在行李箱箱底。它們是以傳統方式走私進來的文件，從外界來的孤零零的公文。

「他是我的聯絡人，」米契說：「專門維護和聲援人權。」

「沒聽懂。」這個人透露的線索太少，又不夠直率，躲躲閃閃的。他上次就在聽證會之前，含糊不清地承諾她，說會為我們說話。結果呢，她出其不意地遭受一個又一個的問題襲擊，人格受到踩踏。

他攤開雙掌，沒有武器，沒有任何的隱藏。除了長相俊帥，他的面孔給人一種真誠坦率的印象。「我們可以相互幫忙。我需要情報。」

比莉緊抿著嘴脣。

「我知道，」米契說：「你們都簽了保密協約，但我保證一定不洩露妳的身分。」

「你會相信一個穿著制服的陌生人？」

「我來找妳，是很冒險的，」他說，眨眨眼。「有利有弊。妳可能害我被開除，甚至更慘。」

「為什麼開除你？因為你搞神祕？」

「妳以為我是政府派來的，」他說：「不是。國家的緊急應變處理工作都是外包的——我們大多是約聘的。」

「誰約聘的？」

他指著灰上衣的標誌：一副降落傘落進一隻向上半蜷起的手。「Pro-Tech，公安科技公司，一個全國性的工作團隊。自然災害、工業意外、恐怖攻擊，全在我們的服務範圍之內。至於我之所以在這裡……嗯，這麼說好了，其實不完全合法。」這聽起來有一絲把自己看得很重要的意味，這也是他一直設法在她腦海裡打造的印象。

「是啊，對，」比莉不客氣地說：「所以你是臥底囉？」

米契沒理會她。「聽著，我在鑑識科裡有人脈。他們推測這次的病毒是蓄意施放的。他認為在層層的生物篩檢下，病毒絕不可能有僥倖逃過的機會。」

比莉不再敷衍打哈哈。「從疫病爆發的第一天，我就聽說過這個推測——說是捍衛邊境的激進人士幹的。」

他搖搖頭。「不是，那是在聲東擊西，轉移注意力。我做了一些搜尋調查，線索都指向商業方面的人為破壞。」

他簡短俐落地公開他自己的看法：有三家船運公司，同時競標ＢＩＭ價值百萬英鎊的合約。這三家公司有世仇，慣常惡性競爭——耍奸偷滑、削價競爭、指控對手盜取供應商資源、部署商業間諜。只要能把紅星踢出競標，另外兩家就有利可圖，而且是為數不小的大筆利潤。

「這些運送勞工的航線十分值錢，」米契強調。「因此搞定一份ＢＩＭ合約和你們這些外勞，就發大財了。」

她聞言覺得十分不安，思緒亂轉。「但死了那麼多人，」比莉說：「現在一定沒人會報名BIM計劃，尤其是在出了這種事之後。」

「申請人數是減少了，但仍然有人簽約，」他說：「只是不找紅星而已。這次疫病對這家公司的殺傷力很大。」紅星的這條航線已經停航，但對手船公司仍在營運，只是航線的兩端都加強了防疫措施；申請人的篩檢仔細到生活細節，上岸後隨即被運送到偏遠的內地食品工廠，避開公眾的眼睛。他告訴比莉，英國方面的船公司大規模招兵買馬，加大了宣傳廣告力度，大肆吹噓公司的優勢——先進的超音波檢查、嚴格的審查，零風險，保證他們的船絕不會發生類似的疫病爆發事件。

「但那些病死的人，」她重複。「如果這是人為蓄意，只為了打擊紅星公司的聲譽，那這些鋌而走險的公司難道不怕弄巧成拙，造成整個BIM計劃終止？」

「也許吧。不過，這次的病毒看似生物工程製造出來的，也許它最初的設計並不致命吧？現在的生物武器，還不夠精密。」

那些擠在狹小空間裡的溫暖身體，呼吸著同樣的空氣；幽閉恐懼症，被困在無形的死神手中，顫抖地期待祂高抬貴手。

「我無法相信居然還有人敢冒險上船。」

「民意調查呈現出相反的結果。看看那些誘人的宣傳，會有這種結果也就不足為奇了。我不是針對你們，但妳的國家現在的經濟狀況的確很糟。妳為什麼決定移民，比莉？」他像是朋友一樣，直呼她的名字。

比莉轉開頭。「不關你的事。」

他打手勢道歉。「妳說的對。但政府必定背水一戰，不會束手待斃。這個計劃帶來的金錢利益太過龐大，有極高的政治價值。假如動動嘴皮子找到託辭呢，把這次的疫病打造成反常現象——怪到某具浮屍，或航程中的轉運……」米契看著她消化信息。「看來妳早已聽過這類說法了。很牽強，但只要不深入思考，民眾就會買單，繼續奔向BIM計劃。」

信息量太大，她開始懷疑自己被洗腦了。這傢伙究竟是誰？

「如果政府能把紅星事件渲染成只是一次意外，那BIM計劃就會存活下來，」他語速加快。「他們可以對外宣稱沒有人為的蓄意破壞，也沒有被篩檢漏掉的病毒，還重新設計了進氣濾清器（intake filter），禁止海船之間的轉運。賓果——問題不就解決了。」看來這段話，他是事先準備好的。

「你想從我這裡得到什麼？」

「我需要妳的協助。我會留一臺設備給妳。」他在桌子底下翻找，動作輕柔謹慎。「它流量大，十分暢通，妳可以傳簡訊給我，它有加密連線，但千萬別讓別人看到妳身上有這臺設備，還有不要用它查看戶頭存款——他們會監視銀行的網路。」

比莉豎掌拒絕。「不要，我不想要它。此事與我無關。」

「比莉，」他急切地說：「怎麼與妳無關？抗議示威的人群已經上升到了群情激憤的狀態了。妳知道他們把那些死亡病例的錯，怪到誰的身上嗎？我一個字不改地引用：船上護理人員不稱職，也就是所謂的護理師。他們把罪責都怪到妳身上了。」

「可是我們救活了很多人啊。」

「瀆職，他們是這麼說的，完全是醫療疏失。人們算算時間，再算算死亡人數，就信了。」

「可是最後一個死在這裡——」

「他們才不跟妳講道理，他們要的是能讓他們發洩怒氣的對象。」他打斷她。「我可以幫你們扭轉外界的輿論方向，移除強加在你們身上的烈焰。將真相公諸於世，但我需要妳的協助。我們必須找出那隻黑手是誰的。」

她感到肚子冰冰涼涼的，一絲恐懼湧出。他們是怎麼說她的？是誰在搬弄是非？

她的雙親。一想到他們被記者包圍騷擾，看見新聞報導上都是她的照片，遭受鄰居的側目，她好難過。她彷彿看見父親搖搖頭說，真令人擔心啊，亂七八糟的。我們只想她安全地回家。她下意識地搓著手臂，觸摸著植入肌膚中的追蹤器。

「群情激憤，氣紅了眼，毫無理智可言。」米契說。他眼神裡的是擔心，或是算計？「這是人性醜陋的一面，但絕不是針對妳個人。暴民只是要一個替罪羔羊。妳別放心上。」

「我去聽證會了，」比莉說：「我沒注意到有人站在我這邊。」米契茫然地看著她。

「你之前說過，你會協助我，」比莉提醒他。「但事實上，我看你根本動搖不了那個法官。」

「抱歉，事情有些棘手。但外面真的有人在聲援你們，包括我。我盡力了。」

「你說你不是政府派來的。那你是誰？」一陣沉默。比莉看著他評估風險。

「我的工作就是揭發真相，」米契更急迫地說：「但，拜託，我們的對話——我只是Pro-Tech的一個約聘員工，無名小卒。妳帶我走一遍你們的隔離措施、穿脫防護設備的流程、接觸史追蹤、緩衝區之類的。就這樣，沒別的要求了。」

比莉點點頭。

「如果有人問妳，妳就說不知道我的名字，」他說：「如果我被關進監牢，就幫不了妳。」

「監牢？」比莉重複。「他們也用坐牢來威脅我們，如果我們不配合——就是我們這些護理師。我們別無選擇。」

現在他開始公事公辦。「我一定會把這些消息傳送出去，但我們需要追蹤感染源，找出是誰將病毒帶上船，又是如何帶上來的。」

比莉只覺得頭昏腦脹，一個畫面從記憶中湧上，一個想法浮了出來。「他們檢驗過飲用水嗎？」

他一臉詫異。

「飲用水。鑑識官檢驗過嗎？」

「他們當然徹底搜查並採集證據了，包含廚房、用餐區、洗滌區、寢艙和補給品。」

「販賣部呢？他們把水罐存放在那裡。他們檢驗過那些罐子嗎？」

「我會去確認。妳認為——」

突然間警笛大作，他們兩個都嚇了一跳。保安人員請至艦橋，一個斷斷續續的聲音壓過持續的嗶嗶聲：緊急事故，保安人員請至艦橋。

「我正在調查幾個船員，」他說：「這幾個都在對手船公司工作過，隸屬於一個叫做『奧利安』（Orion）的團隊。我查了他們的身世背景和經濟狀況，最後鎖定了四個人，但調查進度緩慢。」

「四個人？」

米契往比莉的背後瞥了一眼，露出一個燦爛的微笑。

「你聾了，兄弟？」一個人說。

比莉轉身過去看見一個灰衣人站在她背後。這個人什麼時候來的，怎麼都沒聲音，或是她沒聽到。

米契晃了晃他的設備。「我只是來確認一些細節，上頭命令的。」

「上樓去，」那個人說：「藍色警報。走。」

米契緩緩移出了包廂，低聲警告：「最好別讓人看見我們兩個一起。別摔壞那個東西，也別用它來登錄妳的銀行戶頭。妳的中間名——就是密碼。」

他轉身離開，比莉動也不動地坐著，理一理思緒，將剛才聽到的信息拿來與她目前已知或疑心的資訊做評估和對比。她覺得腦袋很遲鈍，全身動彈不得，片刻後才恢復正常的呼吸。

米契，她看著紙上那兩個印刷字，終於對他有些概念：他給的那些報導的署名。

一群人吵吵鬧鬧地闖進來，成人們在爭辯，小孩子在旁邊搗蛋。比莉換了位置，在坐墊之間搜找，找到那臺走私進來的設備。她把設備塞在短褲的鬆緊腰帶之間，暗自祈禱它千萬別掉出來落在地板上。

然後，她將自己鎖在浴室的一個隔間中，在設備上輸入三個字：葛雷絲。

湯姆

我們回到**穩固號**不久，就被一個個叫進病房。天知道他們中了什麼邪，才會挑中這裡。單單是房間裡的氣味就讓我暈頭轉向：頭昏眼花、感覺窒息、胸口緊繃，心臟砰砰地敲出痛苦的信號。

沒多久，我就被安裝好出來了，比平常的打針更痛。船上所有人都必須植入小小的追蹤器，就安置在上臂；那個摸得到的腫塊，就像一粒嵌進肌膚之下的白米粒。

卡特勒站在一旁，觀看當地醫務人員的植人工作。他還是以前的那個他，喜歡指手畫腳，似乎完全沒受到降職的影響。他仍然繃著臉，但不是以前那副暴君模樣。原本的不可一世退去，氣勢消散。

關上氣味刺鼻的房間門，我走上去加入欄杆邊那些康復中的病人。那一群衣衫襤褸的人，很容易在人群中被辨識出來：大大的腦袋架在瘦弱的軀體上，腳步飄浮，臉龐像花朵一樣仰起享受日光浴。他們剛被釋放出來，對甲板趨之若鶩，可以呼吸流動的空氣，眺望風景。

經歷了那間白色病房，現在看見色彩總讓我眼花撩亂：披著綠植的山坡，遠方馬路上閃爍的寶石色調汽車。天空又大又藍，我大口吸氣，想把它裝進肺中。空氣悶熱，陽光和家鄉的完全不一樣：高遠熾烈，清澈得就像擦拭得乾乾淨淨的鏡頭。

「那個地方好像渡假營地，」馬克斯指著海灘之外的屋舍。「我們什麼時候能上岸？」

我享受著風景，卻聽見有人大喊。

「老師、老師！」原來是一群戴著紅色遮陽帽的人在大叫，孩子們朝我們跑來。

「嗨，花衣魔笛手（注），」馬克斯開玩笑。「是你的徒弟們。」這個比喻，不太適合一個男老師吧。

一看到他們，我的眼睛立刻發亮，精神為之一振，只見他們眼睛都睜得大大的，膝蓋處都有擦傷。他們圍著我，吱吱喳喳的問我知不知道有無人機從天空扔下油漆炸彈？知不知道有真的海豚在海灣裡游泳？我問艾蜜莉（Emily），有沒有創作新的詩篇，又讓特洛尹對著我細弱的手腕驚嘆。我刻意不去探詢他們的家人。我拿到了一份死亡名單，

注 Pied Piper，源自德國的民間故事，描述一名吹笛人幫村子除去鼠患卻沒收到村民承諾的報酬，憤而吹笛引誘走村中的孩童們。

這樣才能比對姓氏，盡可能地提供失恃失怙的孩子撫慰。

「我們什麼時候回學校上課？」塔米拉仰頭瞇著眼問，口氣認真。

「要等我長胖一點，」我沒有正面回答。「看！那裡，山坡上——那是袋鼠嗎？」

我們回營時，受到熱烈的歡迎。那天，接駁船載我們回到**穩固號**，船上的人列隊在欄杆邊，向我們熱情招手。我看見米亞回到爸媽和手足之中，一家四口人都鬆了一口氣，緊緊抱在一起。我看見家人團聚，情人回到彼此的懷抱中，吱吱喳喳地發牢騷，互訴思念。

考慮到有人痛失親友，我們只是小小的慶祝。乘客和船員每天都會來找我們——儘管不會靠得太近，這點還是必須指出——想沾點喜氣，並恭喜我們康復。

但不是每一個人都歡喜看到我們。對某些人來說，我們的存在只是提醒他們所失去的。我們被送回來那天，一個倖存者花了數個小時陪伴一位鰥夫，仔細回述他妻子的彌留之際，填補他的遺憾。我謹言慎行，時時刻刻提醒自己，我的確比那十三位死者幸運，但臉上絕不能顯現大難不死的欣喜，必須顧及他人的感受。確切來說，是十四位，這才是真實的死亡人數。

醫生向我們保證疫情已被消滅：那個恐怖的殺手已被滅絕，但我仍然保持高度警覺，總是克制自己老是想重複洗手、重複消毒餐具的衝動。我在防堵那些看不見的威脅，無論是真實存在或想像的。因為曾經是這個微小入侵者的宿主，我感覺自己有一絲異樣：我內心深處好似多了一個難解的毒結，一股可能是怨恨的火星，只等發現了證據，便會立刻爆發燎原。

流言蜚語加劇。這一次造成了一些人失去摯愛親人的大災難，可能是有人故意投毒的？想要釐清這個問題，就好似想弄清楚無邊無際的時空，最後搞得腦袋當機。

船員現在都不穿制服了，原本船上的分明階級消失，大家混合在一起，這畫面還真有些不習慣。我們被監禁在醫療船上四十天，這相當於數百年前黑死病橫行歐洲時，教廷頒布規定的隔離期。那些小追蹤器會一直流淌在我們的血液之中，將信息傳送到遠方醫護人員的手中。亞莉已經回家，回到孩子丈夫身邊。我的舊情人，則是消失在「閒人勿進」的船員工作區域。

我們以為會被遣返回國，被標誌成被感染的瑕疵貨物，不適合上架販售——儘管大家實在恐懼遣返的漫漫長路。結果，我們卻是一直被扔在海灣中，前途茫茫。

我知道自己必須想辦法找事做，把精力消耗在有建設性的人事物上。那些孩子，他們的未來沒有規劃，也沒有適合他們的避難所，每天只是在船上亂跑亂闖，隨時可能撞見哀痛或發怒的人。在本地人示威遭到鎮壓後，一些大人們後遺症發作，又哭又罵；自我絕食的抗議者，已經虛弱得瘦骨嶙峋，在甲板上行屍走肉。精神緊繃的士兵隨時掃瞄天空，以防止空襲。

一天下午，我看見一個男人在前甲板左搖右晃，手裡舉著一張手寫的標語面向無人的天空：放了我們。他在疫病中失去了親人，眼窩深陷，嘴唇乾裂粗糙得好像縫合的針腳。一隻針反覆刺穿肉體留下縫合的痕跡，將那股說不出的悲痛彰顯出來，赤裸可見。士兵趕走了他，但已經有一群孩子聚集在旁邊，全程觀看。

我就是在這件事的激發之下，採取了行動，不能任由孩子們就這樣無所事事的消磨下去。我如今不在工資名單上，只能以私人方式重啟學校課程。我游說那個官方聯絡員為孩子提供美術工具、網路影片、運動器材、遊戲、獎賞用的甜品和巧克力。目前最不需要擔心的，就是吃太多的糖。

重新站在一屋子孩子的面前，我內心充滿感恩。這就好像團圓，好像戰爭末期被召回的一個學員中隊。看著他們的臉蛋——有的滿臉期待、心胸敞開，有的不情願，面露無聊——我感覺自己像個笑容滿面的瘋子。

我的視線落到了露西臉上，她表情迷茫、眼神渙散，尚未從喪母之痛中走出來。我感受到她濃濃的傷感，原來剛才的戰爭比喻居然可怕的名符其實，這些孩子不可能毫髮無傷地逃出這次的經歷。甚至對一些人來說，這次的破壞將延續一輩子：芬恩（Finn）、艾比（Abbie）、沙希德（Shahid）、露西和寇爾（Cole）。

哀傷是個可怕的東西，就連孩子也無法倖免。

我們每天午飯後都會聚集在教室。我全是骨頭的臀部，落坐在桌子上，鼓勵他們、又哄又誘導，試著轉移他們的注意力。我經常開自己的玩笑，鼓勵引導他們說笑話，開懷大笑。

我仔細審查短片的內容，刻意避開悲傷的情節。挑選沒有恐怖嚇人成分的遊戲，設計不會觸發悲慘回憶的活動，也試著不要光明正大，不要過於頻繁的消毒雙手，藏起我的潔癖。潛移默化地教導孩子堅強，保持信仰，相信他們很安全，大人們會保護他們；相信未來仍有希望，事情很快就會好轉。

⚓

一天下午，我坐在甲板的陰影中為孩子設計文字遊戲，這時，一陣騷動從甲板前方傳來。

「她病了！」有人大叫：「後退！」

大人從他身旁衝過去，隨即一群孩子跟在後面也往前衝。人群退開後，我看到一個女人癱坐在甲板上，腦袋埋在雙膝之間，士兵和灰衣人在安全距離之外圍著她。我違背理智，上前靠過去。

女子滿臉通紅，瞳孔放大，黑漆漆的。她面前有一灘嘔吐物，跪在她身旁的是護理長比莉，戴著口罩，一隻戴著手套的手，輕拍著女人的背。比莉在跟女人說話，但我聽不清楚。

一陣微風掠過我的臉頰，是從那個女病患的方向吹來。我連忙屏住呼吸，絕不吸入一點空氣，連忙快步跑開去沖澡。

一個小時後，我在走道上遇到比莉，她摘下了口罩。

「妳的口罩，」我說：「那個女人……」

「中暑，」比莉回答：「她在陽光下待太久了，不只曬傷，還脫水。謝天謝地。船長待會會廣播通知大家。」

「確定嗎？不是疫病反撲？」

「確定。」比莉說：「她很乾淨，沒染上病毒。」她的臉鬆懈下來。「老天，看到她時，我差點心臟病發作。」

我扯掉口罩。走道上除了我們沒有其他人，整艘船安靜得詭異。人都退回到寢艙中。我突然意識到我們兩個站得很近，有點尷尬。就我所知，這個女人見過我的裸體，看過我用床上便盆上廁所，為我擦屁股。

比莉向我打聽克明利的現狀：你覺得他還好嗎？

「有點難說，」我回答：「孩子全都被嚇到了，但每一個的應激反應都不同。怎麼了？出了什麼事？」

比莉咬著脣。「他媽媽說，最近有怪事發生，克明利有些焦躁不安，緊黏著她，一步也不肯離開。你沒發現什麼不對的嗎？」

我客氣地坦承，最近很少見到克明利。我們才剛恢復上課，他到現在還沒現身。可惜了，上課對他有益。

比莉沉思片刻。「也許是後遺症吧。畢竟他差點失去媽媽，受到驚嚇了。」

「每個孩子遇到這種事，都會嚇到，」我說：「克明利又那麼聰明，必定猜得到他媽媽在生死關頭上掙扎。」

比莉突然轉移話題，問我是否與船員有交情。這個問題有些古怪，而我只是簡短地回答沒有。她仔細地打量我，我隨便閒聊，說只要上了岸，一切很快就會好轉。

比莉冷淡地搖搖頭。「這個國家憎恨我們。」她說，民眾卯足了勁群起而攻，罵我們是船鼠、噁心的疥癬、人渣、有毒的貨物、外國人侵物種，而且排斥我們的，不只是示威人群，移民官也直呼我們是行走的死神。

「我一直在想，」比莉說：「你記得當時那個船員在喊什麼嗎？病房中，那個你認識的年輕船員。他高燒昏迷到神志不清的時候。」

是的，我記得。

「接下來的話，你不是聽我說的，」比莉說：「我聽到一些消息，鑑識官在一罐水罐中，發現病毒痕跡。」

「水罐？」邪水。

「那個船員，」比莉說：「他知道一些事。我想他知道是誰做的，是誰在害我們。」

⚓

我仔細回想，立刻不計後果地展開行動。內心一股衝動，催促我一定要做點事，無論多莽撞或是白費功夫——我滿船地找他。我來到船員活動區，試了幾扇艙門，都上鎖了。我沒問人，只是鍥而不捨地找尋。

最後，我在沙龍的小露臺上找到他。他蹲在牛奶籃上面，眺望大海。我絕沒認錯，即使是他的背影，依然如此俊美。

他沒聽到門被打開。

「史都華，」我的口氣聽起來過度正式。「我必須跟你談談。」

他轉過頭來，吃了一驚。他在我臉上看到一絲異樣，隨即警戒起來。

「別煩我。」史都華說，他很快恢復鎮定，口氣冷漠。

我把門板拉得大開，對著門內的沙龍大喊：「你要我在公開場合和你談嗎？在大家面前？」

他沒吭聲，傾身一推，把門關上，又回頭望著海灣。依舊一副冷淡的模樣，但這次不再鎮定。

海水波光粼粼，遠方的遊艇前後擺動。我突然自憐起來，我在這裡是得不到任何撫慰的。

我開口：「你還記得你生病時的事嗎？手舞足蹈的要找神父？」

史都華沒有回答，我看不出來他是否聽見我說話。

我進一步追問：「你語無倫次的脫口而出，記得嗎？」

他的臉抽動了一下。他的堡壘出現裂痕，我立刻趁虛而入。

「我們兩個運氣好，活了下來，」我繼續說：「我當時也有一陣子神志不清，但我記得你說的話：*水裡有東西。*」

他跳了起來，拳頭緊握，將牛奶籃踢到我們之間，形成一道脆弱的屏障。我看著他孩子氣的舉動，差點笑出來。

「所以你知道？」我說：「你知道是誰害我們的？」

他背光而立，呼吸急促，穿著T恤和短褲的他，也是瘦弱得可憐，俊美的面孔變成了骨頭突出的骷髏。他的體重顯然沒怎麼恢復。

「我什麼也沒做，」他的聲音沙啞。「我發誓。」

我知道他在說謊，對他的同情瞬間消失。我從沒打過人，但現在我快爆發了，我們兩個都心知肚明。

「把你知道的，都告訴我。」我說。

「不行，你只會讓事情更糟糕。」

「告訴我，」我說：「否則我去找警察。」

他冒汗了。「不是我，」他近乎哀求地澄清。「他們給我錢——很多很多的錢，但我沒拿，我發誓。我拒絕他們了。」

下面飄上來一股腐臭味，像是爛掉的魚或海帶，海洋的腥臭。我瞬間明白了他在害怕什麼。

「拜託，」他急迫地說：「他們在監視，會去找你麻煩。」

我沒再吭聲，轉身就走。門板砰地闔上，我停下腳步，從刺眼的陽光進到昏暗的沙龍，我瞬間頭暈眼花。

兩步不到之外，站著一個船員，我見過他，但不知道他的名字：高個子、駝背，一副硬漢的模樣，黑鬍子、眼窩深陷。他瞪著我，充滿敵意。他聽到我們的談話了？

我朝出口走去，尋找最近的肥皂洗手，洗指甲縫，搓揉指縫，把手搓成了粉紅肉色才罷休。然後我朝教室走去，鎖上門，吞下三粒抗憂寧，顫抖地躺在沙發上，等著藥效發作，沖刷掉內心的恐懼。

十二小時之後我醒來，發現船上一團亂：到處都是士兵，甲板上都是塑膠路障，黃色封鎖條在風中唰唰作響。一小群人聚在一起，不安地彼此對看，也回頭盯著士兵的步槍。

⚓

「怎麼了？」我攔下一個經過的警察，但他沒理我。

「水裡有具屍體。」一個人說。我順著聲音轉身，看見德藍尼，之前幫我圍捕孩子來上課的老水手，也就是孩子叫聖誕老公公的那位。

「什麼？」我一片茫然，剛睡醒的腦袋昏沉沉的。「什麼屍體？」

「一個年輕人，」他說：「甲板水手之一。好恐怖，簡直不可思議。」

一個恐怖的可能性浮現，一個想法逐漸成形。「出了什麼事？」

德藍尼一臉的震驚。「可憐的孩子俯趴在淺水區，頭骨都被打碎了。好慘。」

我幾乎不敢問下去，害怕那個答案。「是誰？叫什麼名字？」

「蘇格蘭人，」老水手說：「一個好男孩。大家都叫他史酷特。」

13

克明利

他在門口掃視擁擠的教室：孩子有的坐在桌子上，有的坐在箱子和地板上。到處都是爆米花，一團歡樂熱鬧。角落裡，一隻虛擬老鼠在秋千上耍特技，房間中央有一堆拼成燈塔的樂高積木，孩子們站在椅子上往燈塔上疊加積木。老師在組裝一艘貨船。克明利和媽媽走進去時，老師抬頭微微一笑。

迪克藍一看到他，立刻把他拉到一張桌子前，推開一堆聖誕裝飾品，並收集強徵來的一個彩色筆軍火庫。一罐閃粉灑了出來，孩子臉上閃爍著亮片。

克明利面前放著一疊誘人的奶白色紙張。他的朋友催促他動手畫畫，但他正在讀媽媽的脣語，想知道她在跟老師說什麼。但只抓到幾個字，搞不清楚他們在談什麼。

然後，他媽媽走了過來親吻他的臉頰，又揉揉迪克藍的頭髮。我就在那邊，她比手語，你好好玩，甜心。

她坐進教室外面的一張椅子，透過門上的玻璃對他揮揮手，然後翻開雜誌看。克明利看著她翻頁，然後挑了一隻紫色彩色筆，在紙上試色。彩色筆墨水多，但一下子就被紙張吸收進去，很快的，他沉浸在形狀色彩的世界中：果樹、綠草地、玉米鬚、天藍色天空、薊種子冠毛、軟皮鞋。他時不時抬眼檢視，只見媽媽低著頭讀雜誌。

就在他畫海盜船的船殼時，對面的女孩輕碰他的手腕，再指著門外。他媽媽在玻璃外對他揮手：我去上廁所，她比手語，馬上回來。

克明利展開另一張紙，但時不時有一股不安入侵他的腦袋。迪克藍潦草地寫下要求，請克明利幫忙畫一隻老鼠、一頭三角龍、一個太空人，克明利埋頭急速揮筆，不時抬頭往門外望去。

媽媽為什麼那麼久？恐慌像鯊魚不停繞著他打轉，他最後受不了，站起來準備去找人，卻見她又出現在門外。克明利坐了回去，深吸一口氣，緩和狂跳的脈搏。

下午稍晚，士兵命令他們排隊做掃瞄檢測。隊伍大排長龍，空氣悶熱潮濕，外海天空集結了大量的烏雲，海鷗焦躁地繞著桅杆打轉。要變天了。

前面有一個男人倒在甲板上。克明利的媽媽跪在男人旁邊，扶起他的腦袋放到她大腿上。灰衣人聚集過去，準備用掃瞄器檢測他，但那個人甦醒過來：他揮手趕人，又對著自己搧風，示意他熱昏了。他骨架高大，但沒有什麼肉，四肢又細又長，顴骨突出，是病人之一。他的臉很眼熟，克明利花了一點時間才認出他：是數月前，在晚餐餐桌上騷擾他、說話難聽的光頭男。現在他虛弱得沒力氣傷人，感激地看著媽媽，他們兩個不再是敵人了，疫病改變了一切。

克明利望見海灘上有兩隻警犬在沙灘上嬉鬧，仔細一看，是兩隻德國牧羊犬在一排漂流木前扭打。兩隻警犬撲咬閃躲，搖著尾巴，裂著嘴巴看起來凶猛。回頭一望，克明利僵住，心臟亂跳。站立在媽媽前面的，是一個高高的駝背黑鬍子。他正在跟媽媽說話，還咧嘴賊笑；媽媽抬手遮光，抬眼看著他聆聽著。

那個畫面太不對勁了，太刺眼、太驚恐，所以他一開始沒注意到那個致命的細節。

黑鬍子一隻手裡拿著一個東西：是金屬鐵橇棍，又黑又重，棍尾鈎起像個爪子。他鬆鬆地抓著那根器械，在背後一指，明目張膽地打啞謎。好似那根鐵棍是個無害的物件，可以四處揮甩為人指路。

除了一個小孩，沒人注意到那個人和他的器械。

只要那個人抬手一揮，媽媽必定被打倒在甲板上，鮮血直流。

他們兩個仍然在說話，鐵棍舉得高高的，黑鬍子直望向克明利良久，然後才轉回去面對他媽媽仰起的臉龐。

⚓

那天晚上，克明利等著媽媽睡著。他在黑暗中數數，數到五百後才輕觸她的額頭，測試她是否還沒睡熟。他躡手躡腳地移動，祈求床板別吱呀亂叫，從媽媽身旁溜下床，擠進對面床板下方的狹窄空間，將毛毯拉下來，充作床簾。他躺在到處都是灰塵的地板上，動也不敢動，想辦法專心思考。

今天所見的景象，逼得他思緒飛轉。普通武器絕對對付不了那樣的男人。儘管克明利沒把知道的事告訴任何人——但那個人似乎不在意這點。黑鬍子一步步逼近，也越來越明目張膽，危險進逼。看來他發狂應該只是時間的問題：一隻手指劃過喉嚨、一根高舉在媽媽頭頂上方的鐵棍、一隻被釘子釘住的鳥。

有一個人可以幫他，這個人也值得信任。比莉一定知道該怎麼辦。但他說不出來，也不能冒險用寫的。寫在紙上，就等於是不能撤回的控告，而且可能落入錯的人的手中，被拿來對付他——對付他們兩個。

克明利將手電筒放好，看著灰塵微粒在光束中飄浮，等著再次確定媽媽仍然熟睡中。然後他拿出彩色筆，抽出需要的色筆：深灰、藏青、鮮紅。他攤平紙張，閉上眼睛，將畫面叫出來。等到畫面清晰，才動手畫畫。

比莉

擴音器播報，召集所有人到主甲板上。比莉是在護理師寢艙聽到廣播的，當時她正在琢磨要寄回家給傑米和父母的信。

服務人員正在甲板上為集合的人排椅子。昨晚的暴風雨將船洗刷得乾乾淨淨，不過氣氳又節節攀高，空氣中混合了憤怒、緊張和希望。數星期來的滯留和不確定感，激得抗議口號越來越激烈，而那些絕食抗議的人已經十分虛弱。

她看到茱麗葉站在欄杆邊，背對著群眾，衛生紙按在紅腫的眼睛上。

船上的氣氛本來就緊張，現在年輕船員的死又觸發另一波的焦慮。自殺是最受歡迎的推測，但對於知道真相的人來說，那簡直是無稽之談：鈍物重擊的傷口，絕不可能是自殘造成的。

又失去了一條性命：史酷特死了。在他們竭盡全力救活他之後就這樣離去，生命被敲碎。

究竟是誰如此的殘酷無情，現在毫無線索。那個記者米契至今也毫無音信，他上次傳來的簡訊在螢幕上閃爍：鑑識官在販賣部的水罐中，發現病毒痕跡。這封簡訊是數天前傳進來的，不過她發出的簡訊全都沒得到回覆。

一旦熬過了疫病帶來的恐慌，它的意義立馬顯現。只有一個水罐遭到污染，販賣部當下遭到封鎖，被稱為所謂的犯罪現場。所有注意力全部轉向那個躺在血泊中的男人。他是第一個受害者，一個意料之外的受害者，在不經意間目睹一個爭分奪秒的行動。

這個篡改行動的意圖一開始並不顯著，但肇事者出現在凶殺案現場足以引起事後的聯想，尤其是在大屠殺尾隨而來的情況下。這會成為一條線索，有了線索就能順藤摸瓜，凶手絕對不敢僥倖，冒險留下線索。於是戴維被除去了，他的記憶也隨之煙消雲散。與此同時，病毒不為人知地悄悄從水罐進入第一個人的體內，隨後跳到一個又一個人的身上，釋放出禍患和毀滅。

現在又一個——來自亞伯丁的年輕船員被打死，像垃圾一樣被扔入海裡。

羅比招手要她過去，他為她留了一個位置。「大老闆來了。一定是因為我們的小伙子。」

事故指揮官走上甲板，掃視人群一眼，他上衣腋窩處有半月形的汗印。在士兵的擁護下，他在臨時架起的桌子後面坐下——路障，比莉忍不住想，以防群眾失控暴動。事故指揮官起身準備發言，人群如預期地全部安靜下來。

「我來，是想跟你們分享一些好消息。」他的聲音有點太過興奮，有點吵。「再過幾天，你們就會被轉送到一個安全地點。」

人群輕輕吁了一口氣。歡呼聲分解成吱吱喳喳的交頭接耳，隨即又是一陣噓聲，只見指揮官豎掌示意群眾安靜。他緊抿著嘴，笑——皮笑肉不笑——繼續說。

「醫療團隊評估確定，疫情風險期已過去。你們會被送上岸。」又一陣交頭接耳，他又抬手虛按空氣，示意大家稍安勿躁。「待會會有發問時間。但我必須先按照上頭的指示，向你們做簡報。」

他的口氣冷淡，沒有任何情緒。他們很快就會被轉送到一家位置隱密的新設施，這些含糊其詞的地理用詞是為了保護他們的安全：媒體和民眾興致高昂地圍繞這次的不幸事故打轉，當地政府有充分的理由擔心他們的隱私和人身安全。

「我必須強調，」他提高音量壓制住聽眾的不安。「我們正面臨安全隱憂高漲的問題。但請放心，澳洲政府會全力支持你們，隨時保護你們。」

至於現在，他們必須遵守有法律效應的保密條款：無論處在任何管轄權之下，皆不可與人談論關於這艘船上發生的事故事件。這是一個有法律依據的強制封口令，並且無期限限制：不可發表匿名評論、不可私下向親朋好友嚼舌根。現在不可，未來也永遠不可。為了他們的自身安全，確保零洩露。

「靠，這是在限制言論自由，」羅比嘀咕。「怎麼可以這樣？那個蠢蛋船長呢？」

人群一片嘩然。指揮官繼續施壓。他一副只是來傳話的模樣，彷彿是上司派來的一顆被動的棋子。目前警察正同時進行數個案件的調查——疫病的爆發、最近增加為二的船員可疑死亡事件。案件調查期間，所有乘客和船員皆不得回國，也不可開始工作，他們的工作合約將延期，等候通知。同時，他們全部必須待在這個隱密的安置地點內。

「這個安置地點，比這艘船所能提供的活動空間，寬敞許多。」他再次提高音量，壓過喧嘩。他沒資格針對近日發生的死亡案件，發表評論，此案件已轉至當地警察的手中，但他保證一定加強保安措施。「你們的安全是重中之重。」群眾越來越躁動，他又一次提高音量。

若不是有士兵在場，應該早有一兩張椅子倒楣地被扔出去了。

前排一個男乘客站起來。「你們這是把我們當成犯人了，」那個人大吼：「我姐死在這艘船上。」他轉身面向人群，指著政府官員。「看看上面這些混蛋！把我們當成敗類藏起來。我們為什麼不能跟別人聊聊近期經歷的災難？」

士兵衝上前抓住那個人的雙臂，扭到他背後。他大吼大叫地被士兵拽走，臉部肌肉痛苦憤怒到扭曲。「去你們的！是你們把我們帶到這裡的。我們不是犯人！」

政府代表紛紛站出來維持秩序，並威脅終止簡報，再搗亂就是犯法，全部送去坐牢。喧嘩叫囂立刻緩和下來，但氣氛仍然緊繃。終於來到發問時間，卻被限制在短短幾分鐘內。政府代表的回答簡短，缺少細節。

官方代表和士兵離去後，緊繃的神經很快放鬆下來，大家輕聲細語起來。抗議耗掉很多能量，比莉心想，大家都累了。

「起碼，我們終於可以離開這個死亡陷阱了，」羅比說：「值得喝一杯慶祝，妳說呢？」

⚓

比莉瞪著艙房裡的黑暗，電風扇的涼風來回輕拂過悶熱的空氣。她的目標是挖掘串流媒體，找出必要的情報，然後閃人，躲開歇斯底里的評論和情緒，置身事外。她向來明哲保身——盡量避開憤怒激動的人，並且從不發表意見，以閃避潛藏的危險暗流，躲開上百萬不知名陌生人的憤慨。

但好奇心勝出，她還是讀了那些報導資料，看著恐懼和尖酸刻薄、事實和情緒的糾結纏繞。她停不下來，驚恐地掃視那些指控文字：它們憤慨地指責，就是因為訓練不足的人扮演了高薪護理人員的角色，才造成人命的殞落。這些業餘人士，先是扒在病患身上吸取大量財富，現在又害死了人。更可惡的是，這些貪婪的騙子壓根不在意人命，更別提會惋惜那些死得毫無意義的人，才將屍體連同碎冰堆在骯髒的貨艙中。這些不實的指控轟得她全身疼痛。她被隔絕在這些批評之外，根本沒有自辯的機會。

她的思緒不斷糾結在一篇匿名報導上，這個人的親人死在**穩固號**上。整篇的文風偏向傷感失落，而非悲痛抱怨，卻引來更多抗議者的同情，群情激憤，抗議威脅上升到了復仇的級別，偏激地譴責那些拿高薪的不稱職騙子，害死了那十二個人，卻沒有一個人想到，第十三位死者是死於此地，並且就在本地醫生的照料之下。

這份報導並未列出護理師的名單，但有心人若想挖掘，並非難事，尤其是她的姓名。報導刊登了一張舊照片：比莉穿著骯髒的手術服站在洗臉盆前，一臉不悅。她一看就不是什麼好人，自私自利，對於自己幹的壞事，毫無悔意。

那些陌生人——根本不認識她。他們不知道她費了多少心思，耗了多少精力搶救那些病患的性命，阻止死神之手的攫取。淚水刺痛了眼睛，她眨眨眼將淚水擠回去。她不是個愛哭的人，況且，哭也解決不了問題。

她翻過枕頭，躺在涼爽的那面，卻聽到一陣窸窣：探手過去摸到一個硬硬的東西，不是她的東西。她打開手電筒照亮枕頭下方，只見一個大大的信封，信封封口黏死了。她拿起信封翻面。

那上面的字整齊且眼熟：個人隱私。祕密，機密，千萬別跟別人說。搞得這麼神祕，比莉微微一笑，小孩子裝神弄鬼的把戲。那男孩溜了進來，把這個塞在枕頭底下給她。克明利沒忘記她。

比莉撕開封口，臉上的笑容瞬間退去。她一眼就認出第一張畫，兩個官方訊問人正在誘哄男孩。他們拍下他畫的畫，好似那些畫是十分重要的證據，再把原畫作塞進一個和這個十分相像的信封裡。

當時看到這幅畫，她就有些不安。一扇框住密密麻麻黑線的窗戶，放在架子上的貨品、排在長椅上的水罐、栓在牆上的滅火器。在這些圖像的下方，也就是圖畫的最底部，一雙工作靴連接著兩隻橫向的腿，地板的一塊塗滿了鮮紅色的線條。

第二張是新畫的，但畫作主題顯而易見，是一張純粹的肖像畫：兩個凶惡深陷的眼睛、濃密的黑鬍子、藍色的制服上衣，左胸口袋上有一個紅星商標。這畫風，這筆觸絕對是出自孩子之手。男子臉龐從臉頰到太陽穴，有一道鮮明的紅色斜線。是馬歇爾，那個總管事。

比莉拿著手電筒輪流照著兩張畫作，一暗一亮，一亮一暗。最後她拉遠手電筒，明亮的光圈放大，同時圈住兩張畫。

比莉恍然大悟：是她疏忽了，她一直沒去在意男孩在畫什麼，才錯過了徵兆。男孩將自己的恐懼和脆弱藏得很深。

還能從別的角度詮釋這些畫作嗎？她其實有點想否絕眼前的畫面，拒絕將點串連成線，想另尋可替換的解說。

當然，有可能是男孩誤會了，或者是他想像出來的，沒有根據的結論。但畫作裡所傳達的信息，清清楚楚——這是證據。

片片斷斷的回憶旋繞聚合，逐漸拼湊成形：戴維．韋藍趴在販賣部的地板上，浸泡在自己的鮮血中，他上方的長椅上放著打開的水罐。後來，男孩差點淹死，還受了傷，以及他的緊張兮兮、疑神疑鬼。一個聲音在他們後面大吼：那孩子腦袋有問題！一個常見的手法，破壞證人的可信度。一個令人反感噁心的輪廓，逐漸現形。

比莉想起馬歇爾在儲藏室中喝私酒，她還和他合唱過蘇格蘭民歌；想起護理師被逼開工那天，馬歇爾負責守衛，比莉經過他身旁時，他還故意閃躲她的目光。當時，那個人就差沒朝她吐口水了，嫌棄她四處散播病菌。她曾經在走廊上，瞥見那個人激動地消毒兩手。還有他最近的行為失序，外貌的破敗頹廢。有傳聞看見他在公共場合哭泣，酩酊大醉，胡言亂語。還有他對這個男孩的興趣，總帶著一絲的敵意。可見克明利親眼目睹的，必定是只有他們兩個知道的壞事。

比莉能信任誰？絕不是管理階層的人，馬歇爾就是其中一個。為了克明利的安全，她必須步步謹慎。只要一步踏錯，這份暗語式的情報足以置男孩於死地。

比莉就著手電筒燈光，抽出行李箱內襯中的走私設備。在黑暗的艙房中，遮住螢幕的光，以免被人發現，她送出一封簡訊：*尹凡．馬歇爾，船上船員，調查他。*

⚓

數天過去了，沒有任何回應。米契自從上次傳來毒水罐那封簡訊後，沒消沒息。難道這個記者下船了？被發現了？

比莉將心思專注在男孩身上，想辦法讓他知道她明白他想傳達的信息，並暗示男孩，她必定盡力保護他和他媽媽的安全，但克明利拒絕離開他媽媽半步，比莉不能明目張膽地寫出這些承諾：她只能以手勢、眼神、面部表情來傳達，但這些間接表達，並不足夠。

永遠的朋友？比莉在男孩的筆記本上寫著：我們回家後，我一定去都伯林找你玩。

打勾勾？克明利放下筆，豎起小指。

他們勾住彼此的小指，按了一個印：無論未來如何，他們一定保持聯繫，做一輩子忠誠可靠的朋友。

但她感覺好心虛，看著男孩滿懷希望的眼神，她好心痛。男孩看起來好瘦小，而且好像睡眠不足。他的膝蓋正在痊癒中，但顯然尚不足以支撐他全身的重量，所以仍然拄著拐杖。他和媽媽住的艙房靠近船尾，且在更下層的艙面，相對的孤立，並且距離船員活動區也不遠。

危險究竟能有多具體？卡拉漢醫生見過史酷特的屍首，他引用屍體解剖報告的話：頭骨多處挫傷，從挫傷形狀推測，應是鈍器重挫造成的傷口。臉部有多處擦傷和撕裂傷。上胸處有砍劈傷口，右鎖骨有封閉式挫傷。假使馬歇爾知道有人目睹他的罪行，且有可能告發他，一個小小孩和他虛弱的媽媽絕對逃不過他的魔掌。

再一想，要把一個大男人打死，並非易事。馬歇爾是一人下手或者有幫手？還有誰可能傷害那個男孩？

護理師艙房終於空出了一個臥鋪，比莉立刻去找克明利的媽媽，極力說服她帶著兒子住進那個下鋪。「那些樓梯對克明利的膝蓋不好，」比莉努力說服她。「我們那裡很安靜，而且妳休息的時候，我可以幫忙看顧他。」

凱特一開始不太願意，但男孩懇求她，卡拉漢醫生又在旁邊幫腔，以專業口吻進一步鼓動。比莉弄來兩副新的手環感應器，釘上床簾好讓凱特能在白天不受打擾地休息。這並不夠，但其他的只能徐徐圖之。

終於，回應來了。簡訊是凌晨傳來的：下午三點見，今日。老地方。

⚓

沙龍裡很熱鬧，陸陸續續有人進來，一群乘客在大發牢騷，謀劃造反，但音量卻不斷提高到自找麻煩的程度。他們很快就會引來關注。比莉悄悄走過，朝著那個隱密的包廂而去。

米契看起來有些不一樣。沒刮鬍子，睡眠不足，有些躁動不安，好像喝太多咖啡了。這位記者完全沒浪費時間寒喧。

「我有發現了。」他立刻張口宣布。他好像很激動，迫切地想一吐為快，卻又來了一個急轉彎，詢問她為何指名要查馬歇爾。她是不是知道了什麼？

比莉搖搖頭。「沒有，沒什麼值得說的，」她堅定地說：「只是一些八卦。」她絕不能把男孩牽扯進來，以免給他引來更多的威脅。「我不能待太久，所以……」

「這個現在和我搭擋的傢伙，」米契說：「是個職業槍手，也是網路裡的拖網漁船。」這個駭客熬了好幾個晚上沒睡——追蹤數據痕跡、取得黑流數據支援、破壞通訊系統、侵入金融財務檔案。

「他挖到礦砂了，」米契說：「這個平臺不算完全合法，但我們可以從一個漏洞進入。」他挑眉等著她的反應，態度有些自大，洋洋得意。

比莉的耐心一點點流逝，她一聲不吭，拒絕配合他的表演。

「證據，」米契說：「對手公司——奧利安——的付款憑據。三次的轉帳，收款帳戶是個透過一連串代理伺服器註冊的影子帳戶。」

「付款憑據？」比莉複述。他抓住她全部的注意力了。「給誰的？」

「收款人是尹凡．馬歇爾——和妳想的一樣。」記者瞇眼估量著她的反應。「他是奧利安的前員工。奧利安付給他一大筆錢，分期支付，每一筆轉帳都是在掩護下進行。轉帳日期呢，還挺有意思的。」他說，第一筆是去年年初，就在馬歇爾加入紅星後不久。第二筆——是第一筆的三倍，好大一筆數字——是在戴維．韋藍遇害後轉入。最後一大筆錢，就在兩個星期前轉入，現在回想起來還真令人心寒。」

「比莉？」米契輕聲說：「妳的簡訊幫上大忙了。我想我們抓到他了。」

她腦袋裡浮現出一幕幕傷殘的畫面：開放性傷口、深色的烏青、一具新鮮的屍體，蒼白的肌膚冒著斑駁的屍斑，以及自體溶解現象的光澤水泡。

「你確定？」比莉問：「沒有問題？」

「確定。沿著支付蹤跡往回順藤摸瓜，抓到了查洛集團（Charon Group），也就是奧利安的子公司。」他一副志得意滿的模樣。「他們太粗心。」

水裡有東西……邪水……毒錢。

史酷特，他知道。比莉感到一陣昏眩，思緒翻攪。畫面逐漸成形，儘管她實在不願相信這是真的。

「現在要怎麼做？」

「這事還沒有其他人知道，」米契說：「現在還不能冒險告訴別人——否則我會有危險。我明天或後天會寫個故事。但首先，我必須想辦法下船。」他用力吞嚥，比莉這才意識到他的外貌看起來好年輕。他年輕的五官掠過一抹不確定。「還有其他違法事件。情勢緊張，他們正在深入調查所有人的背景。」

她實在接受不了，如此可怕的手段、如此殘暴的滅口，就因為一個如此庸俗的動機——金錢，這只是一個交換工具啊。她感到一陣噁心。她人生第一次體會到什麼是報仇的衝動，什麼是暴力的誘惑。要多麼憎恨一個人，才會動了傷害他的念頭。

「我欠妳一個人情，」米契說：「雖然我們最後還是會查出真相，但妳的提示協助我們鎖定目標，指引我往正確的方向調查。」一個有條件的感激，一個還算明顯的表態，暗示在這場交易中她那部分的義務清了。

「那我們呢？」比莉問：「護理師、乘客，我們全部呢？你能把我們弄出這裡嗎？」

米契勉強擠出一個微笑，但笑容裡沒有平常的暖意。「一旦新聞曝光，我會盡全力施壓，呼籲政府放你們自由，再試著為你們安排後續事宜。」他突然站起來。「我必須走了，妳再忍一忍。」說完便掉頭就走。

⚓

她凝望著海面，腦海中一個個畫面掠過：失去意識的凱特，顴骨凸出、唇色死白；小男孩的黑眼睛在之前那個寢艙的黑暗中搜尋她，小小的身體承受著希望和恐懼。帶著敵意的官方人員、法官和她搭擋的虛擬影像，他們全在試圖揪出能證明她有罪的證據；虛張聲勢的本地醫生，從上而下的封口令。那些抗議示威人士以被誤導的恨意，在串流媒體上大肆撻伐。

那些死者。她回憶他們每一個人，一個接著一個死在那間惡臭的病房中。她戴著手套的手，拉上了屍袋的拉鍊。

她遇到馬歇爾時，該怎麼做才能讓那個人感受到她濃重的恨意，進而自慚形穢，感到羞愧。什麼樣的心靈匱乏，促使一個人幹出這種事？

不行，太冒險了。他很可能循線找上那個男孩。

又或者，結果會完全相反：如果她暗中警告馬歇爾，她握有他的罪證？或許能嚇退他，讓他再也不敢找男孩的麻煩。

⚓

因為下午的一個機緣，機會跳出來了。

海面平靜無風，工作人員展開風帆做為遮陽用。比莉坐在陰影中，看著克明利和一群孩子玩骨片遊戲，只見一圈紅色遮陽帽圍著玩遊戲。凱特仰躺在附近，打著瞌睡。

一看到馬歇爾大步走來，比莉立刻全神備戰。那個人停在孩子圍成的圈圈外面，注視遊戲的進展。察覺到他的存在，幾個孩子抬頭瞇眼看看他，又低頭回去玩遊戲。

但克明利沒有，男孩沒有抬起頭，蹲在那裡動也不動，拳頭裡握著骨片。比莉看見其他孩子催促克明利出牌，他慌亂地擺弄手裡的鐵片，隨即把鐵片往甲板一扔，不玩了。馬歇爾見狀才走開。

那個人快走到艙門之時，比莉擋住他的去路，直視他的眼睛。

「你被人監視了，」比莉說：「他們都知道了，找到證據了。」

馬歇爾瞪著她，一臉的納悶瞬間變成了恍然大悟，然後他繃著臉，傾身靠過來，一副要講悄悄話的模樣。「別管閒事，老鼠屎！」他像詛咒般一個字一個字吐出：「妳根本不知道妳自己在幹嘛。」

說完，他轉身就走。

比莉感覺到兩腿發軟，呼吸急促。現在對於那個人的感覺，不再只是不喜歡、鄙視或噁心。不是，遠遠不是。現在，連她也害怕他了。

湯姆

我和孩子在主甲板上，撿拾比賽後散落的骨片，此時，一陣亂七八糟的金屬碰撞聲穿過海面而來，就好似一臺大除草機的鏗鏘噹啷聲。

原來是**夜鶯號**正在收錨。

我和孩子站在船舷邊，看著船錨從海水深處被絞起。船錨被拉到船身的高度時，拖船各就各位，船纜拋下。隨後，醫療船轉向背對著我們，緩緩滑動。

孩子幾乎安靜無聲，看著整個綷拉過程。

夜鶯號經過時，它的上甲板顯然沒人，米亞轉頭看著我。「這表示病毒全被消滅了，」她宣告：「不會再有人生病。」她綳著臉，似乎在挑釁我，看我會不會反駁。

「沒錯，」我說：「我們現在安全了。」

我看見比莉在附近抽菸，我感覺她的動作謹慎小心，香菸拿得低低的，從嘴角吐煙。克明利和媽媽在桅杆的陰影下，一同見證**夜鶯號**緩緩遠去。我注意到男孩四下張望，確認比莉的位置。比莉對男孩微微一笑，於是男孩轉頭回去看著醫療船一點點地滑遠。

半夜警報大作，吵醒了熟睡中的我，隨即急促的號哭聲，趕走了我所有的睡意。走道上腳步聲砰砰作響，守衛衝進來叫醒人，把落後的人趕下床。我聽到有人大喊疏散，於是跟著隊伍小步走出艙房。

上甲板擠滿了衣衫不整的人群——光腳的船員、穿睡衣的乘客。士兵將我們往船尾趕。空氣中瀰漫著濃烈刺鼻的化學藥劑氣味。

失火了！船失火了！

一開始並沒看到火焰。一排的路障將我們擋在駕駛艙的後面，路障之外，站著一排士兵。他們來來去去，伸長脖子，觀察視線之外另一頭的情況。

黑煙飄浮而上，穿透了帆桅索具。一個小男孩坐在他父親的肩膀上，閃爍跳躍的詭異火光框出了他的剪影。

一個女人朝最近的士兵大喊著問：「火勢嚴重嗎？我們要下船嗎？」

士兵假裝沒聽到，但女人不願罷休，一直叫他。

「我們在等上頭的指示。」士兵喊回來，隨即轉身走開，擺弄無線電對講機。他看起來不到十八歲，而且顯然也嚇到了。

此時，一群人倒抽一口氣：現在我們看到了——明亮的火焰衝向夜空，吞噬空氣。火焰往船首而去，纏繞著桅桁。黑煙飄過月亮，有人放聲尖叫。

恐懼橫掃人群，大家倚靠著欄杆，大聲求救。一群人想推開路障，但士兵聚集過來，舉槍大吼將他們趕回來。一艘警船駛入視線中，警燈閃爍，甲板上一個官方人員拿著擴音器大吼，他的聲音飄過海面而來：請大家冷靜。火勢已經被控制住了。請大家冷靜下來。

黑煙盤旋翻騰，火焰越衝越高，空氣送來一陣陣熱氣，火勢加劇。我仰著臉，感覺到那股熱氣。他們為什麼不讓我們撤離？

一個乘客靠在欄杆上，把小女兒抱出欄杆外，一隻手摟著小女兒的腰部讓她懸空，對著下面某人吼叫哀求：讓孩子們下船，把孩子帶走吧！

一艘消防船突突地經過，朝船首而去，消失在視線中。水柱朝前桅杆射去，傾盆大雨從索具桅杆之間落下，但火焰絲毫不為所動。黑煙飄了過來，在頭頂上翻滾。人群翻過了路障，朝救生船奔去。我看到那個年輕士兵往旁邊退開，抓著步槍，毫無動作。他的同袍已經不知去向。

人群層層湧上，失去了理智，一群人徒勞無功地想把救生船弄下水；船員爬上桅杆以取得更好的視野；家長們擠到船尾末端，盡可能避開火焰，把孩子抱過欄杆，對著下面的船隻哀求。

有船員在發救生衣。我在濃煙之間聽到吼叫、咳嗽、哽咽的啜泣和尖叫聲。一架直升機低空盤旋，朝火焰灌下一大包的水。空氣中瀰漫著塑膠燃燒的臭味，以及木頭的焦臭味。

警示槍響爆出，數艘巡邏船在附近打轉，船上的人拿著擴音器仰頭大喊：後退，離開欄杆。冷靜，千萬別企圖跳船。

最後，在破曉時刻火勢終於減弱。火焰消退，黑煙消散。消防船又突突地離開，一個消防員在經過時舉臂揮手道別。

又有一隊士兵登船，並迅速接管了**穩固號**。他們保證火勢已被撲滅，我們不會有危險，問題已經解決。他們命令我們回寢艙去，直到早餐鈴響才能出來。我們又怕又累，只能順從命令照辦。

火災現場的災情令人震驚：前桅杆燒焦，販賣部燒毀，甲板上被燒出一個黑色大洞，融化的塑膠和焦黑的木頭臭味久久不散。四周徘徊的人群，黑污的臉龐上寫滿了震驚。

到處都是警察。調查員變多了，鑑識小組在灰燼中穿梭——介入犯罪現場，他們是這麼說的。他們臉上的表情一覽無疑：我們全部都是嫌疑人或共謀人。

火是從販賣部下方的儲藏室燒起。船上的傳染隔離室，老德藍尼是這麼叫那個地方的，或者榮耀之坑——傳統上用來存放屍體，現在是儲藏工具器材。沒聽說火是如何燒起的，也不清楚那裡為何有火。

比莉早餐時告訴我，當時有一個船員開小差。她說，那個人可能是在火災混亂之中，又或者是在滅火後溜走了。他用利刃割開手臂，挖出追蹤器，再把那個沾滿血的小球丟進浴室的排水管中。官方人員用扳手撬開水管系統，取出追蹤器。

等到大家發現他的失蹤，馬歇爾早就遠走高飛了。

馬歇爾。很快的，他的照片被貼得滿船都是：列印出來的船員證照片，像傳統的通緝令公告貼在牆上，呼籲群眾提供消息。那張臉震得我好像被人打了一巴掌。滿臉的皺紋和陰影，黑鬍子，外加凹陷的眼睛。

船上到處可見聚集在一起的小群體，低聲焦慮地討論，交換意見和看法。一開始，大家都推測是當地人幹的，是反移民分子或那些恐慌症患者操控無人機過來縱火，但後來馬歇爾失蹤的消息傳開，輿論的焦點立刻轉移到這個潛逃犯，說他畏罪潛逃。再循著一連串事件往回追溯，最後來到一個男子：第一位遭到殺害的受害者，再來是疫病的爆發和肆虐；第二宗謀殺案才發生不久，現在又是這場火災。

現在，我終於看到了希望。假如馬歇爾真的犯案——假如他被逮捕、訊問受審、判決違反隔離政策或更糟——那麼船上的我們前景必定有所改觀。原本的謾罵和怒氣有了清楚的標靶，不再一竿子打翻一船人。政府就能實現諾言，將我們送上岸。骨牌效應終止，一切很快會成為過去。

LANDFALL
登陸

14

克明利

船身搖搖晃晃，晃醒了他。那種起伏搖擺的節奏好熟悉，他閉上眼睛繼續睡覺。但一個想法冒出來，驚醒了他：船在這裡下錨好幾個星期了，現在又開始移動。他們又回到海上。

克明利借著小廚房的燈光照明，躡手躡腳地爬下臥鋪，抓起筆記本，一瘸一拐地穿過寢艙。走進廚房，卻看見比莉和其他幾個護理師坐在一起，她抽著菸，這嚴重違反了船上的規定。她繃著臉，菸灰也堆得高高的。她一看到克明利，立刻熄了菸，翻轉手腕讓克明利看手錶上的時間：半夜兩點十分。

克明利納悶地看著她，將筆記本推過去給她。

我們要上岸了，比莉寫著，去一個新的地方。她裝出一臉的興奮。

克明利喝著牛奶，看著女人們聊天。她們好像很煩亂，也很焦慮。太弱無法抗爭，他看著荷莉說，但也可能是兩個星期找到他們。不過克明利並不在乎他們即將要去哪裡。明天就是聖誕節，而且黑鬍子走了。比莉向他保證過：那個人不在船上，克明利安全了。

但他仍然時不時回頭檢查背後，這個習慣很難改掉。一旦身體接受了士兵一樣的訓練——總是提心吊膽，隨時準備逃跑或打架——身體就會忘記該怎麼放鬆。

荷莉大笑著抓住他的腳，用銀色金屬線圈住足踝，再打了一個結。

她潦草寫著：這樣聖誕老公公就找得到你了。快，他還沒來，你趕快回去睡覺。

⚓

清晨的天空晴朗，空氣溫暖。**穩固號**疾速滑過碎浪水面，克明利起初看到船帆吃飽了風，鼓得飽脹，還覺得奇怪。後來看到在前方航行的灰色戰艦，才明白過來原來他們是被拖著走的。

戰艦龐大，相當於一個街區的大小，更襯得乖乖跟在後面的**穩固號**好嬌小。兩船之間的繂拉纜繩，跟克明利的手臂一樣的粗。船側的海浪高高噴濺而起。

他們經過了一座人口稀少的小島，沒多久，遠方出現了大片的陸地。人們在海風和噴濺起的海水中，瞇眼望著他們的終點站。船員在甲板上踱步，看起來好茫然，他們兩手無處安放地垂掛在身旁，和乘客一樣無所事事。

克明利發現人群紛紛往後退開，轉頭看見一個士兵放下了步槍，再往前看，看到一臺受傷的無人機掉進海浪中。

他的膝蓋仍然無力，但拐杖在起伏的甲板上用處並不大，所以他像個水手一樣踉踉蹌蹌、大搖大擺地走路。販賣部被拆毀，焦黑的破洞現在蓋上了木板。他仰頭望著桅杆，沒看見任何海鳥。

早上吃早餐時，守衛發給每個孩子一個禮物。克明利拆出來的禮物，和其他孩子的一樣：嵌著兩個小爪子的小公仔，它穿著背心，搖著一面國旗：澳洲祝你們聖誕快樂！之後整艘船的孩子衣服上，全都夾著一模一樣的無尾熊。無尾熊像小小的賽馬騎師，為了寶貴的生命緊抓著衣服不放。

不過，幸好還有別的禮物：比莉送的一袋巧克力，還有媽媽藏在行李箱，一路從都伯林帶來的磁鐵西洋棋。還有別的禮物喔，她在他的筆記本上寫著：只是要等到上岸，去陸地上的商店才能買。

陸塊越來越近，克明利往欄杆邊的媽媽走去，拿起望遠鏡眺望他們的新家。沙龍裡的螢幕現在都是黑的，沒有顯現這段航程的地圖，但他感覺他們正往南走。他想起曾在地圖上見過這個陸塊，是本土大陸底下的心形楔體，但不記得它的名字。

兩艘船沿著礁岩海岸航行了數個小時，經過光禿禿的懸崖、長滿濃密綠植的陡峭山坡。這裡人煙稀少：孤孤單單聳立的大風車、一片被夷平的森林空地、一群俯瞰著空蕩蕩海灘的房子。海風撕扯著帆杆索具，白浪拍著歪七扭八的礁岩海岸。

他們繼續前行。一路上都看不到城市的出現。太陽西斜，海風變冷，感覺空氣在啃咬著肌膚。

黑夜落在逐漸向後滑走的陸地上。前方只有戰艦的黑影，除此之外，就是無邊無際的大海。

⚓

日光暴露出一幕陰冷荒涼的景色：低平的厚石塊上，沒有樹，只有稀稀疏疏的灌木叢，無休止的風刮砂走土。那座島陡峭筆直地插進海水中。克明利拿著望遠鏡掃視著一片礫灘，一條之字形小路往上攀升，只見崖壁頂端有一群屋舍。

清晨海上的小船，來來回回擺渡著人類貨物，士兵也忙著搬運行李袋，傳遞救生衣。快中午時，終於換他們了。

經過那麼長的時間，終於能再次腳踏陸地，感覺好奇怪。克明利和媽媽同時踏出了接駁船——為了好運，先邁右腳。但在突堤的盡頭，他夢想中的青綠草地換成了碎石地，那些礫土散發著燧石的氣味，而歪七扭八的灌木就好像長在崖壁上的盆景。任何的縫隙，都躲不過永不休止的大風肆虐。

小路陡峭，他的膝蓋發出警告式的疼痛。媽媽落在後面，面色蒼白、呼吸急促。一個士兵一把抓住克明利，將他像麻布袋一般往背上一拋，一路往上衝，好似克明利像羽毛一樣的輕。每遇到一個髮夾彎，克明利就緊抓著士兵的衣領，回身往後一指，擔心媽媽跟不上他們。

他們爬到一塊荒涼貧瘠的平原，那裡豎立著一棟空心磚屋子，周遭有尖刺鐵絲圍籬。他們穿過一道拱門，拱門上方有褪了色的文字：火山岩島加工中心（Flint Island Processing Centre）。

柵欄門上了鎖，但旁邊有個生鏽的旋轉門。穿著卡其制服的守衛，面無表情地看著他們一個個走過去。房子內部全是淺綠色牆面、棕色油地毯，還有灰色混凝土。與船上的封閉比起來，他們的宿舍好寬敞。一排排的臥鋪，結了鹽晶的窗戶，窗戶外的景色一片荒涼，什麼也沒有，只是一個睡覺的地方。

媽媽躺倒在一張床鋪上，打手勢示意他躺到她旁邊，雖然他不累，而且著急地想出去探險。床鋪狹窄，床墊堅硬。媽媽緊抱著他，搓揉他的頭髮，兩眼盯著天花板，其他家庭在他們四周忙裡忙外，拆行李、檢視置物櫃、商討安排床位。片刻後，媽媽動也不動，克明利以為她睡著了，可他一看她的眼睛是張著的，她的手又開始摩挲他的頭髮，好像她剛才出神了。別擔心，她每次都這麼比手語，別擔心。

⚓

數天之後，克明利才發現島上不只有他們。當時他和幾個孩子在外面滿是塵土的水泥地上踢球，有個動靜吸引了他的注意。他停在鐵網圍欄邊，望著那條貫穿小島中心的寬闊柏油路。

那個小小的纖細人影，動也不動地站在一道高高的圍欄後面，圍欄圈著一群破敗的房子。一頭黑髮、棕色肌膚、土色衣褲；一個黑影孩子，細瘦的黑手黑腳，五官看不清楚。

克明利靠在鐵絲網上，遠方的那個孩子抬起一隻手，克明利也抬手揮了揮。他沒帶望遠鏡出來，這個距離看不出那個孩子是男是女。

迪克藍和其他孩子一個個被吸引過來，站到他身旁，瞇著眼冒著風望著那個滿身灰灰土土的幽靈。第二個人影從遠方一棟棟房子冒了出來，比第一個孩子要高，這個應該是女生，她長長的黑髮被風刮向一邊。她沒有揮手，只是靜靜地看著他們，然後牽起小孩的手，走回去。

⚓

那天之後，他們幾乎天天都能看到那個黑影孩子，他不是漫無目的地沿著鐵絲刺網蹓躂，就是繞著那群房子踢球。有一天，鐵絲網之外看不到任何生物，但隔天就有十到十五個孩子圍著鐵絲網，回望著他們。偶爾會有一個大人出現拿水給他們喝，或把他們叫回去，但大部分時候，他們都沒人管。

克明利透過望遠鏡打量他們的臉蛋：他們好像都呆呆的、垂頭喪氣，一點也不活潑，好似被風刮笨了。他讀不了他們的脣語。但迪克藍耍寶逗他們時——倒吊在鐵絲網上或跳小丑舞——他們會有一點反應。那些黑影孩子讓克明利有點不自在，但他說不出為什麼。

這個新地方的伙食很可怕：清淡無味、重複單一沒有變化，比船上的更加糟糕，儘管他小心分配了巧克力的每日食用量，依然很快就吃完了。活動中心的串流媒體視頻被鎖定在一個固定的新聞頻道，沒什麼好看的。士兵把船上的玩具和遊戲都帶過來，有樂高積木、美術用品和故事書，但克明利覺得自己焦躁不安，靜不下來。這座島上有零星的灌木叢和露出地面的岩石，還有很多的凹陷和坑洞——很適合捉迷藏。但他們不能出去。目前看來，島上沒有狼，沒有熊，也沒辦法離島。那麼這些鐵絲網是要幹嘛的？

一天下午，媽媽正在午睡，他和比莉坐在活動中心畫畫。島上有小鳥，這些骨架輕盈的動物聚集在平原上，有時候乘著狂風亂流上下起伏，左右亂飄。他描繪著這座島，還有島上的礫灘和海鳥；黑色的分割線，以及兩邊的建築群。然後他定住，不知道該如何處理他們四周空蕩蕩的空地。他輕拍了比莉手臂一下，翻開筆記本。

我們在哪兒？

比莉畫了一幅簡略的地圖：他們頭頂上面的楔形澳洲大陸，細瘦的紐西蘭在一邊，下面有一大片雪白的南極洲。他複製這些大陸塊，然後在上面添加了企鵝、鯨魚、脫離的冰山往北漂去。他知道南極洲上有住人——科學家和探險家。他們這些人不是地球底端唯一的人類。比莉拿起一枝鉛筆，在他的一隻海鳥上加了一雙鬥雞眼。克明利報復回去，在她手背上畫了一隻毛絨絨的毒蜘蛛，蜘蛛的毒牙埋進她的指關節，比莉假裝很害怕。比莉其實並不害怕，但真心不喜歡蜘蛛。

日子一天天過去，每天都差不多。暴風雨呼嘯掃過，目擊者只有他們這些人。他們上島待了一個多星期後，老師宣告，他們可以出去了，去海灘探險。克明利的膝蓋幾乎痊癒，不再一瘸一拐，能跟得上其他孩子走下陡峭的小徑來到岸邊，兩個一臉無聊的守衛在後面斷路。雲朵在天空翻騰，海水的鹹味撲面而來。

孩子們在礫灘上尋找寶藏，互相對比，玩了幾個小時：破鞋爛繩、海藻和被海浪磨蝕的貝殼。一隻螃蟹螯，好像怪鸚鵡的鳥嘴；一副鳥骨被纏在魚網中、乾掉的海星、被海水漂白了的骨頭、一塊舊磚頭。標籤被磨掉的寶特瓶中，裝有沙子和小貝殼，就是沒有信簽，他全都檢查過了。

他全身心投入在尋寶上，享受難得的放風自由，所以才後知後覺。直到他掃視著空蕩蕩的海灘、綿延的地平線，這才意識到**穩固號**不見了。

比莉

電池在他們上岸的第三天耗盡。她把設備藏在胸罩裡面走私上岸，一路上心驚膽跳，害怕這裡的管理員會搜身，沒收它，逮捕她判刑，但守衛和管理員根本連他們的行李都沒搜，更別提搜身了。反正，逃也逃不掉。

她傳給米契的最後幾封簡訊，皆沒有回覆：你在哪裡？出了什麼事？她把這座被上帝遺棄的小島島名傳給了他，但不敢冒險拍照並附上照片。這整座大院，到處都是監視攝影機。電池存量不斷減少，她每一天鎖上浴室的門，忍不住快速瀏覽網頁，等待真相被揭露的新聞報導出現。但什麼都沒有，沒看到米契的新報導被刊登出來。沒有一個字提到史酷特之死，沒提到馬歇爾以及他的失蹤，也沒看到他下毒遭受制裁的報導。那個船員好似從世界消失了。

她勸自己：米契之前也消失過一陣子。他必定在忙著收集證據，寫報導。但有個聲音一直在啃食她，說她被他的外表和魅力沖昏了頭，她是一個大笨蛋，居然相信那個記者會言出必行，幫他們尋求支援，獲得自由。

米契是真心誠意的嗎？她回想他們兩個的相遇以及每一句對話。他的確是有些自大，偶爾神經質、緊張不安，也許有點自不量力，但她從沒感覺他是騙子，或是來占她便宜的。直覺上，他看起來是真誠的。

但有個地方說不通：假使他真是個記者——真是寫那些聲援他們的報導的記者——那麼米契還真是個道地的騙子，一個高明的騙子。他用假名字假身分上了船，尋找搜集寫故事的材料。能將官方人員玩弄在鼓掌之中，並非易事。

這次的沒消沒息，必定事出有因。也許他只是發現事實有誤，又或者意識到證據不足，索性放棄這個報導，將注意力轉移到其他故事。把他們扔在這個風追著沙石跑的荒地，扔在這個被遺忘的地圖角落。

「這裡啊，南得不能再南了，」羅比說著，遙望著鐵絲網外的荒地。「是南極洲以北的最後一塊土地。」這裡的空氣就能說明一切——冷颼颼的，是那種冰塊散發出來的刺骨冰冷。

這裡守衛的制服是卡其色的，看起來像是軍服。在羅比看來，守衛並不全是壞人，不過只要你問得太多，他們便閉口不語。當然，他早已和其中一位交上了朋友——塔克爾（Tucker），一個黝黑的巨獸，手臂簡直就像煙燻的火腿一樣粗，但聲音卻出奇的溫柔。莫娜曾經納悶過，她說船員顯然對新的監督人敬而遠之，她丈夫應該多學著點，但羅比聽了只是擺擺手，言明和守衛交朋友並沒什麼壞處。

「他們不太喜歡那些人，」他悄悄透露，大拇指往另一頭的建築物一歪。「叫那些人髒鬼。」

比莉也曾瞥見過對面那些居民：孩子們無精打采地來來回回踢球，男人扛著水罐穿過院子，一個被擔架抬出來的軟趴趴的人。他們就像新聞裡，那些從沙漠偏遠戰區走出來的人，衣衫襤褸、落魄潦倒。

「他們在那裡多久了？」

羅比搖搖頭。「不知道，丫頭。我不敢問。」

她知道羅比的意思。負面思考是有傳染力的。在逆境的黑暗時刻，惡夢在寢室裡橫衝直闖，令人心神不寧，而且大部分時間都可以聽到走廊上傳來的啜泣回聲。有好幾個人，包括歐文，幾乎躺在床上不動，沉浸在藥物的催眠作用下。兩個絕食抗議者現在被關在醫務室，在藥物作用下鎮靜順從，吊著點滴，聽說他們還自我傷害，也被強迫灌食。一個失去親人的十二歲女孩，拒絕和人說話交談，需要連哄帶騙地才願意進食。看見一個孩子失去希望，如此自我封閉，真令人心疼，令人無奈。距離所有人全部崩潰，還需要多久的時間？

有一群人已經開始每天固定聚會做禱告，是沒有特定教派的儀式，由那位任期已滿的退休神父和一個寡婦主領。比莉經過時，看見他們圍坐成圈，低垂著頭，共同向死者致敬。她聽到他們唸出失去的親人愛人的姓名，誦唸悼文，紀念那些生命被奪去的人，那些她認識不久也救不了的人。她趕緊低下頭，快步走過。

兩個晚上之前的晚餐時分，一個禱告團中的蘇格蘭女人過來找比莉。她邀請比莉加入他們，為他們唱歌，她指的應該是唱聖詩：〈黑暗之島〉（*Dark Island*）或〈奇異恩典〉（*Amazing Grace*）之類的？比莉盡可能客氣地婉拒，她沒把握能成為他們的一員，更別提在其中唱聖詩了。

她其實滿羨慕那些無論順境逆境，都緊抓住信仰不放的人。

歐文沉浸在無聲的沮喪中，路易斯船長因為無能沒有作為，備受輕蔑，卡拉漢醫生只好承擔起一切，為大家排憂解難，照顧大家的醫療需求。這個醫生一直變著法子讓比莉閒不下來，他和營地醫務人員達成協議：指派比莉充當非正式的患者鑑別分類、核查藥物、協助提供現場的心理輔導。最後一項最滑稽，一個自己都睡眠不足的憔悴女人為別人提供心理輔導。這些工作的確給了她價值感，覺得自己還有用處，但持續的時間很短。兩個星期後，比莉的信念溜走了，悶悶不樂的絕望感悄悄潛入。

活動中心角落裡的螢幕日日夜夜播放著，設定成靜音，只有畫面閃動，比莉發現自己下意識地徘徊在那些閃爍的畫面之外，期待一個不可能出現的暗號。米契提到的大選已迫在眉睫：新聞播報員公布了民意調查，當地政客則忙著上演親民戲碼，顛鍋翻肉餅，和學童玩板球，再不然就是對著麥克風彼此叫囂抹黑。

新聞報導的視野忽地拉到了遙遠的遠方，壞消息一個接著一個跳了出來：加州（California）遭受毀滅性的大洪水、印度（India）因為糧荒引發暴動、北京和臺北之間的較勁對立。在德州（Texas），一個地下邪教聲稱它是一個獨立國家，炸掉了附近所有的道路。英國的疫病感染人數呈鋸齒狀攀升。這個世界正在進行中的瘋狂和痛苦，簡直是供過於求，足夠抗議示威人群忙上好一陣子。

家長們請求守衛關掉螢幕，或者轉臺給孩子看合適的節目，但守衛只是聳聳肩，表示螢幕屬於中央控制系統，他們無權插手。

他們的故事逐漸退燒，縮減成偶爾出現的簡報——數張船骸的照片、穿著實驗袍的人員報告數項令人安心的數字、反對黨領袖的譴責、一段激進分子鞭策政府憑良心做事的五秒鐘短片。他們的存在所帶來的問題在喧囂聲中匆匆下臺，狂熱的輿論焦點早已換到其他目標上。*她腹誹著，那些示威人群真是容易見異思遷。*

又是難吃的一餐，她正在活動中心用餐時，螢幕跳出一張照片，讓她震驚不已，叉子僵在半空中。

那是一張半身照：米契站在海灘上，一如往常的俊帥，五官對稱，對著鏡頭燦爛地笑著，一口的白牙。播報員下方有一句標題：發現記者屍首。

比莉感覺自己面部的血液唰得全被抽走，播報員唸著提詞機的新聞：屍首於城外建築工地被發現……報導涵蓋了人權、詐欺、貪污……警方呼籲民眾提供線索。

比莉拿起餐盤，走出活動中心。

營區主任站在人群前面，卡其上衣的袖子捲得高高的，一副要動手幫忙搬家具的樣子。住進來三個星期，才第一次見到這裡的大老闆。他身材壯碩、古銅色肌膚、大腹便便，看起來和藹可親，不太發脾氣。

這次的集會只有大人參與，小孩都待在外面，有人看管著，看來要討論的議題敏感，情緒很可能激動失控。比莉掃了所有人一眼：面上都掛著焦慮，但沒有怒氣。自從被拖到這裡——任由軍艦拖拉過來，扔在這座荒島上——那股虛張聲勢的心氣已消失大半了。路易斯船長坐在後排，灰髮梳得整整齊齊，表情看不出是喜是悲。他穿著便服，沒有了金鈕釦和錦緞徽章，官威一去不復返，退位成了一個儀態高貴的平民百姓。

「謝謝大家前來與會，」營區主任說，好像在感謝他們願意來參加一場無聊的派對。「保持溝通管道的暢通，一向都是極其重要的工作。」他微微一笑，從一邊踱步到另一邊。這裡沒有路障，沒有講臺，也沒有士兵擋在他和會眾之間。但站在四周的卡其守衛將近四十個，後腰都插著警棍。這個主任很清楚，下面這些人對他沒有任何危險性可言。

「你們前段時間辛苦了，」主任繼續說：「那真是一場可怕的悲劇。難為你們了。」他的聲音自信十足，說話流暢，顯然是個精通上臺演講的人。

「千萬不要相信他們，」茱麗葉在旁邊嘀嘀咕咕。「免得被賣了都不知道。」

主任說，他並不清楚他們要在這裡待多久——不幸的是，他無權過問此事，因為牽扯到國家安全、調查中的案子，以及他們的人身安全等等，全都是大事件，輪子滾動得很慢。

不過他們還是有事可做——可以加速成事的效率。

「你們可能都聽說過這個謠言，」他繼續說：「說有個生物恐攻的細胞滲入到你們的船上，造成無辜的人死亡。」傳言指稱這場災難是反移民分子、幫派分子和激進分子的傑作。激進組織，比如「原地跑步」，他們的目標就是阻止人們隨意穿越國界，以防止跟他們一樣的勞工成長茁壯，為家人賺取更好的生活。

主任的表情陰沉下來。「我自己也是移民家庭出身的。相信我，我完全不認可這些人的偏激想法。」他停頓了一下，掃視會眾。這個人一臉的真心誠意，但比莉對他並沒有好感。無論他說得多麼動聽，他仍然是個獄卒。

幾個孩子從窗戶外邊走過，大風吹得他們的頭髮亂飛，克明利也在其中；一個守衛跟在後面，兩手拳起點燃一根菸。鐵絲網上飄蕩著舊塑膠袋的殘餘部分，懸崖之外的鼠灰色大海融入了灰色天空。

「謠言可以變得十分危險，」主任繼續說：「而且很可能距離真相十萬八千里。不過如果你們有線索，我鼓勵你們私下來找我，我們可以密談。我保證以祕密證人的身分來保護你們。」

米契笑容燦爛的臉，閃過了她腦海。殺害米契的凶手必定與馬歇爾有關聯，他們不擇手段要保護這些在船上作惡的犯人。奧利安轉帳的收款人必定還有其他人，而且就在這些船員之中，手段也可能更凶殘。她和那個記者的關聯，可能已經引起了注意。

「假使你們真的有線索可以協助破案，」主任說：「揪出凶手，讓他們為自己的暴行付出代價，請一定要說出來，促使這些可怕的案子早日結案。如果你們有情報，請做正確的事，我的房門永遠為你們敞開。」

他又微微一笑，兩手一攤做出歡迎狀。隨即，他的表情變了。

「事實上，」他補充說道：「當局已明確表示，必定要找出這場災難的起因。除非你們踴躍提供線索情報，否則將無限期地拘留在此地。」

房間頓時陷入一陣古怪的沉默。比莉察覺到四周的人，從憤怒墮入了絕望中。這裡並不適合孩子，更準確的說，這裡根本不適合人類。

她拒絕接受他們孤立無援、無力回天的想法。最好守住這口怒氣，她會去找營區主任好好談談——讓他願意聽她說話。

⚓

比莉好不容易等到午休時分，午飯後一陣慵懶籠罩整個營區——孩子在一張傷痕累累的桌子上打乒乓球；大人們不是盯著電視螢幕，就是玩牌或打瞌睡。

她低調行事，在一個守衛耳邊低語了一個字，就被帶領穿過一扇門，走進一條空蕩蕩的走廊。

營區主任的辦公室出乎意料的小，一扇窗幾乎占去了一整面牆，窗外俯瞰著突堤碼頭、遠方的懸崖、海浪拍打著的石岬。辦公室可以用家徒四壁來形容：檔案櫃、一個相框框著一匹賽馬的照片、窗臺上有一排長勢不好的仙人掌。

比莉一走進去，主任便起身與她握手。「雷．哈爾克（Ray Harker）。」他的手堅定，但並未用力。

「比莉。」她予以回應，好像在裝神祕，不願透露全名，但其實他敲敲鍵盤就能知道，又或者早已知曉。主任揮手讓守衛離去，請她坐下，靜待她開口。

她開門見山，按照計劃只透露事件細節：說出那個失蹤的船員尹凡．馬歇爾，拿錢辦事，動手腳污染了船上的飲用水，卻被戴維．韋藍撞見，馬歇爾索性殺人滅口。

「疫病並非生物恐攻，」比莉說：「而是企業之間的惡鬥。有人付錢給馬歇爾，要他蓄意破壞。我們必須讓警察介入調查。」

主任豎起雙掌。「等等，信息量一下子太大了。我想先問一個問題，這些線索是哪裡來的？」

比莉遲疑了。「是一個已經不在的人，告訴我的。」

主任大吃一驚。「死者之一？」

比莉點點頭。「我們需要找警察，我會把知道的全部告訴他們。你能聯絡上他們嗎？」

「當然，」主任說：「我和高級聯邦警察一直保持聯系。我們可以協助推動調查進度，安排營區居民的遠程訪談。」

「什麼時候？」比莉說：「今天能和他們談話嗎？」

「慢一點，」他說：「我們當然可以安排一次遠程訪談。但首先，我需要先弄清楚妳提供的線索。妳說這個船員，這個馬歇爾拿錢污染船上的飲用水？」

「是的。警察可以去查他的財務狀況，追蹤款項來源。每一筆款項的進出，都會有記錄。」三筆隱密贓款，但還不夠隱密。

主任蹙眉。「記錄？妳看過這些記錄？」

「不是我，是死者之一，他發現了證據。」

「什麼證據？支付憑證？」

「是的，」比莉說：「來自一家對手船運公司。」

「真的？」他往後一躺，兩手交握在大肚子上。「妳的這些指控，在這營區裡還有其他人知道嗎？」

幹嘛問這個？這有什麼重要的？難道這個人理解力不好？

「我不太確定。但這些還不是全部。你知道嗎，還有一個船員被殺害，就在我們被拖到這裡之前不久，名叫史酷特——史都華．阿姆斯壯。我想，他一定是知道內幕。我認為，應該也是馬歇爾殺了他。」

主任在椅子裡挪了挪姿勢。「警察一定會想找妳談談，但我需要先向他們做簡報。我自己也還在消化中。妳是護理師，對吧？」

當然。他必定知道她不是普通的乘客。

「我翻閱過報告，」他說：「印象中，幸好有妳在船上，真是老天保佑。沒有妳，死亡人數必定高出許多。」

所以，他並不站在示威人士那邊。比莉稍感欣慰，但現在並不適合感性。

「你聽到我說話了嗎？」比莉說：「所有的死亡——都是蓄意而為的。」

「妳知道警方正在調查另一個可能性。妳知道與那艘西班牙船海上相會的事嗎？」

又來了。「知道，還有那具浮屍的推論，但這兩種推論都經不起推敲。」比莉等著他回應，隨即又說：「死亡並非意外，有證據。」

「好，」他的語氣瞬間堅定。「我整理一份簡報，今天下午就發出去。讓他們知道妳是認真的，並要求和他們通話。這家流氓公司，妳知道它的名字嗎？」

「是一家船運企業公司，」比莉說：「叫做奧利安。不能再等了，我可以今天就和警方談話嗎？」

營區主任往後一坐。「啊，」他緩緩一笑。「現在呢，有點棘手啊。」他拉開抽屜，在裡面翻找。然後直盯著她，將一張名片滑過來。

比莉掃了他的名字和職稱一眼，視線落到了商標上：一個粗粗的黑字，中間有一道閃電劈過。商標下面，就是公司的全名，那三個字。

比莉的心一沉，腦袋轟的一響。

「我們是一家大型財團，」他還是一副和藹可親的模樣。「跨國企業，業務範圍涉及多個領域——保安、運輸、計算機運算、監管移動勞動力，當然還有其他特定組織。」他打量著比莉的表情，假裝吃了一驚。「妳不知道？別擔心。我相信這麼敏感的線索，上面必定給予第一流待遇。」

比莉胸口悶著一口氣出不來。她意識到事已至此，無力回天。

「謝謝你耐心聽我說完。」比莉刻意保持語調的穩定。說完，她站了起來，但主任揮手要她坐回去。

「別急。我還有問題要問妳。」

「我寧願等見到了警察，再和他們談。我想現在就走。」

他傾身向前，按下辦公桌上的一個按鈕。

「等等，」他說：「不急。」

湯姆

永不止歇的狂風呼嘯低吟，飛沙走石，好似中了邪的怪獸橫掃過荒地，鞭打在空心磚牆上，拍打著窗戶，晃動著玻璃，企圖鑽進來。一整個晚上，我聽著大風像神經病一樣瘋叫著繞著房子打轉。

狂暴瘋癲的氣候，盲目地抽乾你的能量，讓你無法集中注意力，將零碎想法串聯成思緒。

孩子們不再打聽何時能夠離開這個地方了，他們其實很精明，能夠識別大人何時在唬弄他們，或顧左右而言他，也很快就能發現哪些問題會讓大人煩惱不安。

學校的課又開始了——主要是讓他們在這片茫茫荒地上有事可做，分散他們的注意力，也包括我的。我們拼湊來了一塊髒白板、散裝的紙張、從船上帶來的美術用品和遊戲，以及一套不完整的古老百科全書，百科全書是一個守衛從不知哪個倉庫中翻出來的。太陽為什麼會發光燃燒？凍瘡是如何造成的？乙醚又是什麼？

孩子們的畫作有了令人擔憂的轉變：圍欄、鐵絲刺網、關在籠子裡的小鳥、烏雲、火燒船、虛線眼淚從憂傷的臉蛋上滑下。

我沒有接受過藝術治療方面的訓練。

「誰能說說彩虹有哪些顏色？」我興高采烈地問：「誰知道駝峰裡有什麼啊？」我像個笨蛋一樣嘻嘻笑著問：「誰記得第一個踏上火星的女人名字？石筍和鐘乳石有什麼不同？誰能猜猜海馬吃什麼啊？」

我知道克明利在思念他的朋友。一天早上，他一覺醒來發現比莉的床空了，她的行李物品都不見了。自那以後，我也沒再見過她。卡拉漢醫生四處找人，向守衛打聽她的下落，最後得到的說法是：她好像被送回大陸，協助警方調查案子，他們也不太確定。

一天早上，我在狂風中繞著監獄空地打轉，看見幾個學生聚集在圍欄前。柏油路對面的大院子裡，一群站在屋頂上、衣衫襤褸的人影對著他們揮手。一排的守衛或士兵站在下面，步槍指著屋頂上的男人們。

我看了連忙將孩子們趕回屋內。大門才剛關上，大風就帶來了槍響。我原本想走出去看看究竟出了什麼事，卻被守衛攔了下來。

「他們是誰？」我問其中一個守衛。「另外那些人是誰？」

「與你無關。」他說：「進去。」

火山岩島有著一塊塊落在地球盡頭的光禿禿岩石，我們像是不良品被拋棄在這片荒地上，半死不活地虛耗度日。大家的士氣一天天消磨，而我們的看守員只能回應我們最基本的生活需求：肥皂可以去醫務室領。只有孩子可以出去到海邊散心，但必須獲得主任的批准。對外通訊被封鎖。單調重複的三餐菜色，永遠不可能豐富多樣。寢室裡的窗戶，也永遠打不開。

漏水的水龍頭、壞掉的門鎖，所有物品擺件的表面都覆有一層灰塵沙礫。浴室發了霉，黑色斑點從潮濕的角落裡爬出來。孢子飄蕩，小小的毒素……想到這裡，我全身一陣寒顫。

我們被世界放逐──遙不可及，全面封閉。時間空洞地延展，一天又一天，無窮無盡，就像一張缺乏地形起伏的地圖。

撐下去，加奈特。我堅定地自我喊話。千萬不能崩潰，也不能依靠藥物，儘管那股持續不斷的鬱悶又引來了吸食藥物的衝動。但這裡的藥物有限，而且孩子們需要我。

一天晚上，我看見新聞報導帶到了我們在這裡的消息：是反對黨的領袖，在競選模式下火力全開炮轟，主張我們應該被遣返回國，不應該被送到這個荒涼的偏遠基地。這麼做，簡直有失國家體面，她說，不僅浪費納稅人的錢，這個錯誤決定也暴露出這個無能政黨並不適合統治這個強國。隨後，她無縫接軌到減稅優惠的政見，以及基礎建設專案、醫院療養院和高鐵建設。

她的演說充滿激情，但訴求有些模棱兩可。把我們囚禁在這裡是不人道，或只是浪費公帑？見仁見智。

我們的孤立隔絕並不只是單方面的。火山岩島被排除在澳洲可移居區域之外，孤立於本土大陸之外。完全的孤立無援。

⚓

一天早上，我們一週一次的海灘遊，因為一個意外訪客的到來而提早結束。一群孩子瞇著眼仰望天空，輪流用克明利的望遠鏡觀望。我起初以為他們在賞鳥，後來一個守衛順著他們的視線往上一看，立刻警醒。

一架無人機就盤旋在孩子的頭頂上。

「把孩子帶走，」塔克爾說，這個虎背熊腰的守衛，一雙手臂粗壯無比。「回小徑上去，快。」他拔出槍套中的手槍。

「不是你們的無人機？」我問。

他搖搖頭。「一定是媒體的。把孩子們帶進去。」

我們一離開海灘，他就開槍射擊——無人機呈之字形退走，最後變成慘淡空中的一個黑點。

我十分擔心這次事件會害得我們失去外出郊遊的機會。我和卡拉漢醫生可是費了好大的功夫，才爭取到這個小小的自由權。我們絞盡腦汁，從身心靈健康、減緩創傷等等角度，寫了一篇陳情書上交，終於說服了主任。我實在沒辦法告訴孩子們以後不會再有遠足了，也面對不了他們的失望。他們的世界，又進一步縮小在這個院子裡。

望見簡易飛機跑道另一端的那些孩子，我向那個魁梧的守衛塔克爾，探問他們。他們離開過那個院子嗎？我們能一起外出遠足，讓所有孩子一起玩？

塔克爾移開視線。「沒機會。」他說。

⚓

夜幕降臨，我走過去加入活動中心窗戶邊的一小群人。兩個守衛從海洋的方向走過來，他們穿過崎嶇不平的堅硬土地，朝鐵絲網外的一棟附屬建築而去，他們的卡其色制服幾乎融進了那片灌木叢大地。天光逐漸退去，但細節仍然清晰可辨，讓我打了一個寒顫——那兩個人抬著一副擔架，上面有一個黑色東西，一個很像屍袋的東西。

我們看著他們，直到那兩個人消失在附屬建築物後面。片刻後，他們又出現，在暮色中只能勉強辨識得出他們的身影，擔架也變輕了。其中一個守衛打開手電筒，我們沉默地看著光束在圍欄外晃來晃去，繞過轉角，走出視線之外。

一會兒後，我發現塔克爾，也就是那個大塊頭守衛，獨自一人在活動中心拖地。我單刀直入，不給他時間閃爍其詞。「外面出了什麼事？」

「有人跳崖，」他回答：「看起來好像是你們的人。」他緊抿著脣，不再理會我，走出了活動中心。

一個多星期後，新出爐的消息是：政權更替。螢幕上滿滿的歡呼群眾，還有指著圖表分析的政治評論家。新任的首相眉開眼笑地向群眾揮手，感謝她的家人和支持者，稱呼記者們的名字，承諾給大家一個全新的時代。

地圖上，以大比例的鮮紅色塊象徵勝方的戰績，數量稀少的藍色色塊則是敗方的領土，但全部沒有提到太平洋南部盡頭的這塊陰鬱岩石。這裡不在人們的視野之中，更沒人放在心上。

就在新首相發表勝選演說時，螢幕突然黑掉，再也沒有恢復，變成一個黑色的長方形，一個牆上的黑洞。

守衛只是聳聳肩。他們得不到任何解釋。

整個院子陷入寂靜中，只剩下狂風的呼嘯聲。

⚓

我們先是聽到它，後來才看見它。隨著它的接近聲音越來越大，響亮的咻咻聲彷彿有炸彈急速墜落。引擎聲越來越響亮，越來越大聲，隨著那架機器在分割小島的寬敞馬路盡頭停下，聲音才退去。

大家都衝到窗戶邊，孩子在人群之中爭相推擠也急著要看。一架飛機停在柏油路上。一架很大的飛機，白色機身外加一道長長的藍色條紋，看不到公司名稱或商標。我們目瞪口呆地盯著這個陌生的訪客。這架豪華的機器，吃的可是寶貴的噴射機燃料。大家興奮的吱吱喳喳起來。

沒有任何的公告。守衛仍然緊守口風，電視螢幕依舊是漆黑一片，但我們偷瞄著彼此，空氣中盈滿著新希望：一架如此龐大的飛機降落在這個偏遠之地，可能的解釋只有一個。

一個全新的時代。

它是來接我們的。我們終於要離開這個鬼地方了。

克明利

克明利緊抓著媽媽的手，飛機加速向前衝去，他的背緊貼著椅背，機身在衝力下抖動，引擎的震動從他腳底下傳來。

機頭拉高，機身幾乎察覺不到的升起——繩子啪的斷裂，地心引力失去它的抓控力。他的肚子有種奇怪的懸浮感，他終於飛起來了。

他臉貼著玻璃窗，看著地面逐漸往下掉，景色和建築越來越小，鏡頭拉遠，地形轉換成了一幅地圖。

飛機轉彎，一邊轉一邊爬升。被黑線跑道切穿的小島，現在好像一張照片：兩邊的大院都沒有生命跡象，建築物靜止不動，沒有任何動靜。他伸長脖子，想再瞄一眼那些黑影孩子，但那地方好似空無一人。

很快的，眼前的風景只剩下空蕩蕩的天空和遠遠的海洋，陽光在水面上眨眼閃動。孩子們解開安全帶，在走道上遊蕩或擠在窗前，驚奇地張著嘴，對著這幅不可思議的景觀倒抽口氣。米亞和路易斯船長擠在一張靠窗的座位上，對著高聳的雲朵指指點點。克明利驚奇地看著機翼下面，張著黑色大嘴巴的引擎，還有那些通風口、桌板、服務鈴按鈕，這架專門為他們而來的珍貴飛機，擁有強大動力和豪華裝備。迪克藍，這個已經宣布將來要當機長的人，正在和空服員吵著要零食餅乾，他按了服務鈴好多次，挑戰著空服員的耐性。

很快的，飛機進入了陸地領空，掠過城市網格般的公路、水平蜂巢狀的郊區，然後是連綿不絕的格狀田野，又是一大片鏽紅色的泥土，最後終止在山脊和怪石之前。這是他們從未抵達的終點，從未踏上過的國家。沒有接近過外公保證的袋鼠和無尾熊，也沒有熱帶水果或金色海灘。

但克明利完全不在乎。現在每個人的臉上都能看見重新燃起的希望、放鬆的表情和無聲的喜悅。他們要回家了，這才是最最最重要的。

回家，這兩個字讓人甜到心疼。就像張開歡迎你的雙臂，又像你自己枕頭的氣味。

他努力不去想別的不開心的事。他並沒生比莉的氣，不算真的生她的氣，但還是感覺受傷，她就那麼離開了——沒有道別的擁抱，沒有送別。媽媽安慰他說比莉在協助警察查案、向警察解說那場疫病，還有在船上發生的事。*她沒辦法，只能匆忙離開，媽媽說，她沒時間來告別。*但她最起碼可以留下字條吧？

媽媽拉他過去，說不要擔心。他的生日快到了，外公外婆看到他回來，會高興得繞月亮一圈。他想要什麼禮物？蛋糕如何？

他內心知道，比莉沒有破壞諾言。等她完成工作——無論她在下面那個陌生的國家忙些什麼——一定會來找他，和他聯絡。就像她承諾過的，來找他玩。畢竟，他們曾經約法三章：無論好或壞、遠或近、海怪或龍捲風，他們的友誼永存，沒有什麼可以拆散他們。

克明利往後一躺，閉上眼睛，讓引擎的嗡嗡聲催眠他入睡。沒多久，他乘著降落傘在雲層上方滑行，他的翅膀大大張開，羽毛閃亮，輕盈飄飄，在無窮無盡的藍空中自由自在的任意翱翔。

（全文完）

誌謝

由衷感謝Andi Pekarek，感謝他不斷的鼓勵，重要的教益，實用的支持，以及對於草稿的精明建議。感謝我的文學經紀人Martin Shaw，謝謝他不懈的引導、支持和友誼；我的出版商Aviva Tuffield，他真是個高效率的編輯和共事人，謝謝他持續不斷地支持我；才華洋溢、開朗樂觀的編輯Vanessa Pellatt，以及Jean Smith、Kylie Rathborne、Sally Wilson、Kate McCormack、Emily Knight和整個可愛的UQP團隊；Ian 'Eagle Eye' See出眾的校稿；設計師Christa Moffitt出色的封面設計；Tony Birch奇異的引證；Anna Krien、Graeme Simsion、Jane Rawson、Favel Parrett和Jed Mercurio，感謝他們大力的宣傳；Bob Carey-Grieve和Jon Bauer關鍵創新的洞察力；Toni Jordan提供可行的自然知識；Joanne Manariti優越的照片。

感謝Pip Smith、Eliza Watters和Alana Horsham分享大船和急診的專業知識；試讀讀者Tessa Kum無價的投入和熱情；Jessica White分享她的人生經驗，協助我更深入理解克明利的世界；Robert Lukins，感謝他大方地傳授祕密的經歷背景；Sara Knox溫柔的引導；Damien Wilkins和Hazel Smith周到的回饋；也要感謝Billie、Helmut 和 Ursula Pekarek協助我騰出時間來寫作；Lex Hirst和Catherine Lewis的支持；the National Writers'House的Varuna，感謝他的二手書團體的支持；Mary Kruithof，《Fever Beach》的作者，謝謝她分享了提康德羅加號巡洋艦的故事；Clare Forster，感謝我們共享的那些歲月。最後，謝謝Pam、Dave、和Niamh Mundell，他們的鼓勵、忠告和對創意強迫症的堅定認同。

中英名詞對照表

A

Ally 亞莉
Abbie 艾比
Aberdeen 亞伯丁
Achmelvich Beach 阿赫梅爾維奇海灘
Albatross 信天翁號
alpha-wave pods 阿爾法腦波耳機
ALT virus ALT病毒
Amazing Grace 〈奇異恩典〉
amidships 船中部
Angola 安哥拉
Anthrax 炭疽病毒
Argentina 阿根廷
Aspirin 阿斯匹靈
Auld Lang Syne 〈友誼萬歲〉
Australia 澳洲

B

Balanced Industries Migration (BIM) 均衡性產業移民計劃
Bangladesh 孟加拉
Beijing 北京
Ben 班
Billie Grace Galloway 比莉・葛雷絲・加洛威
biofilter 生物過濾器
Biohazard 高污染源
biovigilante 生物義警
Birmingham 伯明翰
bossa nova 巴薩諾瓦
Bovril 保衛爾牛肉汁
Brazil 巴西
Brighton 布萊頓
Bristol 布里斯托爾

broad-spectrum anti-viral 廣譜病毒抗體

Burns 彭斯

C

California 加州

Calmex 抗憂寧

Cape Horn 合恩角

Cape of Good Hope 好望角

Captain Lewis 路易斯船長

Carol Ann Duffy 凱洛・安・達菲

Caroline 凱洛琳

Cate 凱特

Category A infectious waste 一級感染性廢物

Celtic Sea 凱爾特海

Chain Locker 錨鏈艙

Charon Group 查洛集團

Chimera 9 九號嵌合體病毒

Cleary Sullivan 克明利・蘇利文

Cole 寇爾

compass rose 羅盤玫瑰

Cork 科克

Cutler 卡特勒

D

Dark Island 〈黑暗之島〉

Davy Whelan 戴維・韋藍

Declan 迪克藍

decon room 消毒滅菌室

Delaney 德藍尼

doffer 卸裝人

Dublin 都伯林

E

Edinburgh 愛丁堡

Emily 艾蜜莉

England 英格蘭

Erin 艾琳

Evan Marshall 尹凡・馬歇爾

F

Father Hendricks 亨德里克斯神父

Finn 芬恩

Fiona 菲歐娜

Flint Island Processing Centre 火山岩島加工中心

G

Gartnavel 格拉斯哥公立醫院

gin and tonic 琴通寧

Glasgow 格拉斯哥

Glasgow South Hospital 南格拉斯哥醫院

H

Haloperidol 安樂平

Hanover Street 漢諾瓦街

health care assistant （HCA）看護

Heathrow 倫敦希斯洛機場

Holly 荷莉

Holyhead 霍利希德

Houdini 胡迪尼

Hounslow 豪恩斯洛

I

India 印度

intake filter 進氣濾清器

Inverness 印威內斯

Ireland 愛爾蘭

Irish Sea 愛爾蘭海

J

Jamie 傑米

Jane Hart 珍・哈爾特

Jim Kellahan 吉姆・卡拉漢醫生

Jimmy 吉米

Juliette 茱麗葉

K

Kildare Maze 基爾代爾迷宮

L

laser deactivation 雷射滅活性

Lauren 蘿倫

Len 萊昂

Liam 連姆

Liffey 利菲河

Limpet 立佩特

Liverpool 利物浦

Londonderry 倫敦德里郡

Lorne sausage 羅恩方形肉腸

Lough Foyle 福伊爾灣

Lucy 露西

Luke 路克

Luton 盧頓

M

Madagascar 馬達加斯加島

Malpox 馬爾帕克斯菌

Maritime Emergency Law 海事緊急應變法

Max 馬克斯

Melbourne 墨爾本

Mia 米亞

Mike Harper 麥克・哈爾波

Minnie 米妮

Mitch 米契

Mona 莫娜

N

Nano-monitor 奈米監測儀

nano-viricide 納米滅毒劑

Newham 紐漢

Nightingale 夜鶯號

O

Orion 奧利安

Orlop 艙底

Orwell 奧威爾

Owen Price 歐文・普萊斯

P

Pearse Street 皮爾斯街

Personal Protective Equipment（PPE）個人防護裝備

Phoenix Park 鳳凰公園

Pied Piper 花衣魔笛手

pina coladas 鳳梨可樂達調酒

Prisha 普瑞莎

Pro-Tech 公安科技公司

Pseudopiate 偽鴉片劑止痛藥

public GP 公共全科醫生

R

Rabbit fever 兔熱病

Ray Harker 雷・哈爾克

Red Star 紅星

Robbie 羅比

Rosa 蘿莎

Royal Alexandra 皇家亞歷山大醫院

Ruben 魯本

S

salbutamol 沙丁胺醇平喘藥

Sarah 莎拉

Scotland 蘇格蘭

Shahid 沙希德

Skibbereen 史奇伯林鎮

Somatriptol 舒馬坦抗焦慮藥丸

Sombra Nocturna 黑夜號

South Africa 南非

Spain 西班牙

St George's Channel 聖喬治海峽

StayPut 原地跑步

Steadfast 穩固號

Stewart Armstrong（Scoot）史都華・阿姆斯壯（史酷特）

Stowage 積載處

stream 串流媒體

Sullivan 薩利文

superscreen 人體磁力共振掃描分析儀

T

Taipei 臺北

Tamila 塔米拉

Texas 德州

The Daemon Lover 〈精靈愛人〉

The Girl from Ipanema 〈伊帕內瑪姑娘〉

Thomas William Garnett（Tom）湯瑪士・威廉・加奈特（湯姆）

Thor's day 雷神索爾日

Toby 托比

Troy 特洛尹

Tucker 塔克爾

W

Welsh 威爾斯

Who Loves You 《愛你的人》

BEST嚴選 140

非法入境

原著書名／The Trespassers
作　　者／梅格·蒙德爾（Meg Mundell）
譯　　者／李玉蘭
企畫選書人／劉瑄
責任編輯／陳玳萱、劉瑄

版權行政暨數位業務專員／陳玉鈴
資深版權專員／許儀盈
行銷企畫／陳姿億
行銷業務經理／李振東
總編輯／王雪莉
發行人／何飛鵬
法律顧問／元禾法律事務所　王子文律師
出版／奇幻基地出版
城邦文化事業股份有限公司
台北市 104 民生東路二段 141 號 8 樓
電話：(02)25007008　傳眞：(02)25027676
網址：www.ffoundation.com.tw
e-mail：ffoundation@cite.com.tw
發行／英屬蓋曼群島商家庭傳媒股份有限公司城邦分公司
台北市 104 民生東路二段 141 號 11 樓
書虫客服服務專線：(02)25007718 · (02)25007719
24 小時傳眞服務：(02)25170999 · (02)25001991
服務時間：週一至週五 09:30-12:00 · 13:30-17:00
郵撥帳號：19863813　戶名：書虫股份有限公司
讀者服務信箱 e-mail：service@readingclub.com.tw
歡迎光臨城邦讀書花園　網址：www.cite.com.tw
香港發行所／城邦（香港）出版集團有限公司
香港灣仔駱克道 193 號東超商業中心 1 樓
電話：(852) 2508-6231　傳眞：(852) 2578-9337
e-mail：hkcite@biznetvigator.com
馬新發行所／城邦（馬新）出版集團
【Cite(M)Sdn. Bhd】
41, Jalan Radin Anum, Bandar Baru Sri Petaling,
57000 Kuala Lumpur, Malaysia.
Tel: (603) 90578822 Fax:(603) 90576622
email:cite@cite.com.my

封面設計／朱陳毅
排　　版／邵麗如
印　　刷／高典印刷有限公司
■ 2022 年（民 111）5 月 3 日初版

售價／ 450 元

國家圖書館出版品預行編目資料

非法入境/梅格·蒙德爾(Meg Mundell)著；李玉蘭譯. -- 初版. -- 臺北市：奇幻基地出版, 城邦文化事業股份有限公司出版：英屬蓋曼群島商家庭傳媒股份有限公司城邦分公司發行, 民111.05
面：　公分. -（Best嚴選；140）
譯自：The Trespassers
ISBN 978-626-7094-30-3（平裝）

887.157　　111002618

ISBN　978-626-7094-30-3

Printed in Taiwan.

廣　告　回　函
北區郵政管理登記證
台北廣字第000791號
郵資已付，免貼郵票

104台北市民生東路二段141號11樓

英屬蓋曼群島商家庭傳媒股份有限公司城邦分公司　收

請沿虛線對摺，謝謝

奇幻基地

每個人都有一本奇幻文學的啓蒙書

奇幻基地粉絲團：http://www.facebook.com/ffoundation

書號：1HB140　　書名：非法入境

請於此處用膠水黏貼

奇幻基地

讀者回函卡

謝謝您購買我們出版的書籍！請費心填寫此回函卡，我們將不定期寄上城邦集團最新的出版訊息。

姓名：＿＿＿＿＿＿＿＿＿＿＿＿＿＿ 性別：□男 □女

生日：西元＿＿＿＿年＿＿＿＿月＿＿＿＿日

地址：＿＿＿＿＿＿＿＿＿＿＿＿＿＿

聯絡電話：＿＿＿＿＿＿＿＿傳真：＿＿＿＿＿＿＿＿

E-mail：＿＿＿＿＿＿＿＿＿＿＿＿＿＿

學歷：□1.小學 □2.國中 □3.高中 □4.大專 □5.研究所以上

職業：□1.學生 □2.軍公教 □3.服務 □4.金融 □5.製造 □6.資訊

□7.傳播 □8.自由業 □9.農漁牧 □10.家管 □11.退休

□12.其他＿＿＿＿＿＿＿＿＿＿＿＿

您從何種方式得知本書消息？

□1.書店 □2.網路 □3.報紙 □4.雜誌 □5.廣播 □6.電視

□7.親友推薦 □8.其他＿＿＿＿＿＿＿＿

您通常以何種方式購書？

□1.書店 □2.網路 □3.傳真訂購 □4.郵局劃撥 □5.其他

您購買本書的原因是（單選）

□1.封面吸引人 □2.內容豐富 □3.價格合理

您喜歡以下哪一種類型的書籍？（可複選）

□1.科幻 □2.魔法奇幻 □3.恐怖 □4.偵探推理

□5.實用類型工具書籍

您是否為奇幻基地網站會員？

□1.是□2.否（若您非奇幻基地會員，歡迎您上網免費加入，可享有奇幻基地網站線上購書75 折，以及不定時優惠活動：
http://www.ffoundation.com.tw/）

對我們的建議：＿＿＿＿＿＿＿＿＿＿＿＿＿＿

＿＿＿＿＿＿＿＿＿＿＿＿＿＿

＿＿＿＿＿＿＿＿＿＿＿＿＿＿

請於此處用膠水黏貼